# クォークビーストの歌

ジャスパー・フォード［著］

ないとうふみこ［訳］



The Song of The Quarkbeast

Jasper Fforde

竹書房文庫

# クォークビーストの歌

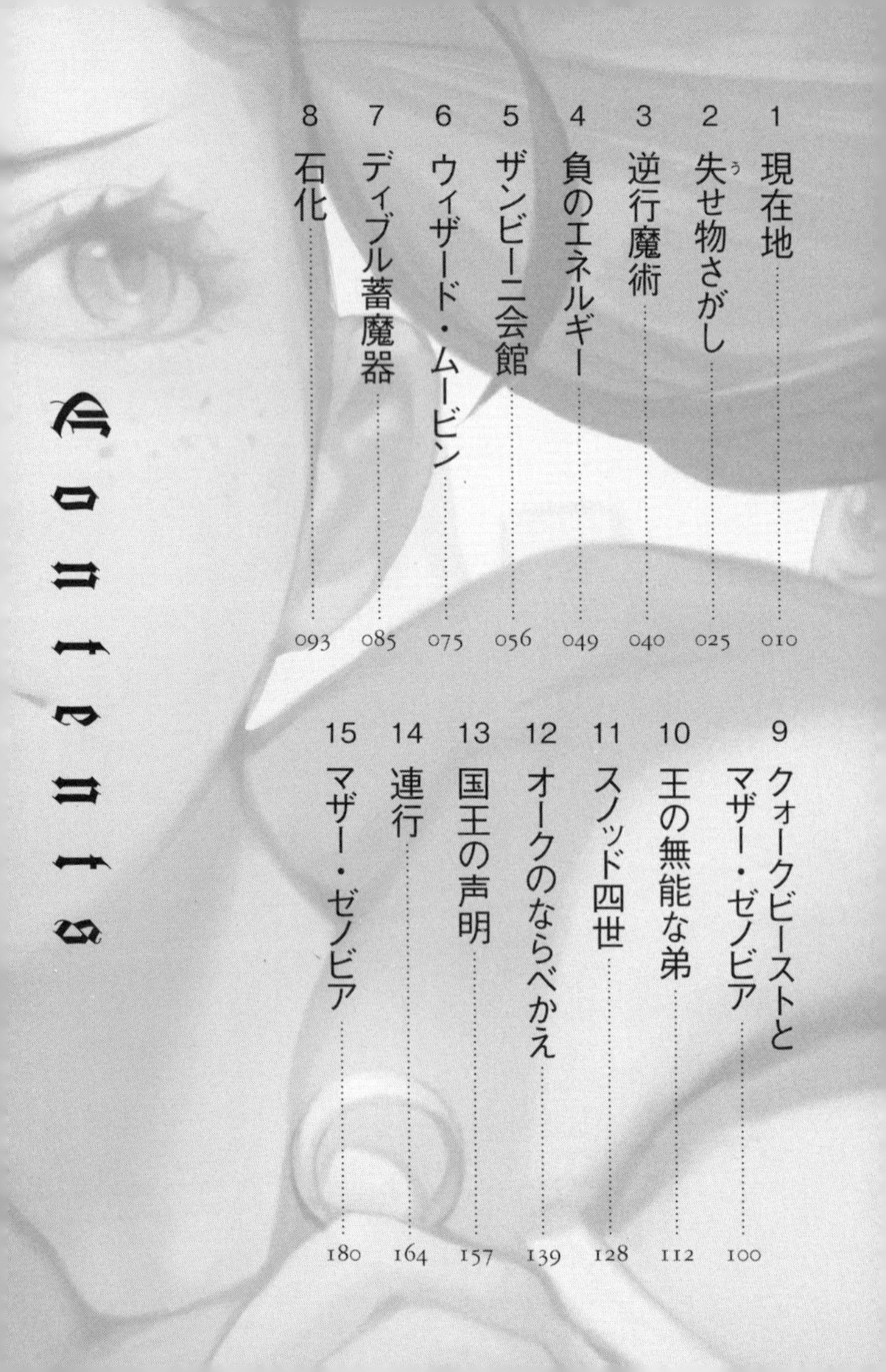

Contents

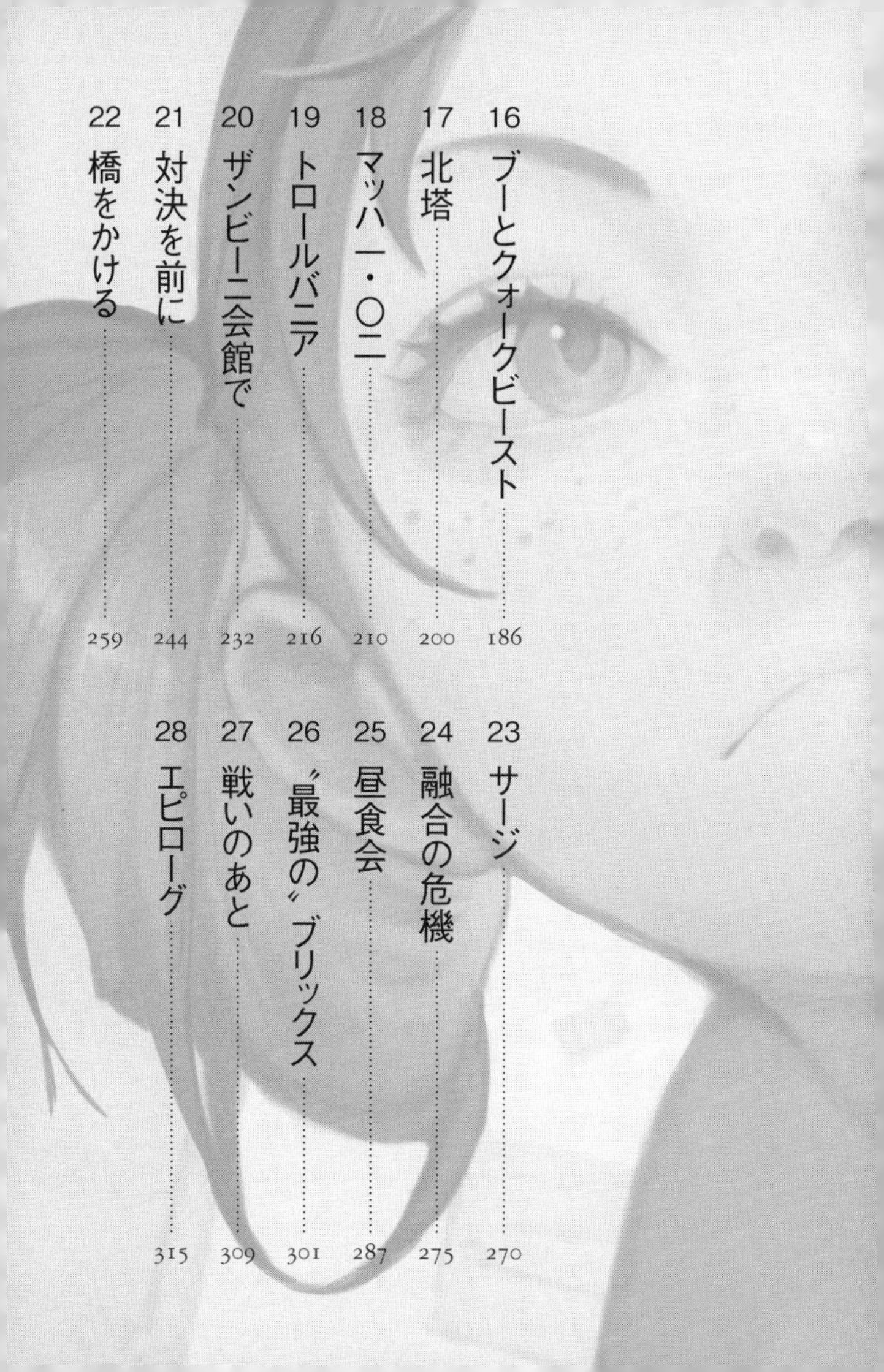

マギーとステュへ
数えきれないほどの親切に
感謝をこめて

## 主な登場人物

ジェニファー(ジェニー)・ストレンジ……カザム魔法マネジメント社長代理
ホートン・〝タイガー〟・プローンズ……カザム魔法マネジメントの社員
〝若々しい〟パーキンス……カザム魔法マネジメント所属の魔術師
レディ・モーゴン……カザム魔法マネジメント所属の魔術師
〝めざましき〟ケヴィン・ジップ……カザム魔法マネジメント所属の魔術師。予知能力者
〝魔法使い《ウィザード》〟ムービン……カザム魔法マネジメント所属の魔術師
〝驚異の〟デニス・フル・プライス／デイヴィッド・ハーフ・プラス……カザム魔法マネジメント所属の魔術師
ナシル王子……カザム魔法マネジメント所属の魔術師。魔法の絨毯乗り
〝はかなきヘラジカ〟……現れては消える不思議なヘラジカ
コンラッド・ブリックス……iマジックの社長兼主任魔術師
チャンゴ・マトニー……iマジック所属の魔術師
デイム・コービー……iマジック所属の魔術師
サマンサ・フリント……iマジック所属の魔術師
スノッド四世……ヘレフォード王国国王
ブーリアン・チャンパーノウン・ワシード・ミットフォード・スミス……魔獣保護官
レジナルド・ジョージ・スタムフォード・ブロック=ドレイン……ヘレフォード国軍大佐
テンベリー卿……国王の首席顧問
ループレヒト・ソーダスト・スノッド……〝王の無能な弟〟。魔道省の大臣
マザー・ゼノビア……ロブスター女子修道会会長
グレート・ザンビーニ……カザム魔法マネジメント社長

すべてのクォークビーストについて、同一だが左右が反転した〝反クォークビースト〟が存在する。

——ミス・ブーリアン・スミス（元魔術師）

# 1　現在地

わたしは魔法業界で働いている。華やかな仕事だと思うだろう。まじない、秘薬、呪文、空中浮揚や消失術、錬金術。そういうものを日々扱う仕事にちがいないと。闇の力と命がけで戦い、猛吹雪を巻きおこし、大時化《おおしけ》を静める。山のいただきから稲妻を放ち、彫像に命を吹きこんで厄介な敵を踏みしだく。そんな仕事をしているんだろうと。

だったらいいんだけど。

実のところ、今や魔法はただの便利な道具で、その意味では車や食洗機や缶切りと変わらない。海をあやつるとか、ゾウを空中浮揚させるとか、ニシンをタクシー運転手に変身させるというような、人々をあっと驚かせる派手な魔法の時代はとうに過ぎさった。二か月前、ビッグマジックと呼ばれる魔力の再興が起きたけれど、無限の力がもどってきたわけではなかった。魔力は少しのあいだ急上昇して、奇妙な形の雲がわいたりエルダーフラワーのシロップ風味の雨が降ったりしたあと、急落してゼロになり、今またじれったいほどじりじりと上昇しつつあるところだ。だから海をあやつる人はしばらく現れないし、ゾウは空を飛ばないし、ニシンのタクシー運転手が空港へ向かう途中で客が逃げだすなんてこともない。打ちまかすべき敵は今のところ収税官だけ。そして闇の力にあらがうのは、この国でちょくちょく起こる停電のときだけだ。

今は魔力が上昇するのを待ちながら、魔術師たちはこれまでどおりの日常を送っている——客の依頼で実用的な魔法をおこなうのだ。配管や配線の修理、壁紙張りや屋根裏の改装工事。空中浮揚で違法駐車している車を撤去したり、空飛ぶじゅうたんでピザの配達をするのもお手のもの。天気予報は、国営スノッドTVで人気のお天気キャスター、デイジー・フェアチャイルドの予報より二十三パーセント正確だ。

でもわたし自身は魔法を使わない。というか、使えない。わたしの仕事は、魔術師たちの面倒を見る魔法マネジメント。ひとことでいえば、エージェントだ。依頼を受けつけ、予定を確認し、失敗すればあらゆる苦情を受け、うまくいっても手柄にはならない。職場はカザム魔法マネジメント。世界最大の魔法管理会社だ——といえばきこえはいいけど、じつはこの手の会社は世界じゅうでカザムと、ここからほど近いストラウドにあるインダストリアルマジック社のふたつしかない。魔術免許を持つ魔術師は、両社を合わせても八人だけだ。それでも魔術師たちをたばねる仕事なんて十六歳の子には責任が重いのではとお思いなら、まさにそのとおり。わたしは本来の社長であるグレート・ザンビーニがもどってくるまで、代理を務めているだけだ。

もどってくるかどうか、わからないけれど。

この物語がはじまった日、カザムはいつものように賃仕事を引きうけていた。今朝の任務は、失《う》せ物さがし。「しまった、どこかに置きわすれた」というなくし物なら簡単にさがせるけど、「いくらさがしても見つからない」物を見つけるのは、はるかにむずかしい。失せ物の捜索は、あまり楽しい仕事ではない。たいてい見つかりたがっていないからだ。でも景気が悪いときは、違法でないかぎりどんな仕事でも引きうけざるを得ない。そんなわけで、ある雨模様の秋の朝、わたしはパーキンスとタイガーといっしょに愛車であるオレンジ色のフォルクスワーゲン・ビートルに乗ってヘレフォード王国の首都ヘレフォード市――カザムの所在地――から十キロほど離れたパーキングエリアに来ていた。

「魔術師って時計の意味を知らないんじゃないかな?」わたしは、少しうんざりしながらいった。依頼人には午前九時半ちょうどに捜索を開始しますといってあるのに、もう九時五十分だ。魔術師たちには、事前に簡単な説明をするから九時に現地集合してほしいと伝えたのに、わたしは花にでも話しかけていたのかもしれない。

「あの人たち、時間が使いきれないほどたっぷりあるもんね」タイガーがいった。魔術師は一般人よりうんと寿命の長い人が多い。「だから二十分ぐらい早くても遅くても関係ないんじゃない?」

ホートン・〝タイガー〟・プローンズはわたしの助手で、二か月前からカザムで働いている。十二歳にしては背が高く、くるくるカールした薄茶色の髪に、そばかすをちらしただんごっ鼻という風貌だ。ほとんどのこの年齢の捨て子がそうであるように、だぶだぶのお下がりを彼なりの誇りを持って着こなしている。きょうはタイガーに、失せ物さがしにまつわる独特の問題を知ってもらおうと思って連れてきた。仕事をおぼえてもらわなくちゃならない。グレート・ザンビーニがあと二年でもどってこなければ、タイガーが社長代理を務めることになる。わたしは十八歳になったら年季奉公が明けてカザムを出るのだから。

横でパーキンスがうなずいた。「魔術師って、ずいぶん長生きの人がいるもんね」

それはまぎれもなく事実だけれど、魔術師は長寿の秘訣《ひけつ》をけっして明かそうとしない。問われると、タマネギがどうとかネズミがどうとかと話を変えてしまう。

〝若々しい〟パーキンスは、うちでいちばんの、というか唯一の見習い魔術師だ。カザムに来てまだ一年ちょっとで、わたしと年が近い唯一の社員でもある。見た目もいいし、たまに自信過剰になって早口で呪文をかけすぎて失敗することはあるものの、カザムにとっても魔術界全体にとっても有望な存在だ。わたしはパーキンスが好きだけど、彼の得意分野が「遠隔暗示」、つまり人の頭に遠くから思考を植えつける魔法なので、ほんとうに彼のことが好きなのか暗示をかけられているだけなのかがわからない。後者だったら感じが悪いし、倫理にも反する。実際、遠隔暗示で思考を植えつける魔法は、かつて禁止されていたこともある。歌のヘタな男性アイドルグループがなぜか人気者になったとき、プロモーションの鍵《かぎ》が遠隔暗示だとばれてしまったのだ。

わたしは腕時計に目をやった。いま到着を待っているのは、〝驚異の〟デニス・フル・プライスとレディ・モーゴン。魔術師——正式名称でいえば「魔術従事者」——は、魔法を扱う能力はすごいのに、順序よく服を着ることもできないし、毎日お風呂に入ったり三食食べたりするのも、声をかけないと忘れてしまう。魔術師というのはそういう人たちだ。気まぐれで短気で忘れっぽいうえに熱中しやすくて、つきあっているとすごくいらいらする。でもけっして退屈はしない。だから最初にカザムで働きはじめたときは大変だったけれど、今ではどの魔術師もみんな——すっかり頭がおかしくなっている人も含めて——大好きになった。

「ほんとうは部屋にこもって勉強していたいんだけどなあ」〝若々しい〟パーキンスがぼやいた。午後から魔術の認定試験がひかえているので、いらいらするのも無理はない。

「だってフル・プライスが、パーキンスも呼んで見学させろっていうんだもの」わたしはいった。「失せ物さがしは、チームワークが肝心だからって」

「魔術師はチームワークが苦手なんじゃなかったの？」タイガーがきいた。タイガーにとってあれこれ質問するのは、アイスクリームとワッフルに匹敵する好物だ。

「一匹狼《いっぴきおおかみ》の魔術師が、塔に閉じこもって妙な薬を調合するという時代は終わったから」わたしはいった。「これからは魔術師も力を合わせないと。べつにわたしだけがいってるわけじゃないよ——グレート・ザンビーニも魔術界の風土を変えていこうと一生懸命だった」また腕時計に目をやる。「ふたりともちゃんと来てくれるといいんだけど」グレート・ザンビーニがいないから、顧客が機嫌をそこねたとき平身低頭してあやまるのはわたしの仕事だ。もうすでにうんざりするほど頭をさげている。

「それはそうだけど」と、パーキンス。「ぼく、『捜索課程Ⅳ』はとっくに合格してるんだよ。スリッパかくしの練習でもかならず見つけてきたし。〝ミステリアスX〟のベッドの下にかくしてあったときでさえもね」

　それはほんとうだった。でもスリッパのようにそこらへんにある物をかくして捜索するのは、いい練習にはなるものの、実際の失せ物さがしとはちがう。魔術とはそういうものだ。一生研究をつづけてわかるのは、まだわからないことだらけだということ。きびしくて、奥が深い世界だ。

「スリッパは、見つかるのがいやじゃなかったんでしょ」わたしは、説明しにくいことをあえて口にした。「見つけられたくない物をさがすのは、もっと難易度が高いよ。マイティ・シャンダーは、目の前にある物でも視界から遮断することができたらしい。いちばん有名なのは、一八二六年の世界魔術万博で部屋のなかにいるゾウを視界から遮断したこと」

「ひょっとして『部屋のなかのゾウ』っていういいまわし（だれもが認識しているが話したくない事柄をさす表現）はそこから来たの？」タイガーがきいた。

「そうだよ。ちなみにそのゾウ、ダニエルって名前だった」

「きみが代わりに認定試験を受けてくれればいいのに」パーキンスが暗い声でぼやいた。「ぼくよりずっと物知りだもん。『魔法法典』なんて、読んでもいない条文がごっそりある」

「わたしのほうが三年早くカザムに来たから、その分だけ知っていても不思議じゃないよ。でもわたしに魔法の試験を受けろっていうのは、手のない人にピアノの試験を受けろっていうようなものでしょ」

魔法を使える人と使えない人がいる理由はだれにもわからない。わたしは魔法の根本原理にはくわしくなくて、科学と信念の融合したものということぐらいしか知らないけれど、現象面から見るとこういうことだ。魔力は目に見えない霧のように身のまわりにうずまいていて、才能のある人はさまざまな技法でそれを利用することができる。魔術を幾重にも重ね、呪文を唱え、集中させたエネルギーを人さし指から一気にほとばしらせる……。このエネルギーは専門用語では「変異性電重力核内可変相互作用」と呼ばれるけれど、その言葉自体はまったく無意味で、魔法を理解できない科学者が体面を保つためにもっともらしい名前をつけただけだ。ふだんは単に「魔法エネルギー」とか「魔力」と呼ばれている。

「ところでさ」パーキンスがさりげない口調で切りだした。「ジミー・〝命知らず〟・ナットジョブが大砲で飛ばされて煉瓦《れんが》の壁を突きやぶるショーのチケットが二枚あるんだけど」

ジミー・ナットジョブというのは、不連合王国一有名な命知らずの芸人だ。各地を巡業して無鉄砲なショーを繰りひろげていて、チケットはなかなか手に入らないらしい。去年はオーケストラの伴奏に合わせて車のタイヤを食べていた。すごくうまくいっていたのに、バルブをのどに詰まらせて窒息しそうになった。

「へえ、だれと行くの？」わたしはタイガーのほうを見ながらきいた。〝パーキンスが勇気を出してわたしをデートにさそうかどうか問題〟は、ちょっと前から気になっている。

パーキンスは咳《せき》ばらいして勇気をふるいおこした。

「きみさえよかったら」

わたしは一瞬、道路に目をやってからきいた。「きみって、わたし？」

「もちろんだよ」

「タイガーのことかもしれないじゃない」

「アホなおっさんが塀を突きやぶるショーを見るのに、なんでタイガーをさそうんだよ？」

「なんでぼくじゃだめなの？」タイガーが横からいう。「アホなおっさんが自爆するショーって、ぼくにぴったりかもしれないじゃん」

「ぴったりかもしれないけどさ、もっとかわいい人がいる以上、おまえはぼくのなかでは九番手か十番手なの」

車のなかが一瞬、静まりかえった。

「かわいい？」わたしは運転席でぱっと振りかえってパーキンスの顔を見た。「かわいいからさそうの？」

「かわいいからじゃ、だめなの？」

「だめだと思うよ」タイガーがにやっとした。「賢くて、機転がきいて、年のわりに大人びて、いっしょにいると自分も成長したいと思えるからさそうっていわなきゃ。〝かわいい〟なんて、さそう理由としては最下位でしょ」

「あーあ、やっちまった」パーキンスはがっくりとうなだれた。「いわれてみればそのとおりだよなあ……」

「あ、やっと来た！」わたしは小声でいった。ドゥガドゥガドゥガドゥガというレディ・モーゴンのバイクの特徴的な音が聞こえる。三人で車からおりるとバイクがとまった。レディ・モーゴンは例によって「ジェニファーにたっぷり説教してやる」という顔をしている。彼女に説教されるのは、何もめずらしいことじゃない。昼食でも夕食でもたまたま顔を合わせたときでも、わたしはしょっちゅうしかられる。レディ・モーゴンはカザムでいちばん力のある魔術師だし、いちばん気むずかしい人でもある。なにしろ世間の気むずかしい人たちが、自分の気むずかしさを棚にあげて、レディ・モーゴンに熱烈な、でもどこか皮肉めかしたファンレターを書くほどなのだから。

「レディ・モーゴン」わたしはしきたりどおり深々と頭をさげながら明るい声であいさつをした。「ごきげんうるわしくおいでしょうか？」

「ふん、ばかばかしいあいさつだね。でもどうせほかの言葉もぜんぶばかばかしいから我慢してやるよ」レディ・モーゴンはぶつぶついって、横乗りしていたバイクをおりた。「あのちびすけは、あんたらが冗談で車と呼んでる鉄くずの陰にかくれてるつもりかね？」

「あっ、おはようございます」タイガーは〝わあ、いらしてたなんて気がつきませんでした、ぼく、かくれていたわけじゃないんですよ〟という声でいった。「今朝もお元気そうですね」

タイガーの言葉とはうらはらに、レディ・モーゴンはひどいありさまだった。髪はぺたんとしてつやがなく、やつれた顔に苦々しい表情が張りついている。口元には笑みが浮かんだためしがなく、温かい言葉もめったに口から出ない。黒のロングドレスは喉元まできっちりとボタンがとめてあり、鐘のように広がった裾《すそ》で床を掃いてまわっている。レディ・モーゴンは歩くというよりすべるような気味の悪い動き方をする。前にタイガーがレディ・モーゴンはローラースケートをはいている、半ムーラー賭けてもいいといっていたけれど、わたしもタイガーも、それをたしかめる安全で失礼でない方法が思いつかない。

レディ・モーゴンは、魔法界の一員であるパーキンスに対しては少していねいにあいさつをした。わたしとタイガーには、むだにあいさつなんかしない。でもわたしたちは捨て子で身分が低くてもカザムの円滑な運営には欠かせない存在だ。グレート・ザンビーニもこの体制が気に入っていて、捨て子は魔法マネジメントという奇妙な世界で仕事をするのに向いているとつねづねいっていた。ザンビーニにいわせると「甘やかされた一般市民」は「魔法界の妙ちきりんなところを目にしたら、パニックを起こすか自分のほうがましだと思うか改革をはじめるか欲を出して金《かね》もうけに走るかするだろう」とのこと。たしかにそうかもしれない。

「そうだ、ついでにいっておくがね」レディ・モーゴンがいった。「この仕事が終わったら、魔法でちょっとためしたいことがある」

「何シャンダー使われますか？」

「十メガシャンダーぐらいだね」レディ・モーゴンがむすっと答えた。魔法の実験をおこなうのに、まずわたしに断らなければならないなんて、プライドが許さないのだろう。

「ずいぶん大きな魔法ですね」いったい何をするつもりなんだろう。死んだ愛猫のミスター・プーシキンを幽霊みたいな形で呼びさますとかじゃないといいけど。それはほんとうに不気味だし、社会的にも受けいれられない。「何をなさるおつもりか、うかがってもよろしいですか？」

「ディブル魔力貯蔵装置のパスワードを解くのさ。橋の再建に役立つかもしれないだろう」

わたしは安堵《あんど》のため息をついた。それなら話は別だし、レディ・モーゴンのいうとおり橋の再建にも役立つだろう。カザムは金曜日にヘレフォード橋を再建する仕事をうけおっている。中世に建設され、のちに崩壊してしまった橋だ。そのために持てるかぎりの魔力を結集しなくてはならない。パーキンスが来週ではなくきょう魔術の認定試験を受けるのもそのためだ。新人ではあっても、魔術師の数は五人より六人のほうがいい――魔術師の数が三の倍数のほうが、魔法がかけやすいのだ。

「ええと……」わたしはスケジュール帳をひらいた。ふたりの魔術師が同時に魔法をかけると魔力が枯渇しかねない。呪文を三分の二まで唱えてから立ち往生したりしたら最悪だ。ガソリンスタンドがすぐそこに見えるのに燃料切れを起こしてしまうようなものだ。

「十一時にプライス兄弟が動物園のいちばん大きなセイウチを移動させることになっていますね。ですから十一時十五分以降なら大丈夫です。でも念のためインダストリアルマジックにも確認してみます」

「十一時十五分で決まりだ」レディ・モーゴンはぴしゃりといった。「あんたは、その気があれば立ちあってもよろしい」

「はい、立ちあいます」わたしはいってから、言葉を選んでつけたした。「レディ・モーゴン、薄情なことをいうつもりはないんですけど、ディブル魔力貯蔵装置のパスワードを解くついでにミスター・プーシキンをよみがえらせようとしたりすると、ほかの魔術師から白い目で見られるかもしれません」

　レディ・モーゴンは目をぎゅっとすぼめて、わたしの頭蓋骨を貫通しそうな、焼けた針の束みたいな視線を送ってきた。

「あたしがミスター・プーシキンをどれだけ大事に思っていたか、あんたらにはわかるまい。

ところで何をぼんやり待ってるんだね?」

「〝驚異の〟フル・プライスを待ってるんです」

「まったく時間を守らない人間は嘆かわしいね」自分でも三十分近く遅れてきたくせにそういうと、いきなりきいた。「現金を持ってないかね? お腹がぺこぺこだよ」

パーキンスが一ムーラー硬貨を渡した。

「ありがとうよ。おいで、パーキンス」レディ・モーゴンはパーキングエリアの端にある軽食のスタンドのほうへ静かにすべっていく。

「なんか買ってこようか?」パーキンスがわたしにもきいてくれた。

「捨て子に外食なんかさせると、出世したとかんちがいするよ」レディ・モーゴンは向こうからどなってよこしたかと思うと、すぐ軽食スタンドの店主にかみついた。「ベーコンサンド一個にそんなに取るのかい! 暴利だ!」

「ねえ、スタンドの買い食いっていつから外食になったの?」タイガーが車にもたれていう。

「それって、外でラジオを聞くのはライブに行くのと同じだっていってるようなものだよね」

「レディ・モーゴンはとても力のある、まじめで優秀な魔術師なんだよ。だから生意気なことをいっちゃだめ……少なくとも本人に聞こえるところでは」

「ライブといえば」タイガーが声を低めた。「パーキンスとジミー・〝命知らず〟・ナットジョブのショーを見にいくつもり?」

「たぶん行かない」わたしはため息をついた。「職場の人と交際するのはあまりよくないから」

「よかった」

「なんで『よかった』なの？」

「だってジェニファーのチケットをもらえるかもしれないでしょ。ぼく、大砲で吹っとばされて煉瓦の壁に突っこむとかいう、勇気ありすぎで頭がおかしい人見てみたいんだ。前座もあるのかな？」

「ブラスバンドとチアリーダー、それにネコをお手玉するジャグラーだって」

そのときタクシーが近づいてきたので振りかえった。うちの有資格魔術師のひとり〝驚異の〟デニス・フル・プライスだ。デニスとデイヴィッド・ハーフ・プライスの兄弟は、史上最も似ていない双子として有名だ。弟のデイヴィッドは背が高くひょろりとしていて、強風が吹いたら飛ばされそうな体型。一方デニスは背が低くずんぐり型で、大きなピンク色のカボチャのようだ。わたしがタクシー代を払うと、デニスはおりてきてあたりを見まわした。

「遅刻してごめん」フル・プライスはいった。ここらへんがレディ・モーゴンとのちがいだ。

「ウィザード・ムービンと話してて遅くなった。実験をはじめたからあとでジェニファーに立ちあってほしいっていってたよ」

「危険な実験かな？」不安になってたずねた。ウィザード・ムービンはしじゅう実験で部屋をめちゃくちゃにしている。わたしが冷えきったまずい食事を食べた回数より多いくらいだ。

「あいつの実験はどれも危険だろ」プライスはいった。「モーゴンは?」

わたしはスタンドのほうへ向かってうなずいた。

「自分の金で食ってるわけじゃないよな」プライスはいうと、わたしたちにウインクしてすたすたとレディ・モーゴンのほうへ歩いていった。

焼いたベーコンのかすかなにおいが風にただよってくる。においをかぎながら立っていると、ロールス・ロイスが音もなく走ってきてわたしとタイガーのそばにぴたりととまった。

# 2　失せ物さがし

ロールス・ロイスは最高級車である六輪のファントムⅫだった。大きさはプレジャーボートなみで、豪華さは倍。塗装には一点の曇りもなく、黒いペンキそのものが宙に浮かんでいるように見える。運転手が後部座席のドアをあけると、身なりのいい女性がおりてきた。わたしよりさほど年上には見えないけれど、地位とお金と特権を持つ世界の住人だ。憎らしく思っても当然なのに、そういう気持ちにはならない。

むしろうらやましかった。

「ミス・ストレンジですね？」自信ありげにつかつかと歩き、手を差しだしながらきいてきた。「ミス・シャードはあなたにお目にかかれてうれしく思っています」

「だれの話をしてるんだろう？」タイガーがひそひそいってあたりを見まわす。

「自分のことだと思うよ」わたしはミス・シャードにとびきりの笑顔を向けてあいさつした。

「おはようございます、ミス・シャード。ようこそいらっしゃいました。わたしがジェニファー・ストレンジです」

この人が依頼人なのだ。うちに捜索をたのむほど大切な物を持っているような年齢には見えないけれど、きいてみないとわからない。

「人はわたくしをアンと呼ばねばなりません」ミス・シャードはやさしくいった。「魔法関連での最近のご活躍は、鮮烈なおののきで人の心を満たしました」

上流階級の正式な話し方であるロングスピークでしゃべっている。しかも不連合王国の日常語ショートスピークは得意ではないらしい。

「えっと、失礼ですけど？」

「壮烈なる大胆さに導かれた特筆すべき行動でした」

「ほめてくださってます？」ミス・シャードの話がまだぴんと来なくてききかえした。

「もちろんです。わたくしたち、大いなる興味を持ってあなたの行動を注視しておりました」

「わたくしたち？」

「わたくしと、主《あるじ》です。英知と落ちつきをそなえた大立て者の紳士です」

どうやら高貴な人物の話をしているらしい。不連合王国の貴族は、人をやとってなんでもかんでもやらせる。自分のことを自分でするのは、貧乏貴族ぐらいのものだ。スノードニアのウォズル国王という人など、食べることが面倒になり、人をやとって代わりに食べさせたといわれている。その結果当然のことながら体重が減って死んでしまい、弟が王位を継いだ。

「この人、何いってるのかさっぱりわかんない」タイガーがささやく。

「ねえタイガー」ミス・シャードが機嫌をそこねる前にタイガーを追いはらわないといと思って声をかけた。「フル・プライスとレディ・モーゴンを呼んできてくれない?」

「彼らは剣呑《けんのん》な様相を呈していましたか?」ミス・シャードが礼儀正しい笑みを浮かべてきいてきた。

「え、だれが何を呈していたと?」

「ドラゴンです。つまり……恐ろしかったですか?」

「いいえ、それほどでも」わたしは手短に答えた。ドラゴンとはちょっとした因縁があるので、だれもが彼らのことをききたがる。でもわたしはほとんど何も語らなかった。ドラゴンは思慮深さを何よりも尊ぶからだ。わたしが言葉を継がずにいると、ミス・シャードもわかってくれた。

「この問題にかんするあなたの慎重さを尊重いたします」そういって小さく頭をさげる。

「あ……はい」いまひとつわからないまま返事をしてからいった。「こちらがきょうの作業チームです」

タイガーがフル・プライスとレディ・モーゴンを連れてきた。見学予定のパーキンスもいっしょだ。わたしが三人を順に紹介すると、ミス・シャードはこのような「吉日」に対面するのは「慶賀のいたりで喜びにたえません」といい、それに対して三人は握手を返しながらも警戒心をあらわにした。顧客とは一定の距離を置いたほうがいいものだが、ロングワードを使いまくる顧客とあってはなおさらだ。

「何をおさがしなんです？」レディ・モーゴンが、いつものようにずばりときいた。

「主のお母上の指輪です。本来ならご自身がお見えになって依頼なさるところですが、あいにく長期にわたる静養のためそれが果たせません」

「病院には行ったんですか？」タイガーがきいた。

「とおっしゃいますと？」

「だってずっと静養していたんでしょ？　体が悪いのかなって」

ミス・シャードは、タイガーをじっと見つめてからいった。「単に休暇を取られているだけです」

「あっ、そうなんですね」

「スタッフが無知ですみませんね」レディ・モーゴンがタイガーをじろりとにらんでいった。「悲しいことにカザムは捨て子の労働力がないと業務がまわらないんですよ。このスタッフどもときたらほんとうに扱いづらくて、ちゃらちゃらした贅沢品《ぜいたくひん》ばかりほしがる。食べ物だの靴だの給料だの……果ては人間の尊厳だの」

「どうぞお気になさらないで」ミス・シャードが物やわらかにいった。「捨て子のみなさんは単刀直入に話されますから、ときには胸のすくような思いがいたします」

「ええと、指輪はどのような物なんですか？」捨て子話がつづいて気まずいので、わたしは話をもどした。

「とりたてて特徴はありません。シンプルな金の指輪で、親指にはめるような、大きめの物です。主は、お母上の七十歳のお誕生日祝いにぜひともその指輪を贈りたいと考えておられます」

「おやすいご用です」フル・プライスがいった。「ところで、問題の指輪と触れあったことのある物を何かお持ちじゃないですか？」

「たとえば雇い主さんのお母さんとか？」タイガーがいたずらっぽく口をはさむ。

「こういう物がございます」ミス・シャードがいって、別の指輪をポケットから取りだした。「こちらはお母上が中指にはめていた指輪で、なくした指輪に触れていました。こすれたあとが残っています。ごらんください」

レディ・モーゴンはその指輪を手にとってまじまじと見つめてからぎゅっとにぎって何か唱え、また手をひらいた。指輪は手のひらから三センチほど浮きあがって、ゆっくりとまわりはじめた。それをフル・プライスに渡すと、プライスは指輪をつまんで日にかざしてから口にふくみ、しばらく歯の詰め物にカチャカチャとあたる音をさせていたけど、やがて飲みこんでしまった。

「こういう手順なんですよ」プライスはごまかすような口調でいった。

「ほんとうですか？」ミス・シャードがうたがわしげにきく。プライスが飲みこんだ指輪を取りもどせるのか、どんな状態で出てくるのかと不安な様子だ。

「心配ありません」プライスが明るくいう。「最近の洗剤は強力ですから」

「どうしてこの場所を指定なすったんです？」レディ・モーゴンがたずねた。

いい質問だった。今わたしたちがいるのは、ヘアウッドエンドという村の近くにある、ロスーヘレフォード幹線道路沿いの平凡なパーキングエリアだ。

「お母上は、かつてこの場所で指輪を紛失されたのです」ミス・シャードがいった。「乗用車から降車なさったときにはまだ所持されていたのですが、出発なさったときにはもう所持されていませんでした」

レディ・モーゴンはわたしを見て、依頼人を見て、つぎにフル・プライスを見た。それから空気のにおいをかいで何事かつぶやき、しばし考えこんだ。

「その指輪は、まだここらへんのどこかにある。なくなってから三十二年十か月と九日になるようだね？」

ミス・シャードは、レディ・モーゴンを凝視した。ずばりといいあてられてびっくりという顔つきだ。レディ・モーゴンは、記憶の残り香をかぎあてたのだろう。人間の感情は、完全に不活性な物体にもしみこむのだ。

「そんなに長いこと見つからないのには、それなりの理由があるんじゃないかな」フル・プライスがいった。「おたくの雇用主さんは、母上にチョコレートでも贈ったほうがいいと思うよ」

「でなきゃ花束がいい。残念ながらお力にはなれませんよ。ごきげんよう」レディ・モーゴンはそういうとくるりと背を向けて歩きだした。

「じゃあ、千ムーラーお支払いします！」

レディ・モーゴンは立ちどまった。千ムーラーといったら大金だ。

「千ムーラー？」

「主は、お母上のことになると惜しみなく費用を投じられる傾向がございます」

レディ・モーゴンはフル・プライスと目を見かわし、つぎにわたしを見てからミス・シャードにきいた。

「五千でどうです？」

「五千？」アン・シャードがオウム返しする。「指輪を一個さがしだすのに？」

「この指輪はさがしあてるべきじゃない」と、レディ・モーゴン。「危険料込みの値段ですよ」

ミス・シャードは、わたしたちの顔を順ぐりに見た。

「わかりました」しばらくしてからようやくいった。「ではここでお待ちします。でも見つからなければお支払いはできません。出張費もなしです」

「当社は、実際に出張した場合には――」わたしはいいかけたけど、レディ・モーゴンが横からいった。

「それでかまいませんよ」そして顔をゆがめてみせた。レディ・モーゴン流の笑顔なのかもしれない。

ミス・シャードはわたしたちと順番に握手するとまたロールス・ロイスに乗り、少し走ってから軽食のスタンドの前に車をとめた。ベーコンサンドの誘惑は、社会階級の垣根を越えるらしい。

「あの、おそれながら申しあげますが」わたしはレディ・モーゴンのほうに向きなおっていった。「うちが顧客から暴利を巻きあげてるなんて話が広まったら、カザムの評判が地に落ちますよ。それに職業倫理にも反すると思います」

「ふん。どうせ、一般人の評判は落ちるところまで落ちてるさ」レディ・モーゴンは苦々しげにいった。それはほんとうだった。わたしたちの懸命の努力にもかかわらず、一般の人たちはいまだに魔術全般をひどくうさんくさい物だと思っている。レディ・モーゴンがつづける。「それより、問題はふところ勘定だよ。帳簿を見たけど、いったいいつまであたしらの技能をただでくれてやるつもりなんだね？　あのお嬢さんはファントムⅧ《エイト》に乗っている。ふところに金がうなってるんだよ」

「ファントムⅫ《トゥエルブ》だけどね」タイガーがつぶやく。

「そろそろはじめようか？」フル・プライスがいった。「あと一時間したら、セイウチを移動させにいかなきゃいけない。遅刻するとデイヴィッドがひとりでやるはめになる」

「とっととすませよう」レディ・モーゴンがさっと手を振って、わたしとタイガーを追いはらった。わたしたちは車にもたれて魔術師たちを見つめた。パーキンスがレディ・モーゴンとプライスのまわりを歩きまわって、ふたりの話をききとろうとしている。

「ねえ、パーキンスは資格を取れると思う？」タイガーがきいてきた。

「取ってもらわなきゃ。橋の再建に必要だもの。再建に失敗したら、カザムが恥をさらすことになる」

「それもテレビ中継でね」

「あー、それをいわないで」

パーキンスのことを心配するのにはわけがある。資格を付与するのが、栄えある支配者スノッド国王よりさらに愚かで腐敗した唯一の人物、すなわち〝王の無能な弟〟だということだ。弟は〝魔道省〟の大臣。魔法関連全般をたばねる省の名前としてはどうかと思うネーミングだ。

「飲んじまうなんて！」レディ・モーゴンの怒った声がきこえた。「一体全体なんであんなことをするんだね？」指輪のことだろう。ちゃんとした理由があるわけではないので、フル・プライスはただ肩をすくめている。仲裁が必要かと思って、わたしは歩みよった。レディ・モーゴンが片手を突きだす。

「早くおよこし、デニス」

フル・プライスはちょっといやそうな顔をしたけれど、さすがにいいかえしたりはしなかった。目を閉じて深呼吸すると、立てつづけに妙な表情を作り、怒声のような叫びをあげて袖をまくった。前腕の皮膚の下に指輪の形が浮かびあがり、プライスが大汗をかきながらうなり声をあげるにつれて手のひらのほうへ移動していく。この技は前に何度か見たことがある。最近では、銃の暴発事故で患者の脊椎近くの危険な位置にとどまった銃弾をこの魔法で取りだしていた。

「ああっ！」フル・プライスが声をあげた。指輪の形が手のひらをわたっていく。「うおおお！」

指輪は、張りつめた指の皮膚の下をさかのぼり、指先でくるくるまわった。さんざん毒づいたりののしったりしたあげく、プライスはどうにか爪の下から指輪を抜きとった。

「うげー、気持ち悪すぎる」タイガーがいった。

「だよね」パーキンスがうなずく。「それでいて、なぜか目をはなせなくならない？」

「どうぞ」フル・プライスが指輪をぬぐってレディ・モーゴンに渡した。「これでいいでしょう？」

けれどレディ・モーゴンはもう別のことを考えていた。指輪を手に取って何か唱え、またプライスに返す。プライスはそれをかたくにぎりしめた。

「いやな感じがするな。この指輪の近くで、前に何か悪いことが起きたんじゃないか」

「ああ、そうだね」レディ・モーゴンは銀の栓がついた小さな水晶のびんをとりだした。

　魔術師たちのじゃまにならないよう、タイガーとわたしはまたうしろに下がっていたけれど、そこにさっぱりわけがわからないという顔をしたパーキンスも加わった。

「記憶を活性化しようとしてるんだと思う」わたしはいった。

「金に記憶があるの？」

「なんにでもあるよ。金そのものの記憶は退屈だけど――掘りだされて、くだかれて、精錬所に送られて、ハンマーでたたかれて――っていう具合で。でもそうじゃなく、金の指輪にしみついた、もっと強力な記憶をさぐっているんだと思う。あの指輪を身につけていた人の記憶を」

「記憶って生き物じゃない物体にも移るんだ？」

「もちろん。そして強烈な記憶であればあるほど、長く残る。その物を愛したり、楽しんだり、大切にしたりすれば記憶はくっきりときざまれて、読みとりやすくなる」

「じゃあ、あの水晶のびんは？」

「見ていればわかるよ」

　レディ・モーゴンが、フル・プライスの持つ指輪にびんの液体を一滴だけしたたらせると、指輪はたちまち小さな犬に変わった。犬はしっぽを振り、きゃんきゃん吠《ほ》えながら駆けまわった。体は純金製らしく、うっすらとした輝きをおびている。

「いい子だね」レディ・モーゴンがいった。「さあ、見つけておくれ」

小さな記憶犬は、ひと声低く鳴いて走りだした。地面をあちこちかぎまわって、相棒の指輪がどこへ行ったか思い出そうとしている。レディ・モーゴンとフル・プライスは犬を追って道をはずれ、木戸をあけて、牧草地に入りこんだ。牛がおもしろそうに見ている。わたしたち三人もあとを追った。記憶犬が立ちどまって考えたりうしろ足で耳をかいたりするたびにわたしたちも足を止める。そうすると犬はまた別の方向へ走りだす。記憶の残り香をたしかめようと、今来た道を引きかえすこともよくあった。その間レディ・モーゴンは、人さし指をずっと犬に向けている。一度、犬は、自分のしっぽがさがし物の指輪だとかんちがいしてかみつこうとしたが、はたとまちがいに気づいてまた走りだした。

「なくし物といえば、ぼくのスーツケースはどうしたんだろう」タイガーがぼそっといった。

レディ・モーゴンとプライスと犬を追って、牧草地を横切り踏みこし段を越え細道を通って小さな木立に入ったところだった。

「スーツケースって？」

「ぼくの赤いスーツケース。キャスターがついてて、化粧品用の内ポケットがある。孤児院の旅行でなくしちゃった。中身は空っぽだったからよかったけど。ぼくの唯一の財産だったんだよ。ぼくは、拾われたときそのスーツケースに入っていたんだって」

持ち物がほとんどないこと――それどころかキャスターと化粧品用の内ポケットつきの赤いスーツケースに入った状態で拾われること――は、タイガーが捨て子であることを考えると、それほど異常ではない。タイガーはわたしと同じくロブスター女子修道会の外階段の上に置きざりにされ、その後カザム魔法マネジメントに売られて十八歳まで年季奉公をすることになった。わたしはあと二年で年季が明けて市民権の申請ができるようになる。タイガーは年季が明けるまであと六年だ。

でもわたしたちは、こういうものだと思っているから文句をいったりはしない。おそろしくむだで、うんざりするほどひんぱんに行われるトロール戦争のせいで、孤児はたくさんいる。そしてホテルやファストフード店、クリーニング店などは、孤児の安い労働力を求めている。イギリス不連合王国を形づくる二十八の王国、公国、社会主義共同体、公共有限会社、専制国家のうち、捨て子の売買を違法と定めているのはわずか三か国。残念ながらこのヘレフォード王国はふくまれていない。

「余分な魔力があるときにさがそうね」わたしはいった。孤児にとって両親につながる物はなんであっても大変貴重だ。わたしはフォルクスワーゲン・ビートルの前部座席に置きざりにされていたのだけど、その車に今もこうして乗っているし、めったなことでは手放すつもりはない。

「べつにいいんだ。急ぐわけじゃないし」タイガーはこれまた捨て子らしく、謙虚に淡々といった。

やがてわたしたちは、小さな木立を出て門を通りぬけ、放棄された農場に入っていった。イバラやツタ、ハシバミの若木などがはびこって、赤煉瓦の建物を覆いつくす勢いだ。くずれかけた屋根をのせたおんぼろの納屋には、さびだらけの耕作機械が置きざりにされている。記憶犬は裏庭を突っきって古井戸の前で止まり、うれしそうにしっぽを振った。レディ・モーゴンは犬に追いつくとすぐ華麗に手を動かした。すると記憶犬は自分のしっぽを追いかけてくるくるまわりはじめ、やがてぼうっと金色にかがやく輪になって、元の指輪にもどった。指輪は石だたみの上でまわりつづけながらブーンと奇妙な音を立てている。

レディ・モーゴンは指輪を拾って、わたしに手わたした。まだ温かくて、子犬のにおいがする。フル・プライスが野ざらしになっていた井戸のふたをはずし、みんなで煉瓦づくりの井戸をのぞきこんだ。はるか下、インクを流したように真っ暗な水面に空が小さく丸く映り、わたしたちの黒い影がこちらを見あげている。

「このなかだね」レディ・モーゴンがいった。

「で、このままにしておいたほうがいい」フル・プライスはまだ気に入らないらしい。「やばい感じがする」

「どのくらいやばい感じ？」わたしはきいた。

「地獄なみのやばさだ。おまけに古い魔法の残り香みたいなものもある」

少しのあいだみんなだまりこんで、プライスのいったことについてじっくり考えた。井戸から冷気がはいのぼってくるような気がする。

「ぼくも何か感じるよ」パーキンスもいった。「きらいな人が背中ごしにのぞきこんでくるような感じ」

「指輪は、見つけられるのをいやがっている」フル・プライスがいった。

「そうだね」と、パーキンス。「だれかが、見つからないようかくしたんだ」

なくした物と、かくした物ではぜんぜん話がちがう。

「さがしあてる理由は、五千ムーラー分あるよ。何がなんでも見つけるんだ」レディ・モーゴンがいった。

# 3　逆行魔術

レディ・モーゴンは井戸に手をかざして指輪を泥のなかから引きあげようとしたけれど、逆に手がぐいっと下へ引っぱられた。

「しっかり固定されていて、あたしの命令に従おうとしない」レディ・モーゴンは、おもしろくてたまらないという声でいった。「ミスター・プライス、手を貸して」

ふたりが力を合わせて指輪を井戸から引きあげようとする。でもまもなく足元の地面の下からゴロゴロという低いとどろきがきこえてきて、井戸を囲む低い煉瓦の壁が形を変えはじめた。わたしとタイガーは一歩あとずさりしたけれど魔術師たちはその場に立って、忘れられた古い魔術で煉瓦が動きまわり、井戸が形を変えるさまを見つめている。またたくまに井戸は煉瓦でぴったりふさがれた。

「おもしろいじゃないか」レディ・モーゴンがいった。これは三十年の時をへだてた魔術師同士の知恵比べのようなものだ。指輪をかくすのにどんな魔法が使われたにせよ、それは今もしっかり効果を発揮している。

「ここでやめておいたほうがいいと思いますけどね」

フル・プライスがいうと、レディ・モーゴンは熱くなっていいかえした。

「これは果たし状だよ。あたしは挑戦を受けて立つのが好きなんだ」

レディ・モーゴンはここしばらく見たことがないほど生き生きとした様子で、まもなく攻略案をひねりだした。

「いいかい、よくおきき。まずミスター・プライスが標準的な逆行魔術を使って井戸をこじあける。何秒ぐらいあけておけるかね、ミスター・プライス？」

フル・プライスは考えこむような表情で、歯のすき間から息を吸った。

「せいぜい三十秒――がんばって四十秒ってとこですかね」

「じゅうぶんだろう。だが指輪は取りだされるのをこばんでいるから、人を送りこんで取ってくるしかない。あたしがだれかを逆さに浮揚させて井戸の底までおろし、指輪を取りださせる。ミスター・パーキンス、あんたはあたしとプライスに魔力を中継してほしい。できるね？」

「はい、できるかぎりがんばります」パーキンスがうれしそうに答えた。レディ・モーゴンに手伝いをたのまれるのは初めてだ。

「パーキンスはまだ免許を取っていません」わたしはいった。「きびしい罰則があるのはごぞんじでしょう？」

「ばれなきゃどうってことない。おまえ、たれこむ気かい？」

「そんなことはしませんが、許可できません」

「最後はパーキンスが決める」モーゴンはけわしい目でわたしをにらみながらいった。「ミスター・パーキンス？」

パーキンスはわたしを見、つぎにレディ・モーゴンを見て返事をした。「やります」

わたしはそれ以上何もいわなかったけれど、無免許で魔術をおこなえばとてつもなく恐ろしい罰を受ける可能性があることはみんなわかっていた。一般市民は昔から魔法を疑いの目で見てきた。その疑念をさらにあおったのが、十九世紀に起きたとんでもない事件だ。〝いまわしく残忍なる〟ブリックスと自称するよこしまな魔術師が、魔法で世界征服しようとたくらんだのだ。ブリックスのたくらみは失敗に終わったものの、魔法のイメージは深く傷つき、さまざまな影響が残った。いまや魔法界は官僚主義に支配され、書類と許可証の山にうずもれている。魔術を電気のような安全で便利な道具として新しく受けいれてもらおうという試みは、二世紀かかってようやく形になりはじめたところだ。信用は一度失ったら取りもどすのは大変だ。でもわたしは口をつぐんだ。わたしの仕事は規則があると指摘することで、魔術師たちを取りしまることじゃない。

「よろしい。ではじめよう」レディ・モーゴンがいった。

「えっ、ちょっと待って」タイガーは、「だれかを逆さに浮揚させて井戸の底までおろす」というのが自分のことだとやっと気づいたらしい。いちばん小柄なのはタイガーだ。「井戸の底ってクジラのお腹のなかみたいに真っ暗だよね」

わたしはバッグからガラス玉を取りだした。仕事のときは便利な道具をあれこれ常備するようにしている。

「当てこすりをいうと光るよ」そういってタイガーに渡した。

「そりゃあいいや」タイガーが皮肉っぽくいうと、ガラス玉はぱっと光った。

「これも役に立つかも」こんどはベビーシューズを取りだしてタイガーの耳に取りつけ、靴ひもをくくりつけて固定した。それから、靴の片割れを自分の口元にあてていった。「きこえる？」

「うん、きこえる。ねえ、ほんとに靴を耳にくくりつけて、ガラス玉にあてこすりをいいながら、井戸の底まで逆さまにおりていかなきゃならないの？」

「ほら貝に向かって話すっていう手もあるよ」パーキンスが親切に教えておきながら、つぎの瞬間に突きはなした。「あいにくここにはないけど」

「まあ、ほら貝を頭にくくりつけたりしたら、あほっぽく見えるもんな」フル・プライスが追い打ちをかける。

「あほっぽく見えることなんて、一ミリも気にしてないもんね」タイガーがいうと、ガラス玉が思いっきり明るく光った。

「いいかい、三十秒以内に指輪を見つけるんだよ」レディ・モーゴンがいいはなった。「悪臭ぷんぷんでばい菌がうようよしてる水のなかでさがし物をするのは厄介だろうから、あたしも力を貸そう」

「いっしょにおりてくれるんですか？」

「ばかをおいいでないよ。あたしがそんなまぬけなことをすると思うのかい？」

「そういわれても、返事のしようがないですけど……」タイガーが言葉を選びながらいう。

「好きなように返事するがいいさ。どっちみちおまえの言葉なんかきいちゃいないからね。ほれ」

レディ・モーゴンはタイガーにきれいな革手袋の片割れを渡してはめるようにいい、自分はもう片方を手にはめた。ベビーシューズやほら貝と同じく手袋も左右でひと組だから、物理的に距離があいても共鳴しあう。レディ・モーゴンが手袋をはめた手を閉じたりひらいたりすると、タイガーの手も同じように動いた。つぎにレディ・モーゴンが宙にぐるっと輪を描くと、タイガーの手袋も動きをそっくりなぞった。タイガーは目を丸くして自分の手を見つめている。いってみれば、体の一部がレディ・モーゴンに置きかわったようなものだ。さらにすごいのは手袋にフィードバック機能があること。つまりレディ・モーゴンもタイガーが触れている物を感じることができる。

「どうだね？」レディ・モーゴンがきいた。

「へんな感じです。えっと、もしもそのいまいましい指輪が三十秒以内に見つからなかったら？」

「そのときは煉瓦のふたが閉じ、おまえは深い井戸の底でばい菌とヒルだけをおともに残りの人生を送ることになる。しかもあてこすりの種が尽きれば、真っ暗闇になる」

「なんだか、あんまりやりたくなくなってきた」

「うだうだいうんじゃない」レディ・モーゴンがぴしゃりといった。「もしもおまえが腕ききの魔術師で、あたしがおかしな名前のついた穀潰《ごくつぶ》しの捨て子だとしたら、昼飯をおごってもらった三文役者みたいに、とっとと井戸に飛びこむだろうよ」

タイガーはわたしの顔を見て、ひどくない？　といいたげに片眉をあげた。

「やりたくなかったら、やらなくてもいいよ」わたしはいった。

「レディ・モーゴンは、最悪のケースについて語ってるだけだよ」フル・プライスが、なぐさめるようにいった。「万が一ほんとうに閉じこめられたら消防隊を呼ぶからさ。最悪でも一時間あれば救出できる」

「そういわれたら断りようがないよね？」タイガーがむすっとした顔でいう。「さっさと終わらせようよ」

レディ・モーゴンとフル・プライスが位置につき、人さし指を突きだした。一、二の三でフル・プライスが井戸を指すと煉瓦のふたがひらき、深い穴が顔をのぞかせた。同時にレディ・モーゴンがタイガーに人さし指を向けるとわたしの若き助手は宙に浮き、くるりと逆さまになって頭から井戸に突っこんでいった。

わたしたちは井戸をのぞきこんだ。真っ暗だけれど、タイガーが「うえぇ、こいつは楽しいや」とあてこすりをいうとガラス玉が明るくかがやき、煉瓦の壁がずっと下までつづいているのが見えた。少したつとベビーシューズからタイガーの声がきこえてきた。井戸の底に着いたけど、にごった水がたまっていて、すごくくさくて、古い自転車とショッピングカートがころがっているのしか見えないという。

「自転車とショッピングカートはどこにでも入りこむね」わたしはいった。「あちこちさわって、レディ・モーゴンに感触を伝えて」

モーゴンはもう感じとっていた。一方の手でタイガーを水面から十センチ程度のところに浮かせながら、もう一方の手は頭上で宙をつかんだり、触れたり、ぐるぐるかきまわしたりしている。二十メートル下にいるタイガーの手も同じ動きをしている。タイガーはベビーシューズを通じて実況を伝えながら、おりおりに極上のあてこすりを差しはさむ。

「十五秒経過」わたしは時計を見ながらいった。

「なんだかいやな感じがする」パーキンスがいう。パーキンスはすみのほうに立ち、目立った動きはせずに、ひたすら環境魔力を集めてモーゴンとプライスへ送っている。側溝が雨水を集めて配水管に流しこむのと同じ原理だ。

「ぼくも感じる」フル・プライスが井戸の上部をじっと見つめながらいった。必死の魔術で人さし指がぶるぶるふるえはじめる。「見ろ」

わたしは井戸をのぞきこんだ。さっきまではいちばん上の煉瓦だけが動いてふたになっていたけれど、今はほかの煉瓦もせりだしはじめている。下までずっとだ。井戸の穴がせばまってきたのだ。

「タイガーを出さないと！」わたしはモーゴンにいった。モーゴンは頭上でさぐるように手を動かし、井戸の底の泥のなかから指輪をさがしだそうとしている。

「あと少し」モーゴンが目を閉じたまま口を動かす。

「二十五秒！　あと五秒です！」

「どうなってるの？」ベビーシューズからタイガーの声がきこえた。

「すぐに出してあげるよ、タイガー。約束する」

煉瓦のせりだすスピードがあがった。煉瓦の粉や土、ひそんでいたハサミムシなんかがバラバラと落ちていく。フル・プライスは必死の形相で汗だくになり、体がはげしくふるえている。

「だめだ……これ以上……保てない！」歯を食いしばりながら言葉をしぼりだす。

「壁が……」タイガーのふるえる声がきこえてくる。「壁がせまってくる」

「レディ・モーゴン」わたしはできるかぎりおだやかにいった。「ただの指輪です。ほうってている。

「あとほんの少しで見つかる」モーゴンは手袋をはめた手でますます必死にあたりをさぐっておきましょう」

「三十秒。終わりです。中止してください」

でもレディ・モーゴンはやめる気配もなく手を動かしつづける。

「モーゴン!」フル・プライスがどなる。はげしくふるえていて、人さし指がぼやけて見えるほどだ。「あの子を出してやれ!」

それでもレディ・モーゴンはひるまない。獲物をしとめることにすべてを集中し、ほかのことはいっさいかまわない――捨て子がひとり、昔の魔術によって地下二十メートル地点で煉瓦に押しつぶされようとどうでもいいのだ。井戸は半分の大きさにまでちぢみ、フル・プライスは魔術との戦いで苦悶《くもん》の声をあげていた。パーキンスも全身をふるわせながら必死に耐えている。レディ・モーゴンはまだはげしく手を振りまわしてあたりをさぐっていたが、つぎの瞬間、いくつかのことが同時に起こった。モーゴンが叫び、パーキンスが倒れた。そして井戸はガリガリといやな音を立てながら閉じ、足元の地面からとどろきが伝わってきた。

腕時計に目をやった。プライスは四十三秒間井戸をあけておいてくれた。でも今はもう煉瓦が井戸にびっちりと栓をしている。そしてどこか下のほうで、タイガーもその一部になってしまった。

# 4　負のエネルギー

だれも口をきかなかった。フル・プライスとパーキンスは力を使いはたし、地面にはいつくばってせきこんでいる。レディ・モーゴンはその場に立って手袋をはめた手を少しひらき、何かをにぎりしめているように見える。何か見つけたのかもしれないけれど、どうでもいい。あまりにも代償が高くついたのだから。

頭がかっと熱くなり、体のなかで怒りがふくれあがってきた。かんしゃくを起こさないようふだんはとても気をつけているけれど、今にも爆発しそうだ。そのとき小さな声がきこえて、わたしは崖っぷちで踏みとどまった。

「ねえ、ジェニー」ベビーシューズからきこえる。「ここからだとザンビーニ会館が見えるよ」

タイガーだ。わたしは眉根を寄せ、つぎに空を見あげた。頭上はるか高くに点のように小さな姿があって、ぐんぐん大きくなってくる。レディ・モーゴンは井戸が閉じる寸前に電光石火の速さでタイガーを引っぱりだしたのだ。速すぎてだれにもその瞬間が見えず、タイガーはそのまま空へ飛びあがって今ようやく落ちてきた。レディ・モーゴンは、わたしが顔を見るとウインクしてきた。それから干し草を積んだ荷車を右へ五メートルほどすばやく動かすと、数秒後、タイガーはその上にずぼっと着地した。同時にレディ・モーゴンの手袋をはめた手に泥だらけの物体が出現した。

「ほれ」レディ・モーゴンは得意げににやりとしてその物体をよこした。「モーゴンにおまかせあれ」

「おもしろかったよ。絶体絶命はらはらドキドキ大きいほうもらしちゃう、みたいなスリルだった」タイガーが体じゅう泥と干し草まみれで荷車からおりてきた。「ちなみに、ぼくはもらしてないからね。くさいのは井戸の底の汚泥のせいだから」

フル・プライスが最初に、みんなが思っていることをいってくれた。

「間一髪でしたね、ダフネ」

「残り時間は正確に読めていたさ。プローンズ先生には、これっぽっちも危険はなかった」

「そうは思えません」わたしはタイガーの頭にできた丸いはげを指さした。煉瓦がぴしゃりと閉じたとき、髪がひと束はさまれて抜けたにちがいない。「従業員を危険にさらさないようお願いします、レディ・モーゴン」

「あたしに、説教する気かい？」レディ・モーゴンはわざとゆっくりした口調でいった。「あたしのかばん持ちにすら値しないおまえが？　グレート・ザンビーニがもどってきたとき、はたしておまえの首がつながってるかねえ。たしかにプローンズは少しばかり危険な目にあった。だがカザムの従業員として少々の危険を引きうけるのは当然のことだ。その分恩恵も受けているんだから」

「恩恵ってなんですか？　ぼく知りたいな」タイガーがきいた。間一髪の危険に耐えたのだから少しぐらい生意気なことをいっても許されると思ったのだろう。

「きかなくてもわかるだろう？　現存する世界最高の魔術師たちとともに仕事ができるという栄誉だよ」

「それ以外には？」タイガーがまたきいた。魔術師たちと仕事ができることについては、みんなありがたいと思っている。

「ほかに何が必要かね？　その手袋、きれいにしてから返すんだよ。たった今あたしは、会社に五千ムーラーの利益をもたらしたんだ。おまえたちみんな泣いて喜ぶがいい」

「金の指輪をかくすだけのために、なんであんな強力な魔法を使ったんだろう？」パーキンスがうまいこと、会話をあるべき方向へみちびいた。

だれも答えられなかった。わたしはレディ・モーゴンから渡された小さな素焼きの壺《つぼ》をあらためて見た。梨ぐらいの大きさで、ミックススパイスを入れるのに使うような入れ物だ。壺の口に手を突っこんで泥水のなかをさぐり、金の指輪を引っぱりだした。三十年間も泥水につかっていたのに、傷ひとつなくきらきらとかがやいている。太い指に合いそうな大きな指輪だけれど、これといって特徴はなかった。文字も何もきざまれていない、シンプルな金の指輪だ。

フル・プライスが手をのばして、あわてて引っ込めた。

「うわっ、負の魔法エネルギーが充満してる——憎しみと悪意の入りまじった感情だ。この指輪には暴力と裏切りの記憶がしみついている。呪われてるぞ」

「だからあんないやな感じがしたんだな」パーキンスが顔をしかめた。

みんな用心して一歩あとずさりした。呪いは魔法界のウイルスだ。負の感情エネルギーがよりあわさって悪意に包まれると、無警戒の者に襲いかかっておとしいれることがある。だれにでも何にでも取りついて、払いのけるのは至難のわざだ。みんなは不安げにだまりこんだけれど、レディ・モーゴンが沈黙を破った。

「何をうじうじしてるんだね？　五千ムーラーは五千ムーラーだよ。あたしらにはかかわりのないことだし、呪いなんて今にはじまったことでもない。呪いの呪文の切れはしは、この国のいたるところにころがってるんだ。過去の苦しみの残りかすとしてね」

それはほんとうだった。不連合王国では歴史上残虐な事件がたびたび起こってきて、そのさいに使われた呪文の切れはしが国土のあちらこちらに埋まっている。だから庭先に穴を掘っただけで、そんな呪文がいきなりよみがえることもある。食べるのを楽しみにしながら種芋を植えていたら、つぎの瞬間空から農業用フォークがバラバラふってきてあわてて逃げだすなんていうことも起きたりする。

「べつに一般人があたしらと同じく、危険な運試しをしたっていいだろう」レディ・モーゴンがいった。「それともなにかい？　呪いの品かもしれない物をうっかり渡すといけないから、朝からさんざん苦労したことを忘れろっていうのかい？」

「おかしいと思われるかもしれないけど」タイガーが、頭のてっぺんのはげたところをさわりながらいった。「ぼく、この件についてはレディ・モーゴンと同じ考えだな」

「ふだんはばかなことしかいわないくせに、めずらしく頭がはっきりしてるようじゃないか。さ、ここでの仕事は終わりだよ」

正論だった。みんな無言でパーキングエリアに引きかえすと、レディ・モーゴンはひと言もいわずにバイクで去っていった。魔法による賃仕事が順風満帆に運ぶことは少ない。なかには簡単に終わる仕事もあるけれど、厄介なものも同じくらいある。この指輪にほんとうに呪いがこめられているとしたら、それを返しただけでミス・シャードやほかの関係者がひどい目にあうかもしれない。一方、五千ムーラーの報酬があれば、カザムの屋台骨はゆるぎないものになって、魔法業者としての威厳と品位を保つことができるだろう。もっともどうせ今は失せ物さがしと屋根裏の模様替えぐらいしかしていないんだから、威厳も何もあったものじゃないけど。いずれにせよレディ・モーゴンがいったように、わたしたちにはかかわりのないことだ。

ロールス・ロイスがまだとまっていたので、金の指輪をにぎりしめたままそちらへ向かった。スモークをかけた窓をノックすると、軽い音を立てながら下にひらいた。

「はい？」

「捜索活動により称《たた》ふべき成果は現出しましたか？」ミス・シャードがきいた。

「見つかりました？」

わたしはしばし言葉を飲みこみ、手のなかの指輪を固くにぎりしめた。

「いえ、残念ながら」わたしはいい、ミス・シャードから借りたもうひとつの指輪を返した。「雇い主さんに、申しわけありませんとお伝えください。できるかぎりのことはしたのですが」

「所在地の手がかりもつかめなかったのですか？」ミス・シャードは少し驚いたような声を出した。

「ええ、まったくわかりませんでした。なにしろ三十年前の紛失物ですし」

「そうですか。ご協力に感謝します。主は、帰ってきたらご自分でさがされることでしょう」

ミス・シャードはごきげんようといってパーキングエリアからロールス・ロイスを出し、午前の車の流れに乗りいれてまもなく見えなくなった。車を見おくりながら、わたしは妙な胸騒ぎを感じていた。理由はわからない。指輪を素焼きの壺にもどすと、ハンカチを詰めて栓にした。

会社へ向かって車を走らせながら、五千ムーラーを捨てた決断についてもう一度考えた。あれでよかったのだ。カザムには力があるけれど、悪影響が生じないよう責任を持たないと、力を乱用するだけになってしまう。魔法使いはただでさえ社会的地位が低いのに、呪いの魔術に加担したりしたらイメージはますます地に落ちる。わたしは笑みを浮かべた。グレート・ザンビーニだって、きっと同じことをしたはずだ。

全体として見れば、なかなかいい朝だった。

# 5　ザンビーニ会館

ザンビーニ会館の裏の駐車場に車をとめた。タイガーに、早くシャワーを浴びてくさい泥を洗いながすよういってから、自分も車をおりてなかにはいった。古きよき時代、ザンビーニ会館は〈マジェスティック・ホテル〉だった。「〇年代最凶の暴君」という大人気イベントの授賞式がひらかれた、わずか四つの会場のひとつでもあった。雑誌「ホワット・ホテル?」にも「小国にある最高級のホテル」として取りあげられた。「食中毒が起こる可能性はあるものの、かならず食あたりを起こすわけではありません」というコメントつきで。

でも、それも今は昔。〈マジェスティック・ホテル〉は、今やカザムの社屋になり、かつての栄光をしのぶこともできないほどみすぼらしいありさまだ。その昔、舞踏場ではそこそこ名の知れた王子たちが弦楽四重奏の甘い調べに乗って連れの女性をくどいたものだけれど、今は食堂として使われていて、こげたトーストの匂いとじっとりした湿気がこもっている。昔、各国の貴人たちがつぎつぎにおとずれてくつろいだ貴賓室には、今では〝ミステリアスX〟が住みついている。Xは「だれ」というより「何」なのかを問うべき謎の存在で、いろいろ奇妙な——というか気持ち悪いクセがある。

　ロビーでは大きなオークの木がこぶだらけの枝をのばして、昔の受付カウンターをがっちりかかえこみ、以前カフェテリアの入り口だった鉄製のしゃれた柵にもしっかり巻きついている。オークは二十年前にハーフ・プライスが卒業研究で生やしたもので、そのまま消さずに置いてある。

　ロビーを抜けて事務所に入り、電気をつけた。バッグを椅子《いす》にどさっと置き、小さな素焼きの壺をデスクの引き出しにしまう。この事務所は、カザムのコントロールセンターだ。五十年前、魔法の力が最高に強かったころは、ものすごく活気があったらしい。スタッフが三十人ぐらいいてひっきりなしに電話を受け、つぎつぎと魔法の予約が決まっていった。今は主《ぬし》のいないデスクばかりだけど、デスクも電話も捨てずにとってある。往時をしのぶためでもあるし、うまく歯車がかみあえばまたいそがしい日々がもどってくるという期待もあってのことだ。

　デスクにつくと、朝の危機一髪のできごとを思いかえしてメモ帳にいくつか走り書きをし、受話器を取ってよく知っている電話番号にかけた。

「iマジック」つんけんした声がいった。「カザムより早い安いうまい。〝最強の〟ブリックスが君臨するiマジックです。ご用件は？」

「ずいぶんなお言葉ね、グラディス」〝ビッグマジック〟が起こってからカザムとiマジックの競争はいっそうはげしくなっているけれど、少なくともこちらは、ライバルの悪口をいうほど落ちぶれてはいない。

「だってほんとのことでしょ、ジェニファー」グラディスは見くだすようにいった。「今、〝最強〟――えっと、〝脅威の〟ブリックスに代わるわ」

コンラッド・ブリックスはiマジックことインダストリアルマジック社の主任魔術師であると同時に社長でもあり、わたしがカザムでしている仕事をしている。グレート・ザンビーニはブリックスを毛嫌いしていた。かの〝いまわしく残忍なる〟ブリックスの孫だからというだけでなく、魔法というものの進むべき道について意見が正反対だからだ。ザンビーニは魔法を社会全体の善と正義を実現するための道具とみなしていた。でもブリックスは魔法を金もうけの道具と考えている。大金をもうけるための。

「やあ、名は体を表す変わり者ストレンジくん」横柄な声がした。「いそがしいので手短にしてくれたまえ」

うちとiマジックはいがみあうライバル同士だけれど、魔法業界で仕事をする以上、いくつかの点では協力せざるを得ない。どこの魔術師も魔力を引きだす源はいっしょなので、五千シャンダーを超える魔法を使うときは電話で一報を入れることになっているのだ。

「社名をiマジックに変えたんですね？」わたしはいった。

「〝インダストリアル・マジック〟は少々いいにくいのでね。それにはじめに〝i〟をつければ、なんでも今風で最先端になる。おい、そんなことのために電話してきたのか？」

「ちがいます。十一時十五分に、うちが十メガシャンダーの魔法を使う予定なので、かち合わないようにと思ってお電話しました」

「うちは四時半まで何も大きいものはないが」ブリックスが疑わしげにいった。「何をする気なのかね？　十メガは、当日いきなり知らせてくるにしては、ずいぶん大きな魔法だぞ」

「おたく、きのううちを妨害しませんでしたよね？」相手の質問は無視して、前日、ごくふつうの足場組みの作業中に起きた障害のことをきいてみた。

「ジェニファー、そんなことをいわれると心底傷つくよ」ブリックスが心にもないことをいった。「うちはプロ集団だ。妨害だなんだと非難するのは、われわれの誠実さを愚弄する行為だぞ」

「誠実さのかけらがあなたの心に迷いこんだら、さみしさのあまり死んじゃうでしょうね」

「生意気なやつめ。いつか思い知らせてやるからな。まだ何かあるのか？」

「あります。いつ称号を〝驚異の〟から〝最強の〟に変えたんです？」

魔術師の称号は自分でつけるものだし、実力以上に立派な称号をつけてはいけないと明文化されているわけでもない。でもマナーには反している。魔術師は威厳と信義を重んじるものだ――ふつうはそう考えられている。

「おや、なぜそんなことになったのかな」ブリックスはそしらぬ顔で答えた。「グラディスに話しておこう」

「ありがとうございます。それと、きょうの二時からパーキンスの認定試験がありますから、お忘れなきようにお願いします」

「もう予定表に記入してあるよ、お嬢さん。わたしも立ちあうかもしれない」

「それは恐悦至極にぞんじます」

「ほんとうに生意気なやつだな、ジェニファー」

「ミスター・ザンビーニとの約束を守っているだけです。では、サンドップ・カレ・ンバー、〝驚異の〟ブリックス」

「サンドップ・カレ・ンバー、ミス・ストレンジ」

儀礼として定められている大昔のあいさつを交わしてからたがいに電話を切った。なんだか気になる。ブリックスが自分に〝最強の〟という称号をつけようとしているのは、厄介ごとの前兆かもしれない。自分を大きく見せようとする魔術師は、たいてい危険なことをやらかすのだから。

「ねえ、ブリックスはパーキンスの認定試験をじゃまするつもりかなあ？」タイガーが、ぬれた頭をタオルでふきながら事務所に入ってきた。

「うん、やりかねない。〝美人でとんま〟なサマンサ・フリントが三年連続で試験に落ちてるから、パーキンスがうまくやったらあっちはむかついて何かしてくるかも」

「フリント先生は、脚に矢印のタトゥーが入ってないと、自分の足も見つけられないタイプだよね」タイガーがいう。「基本技能試験でも落ちてたし。もうあきらめればいいのに」

「彼女、ぜんぜんダメだけどまぶしいほどの美人でしょ。ブリックスは見た目の美しい魔術師はお金を取れると思ってる」

「たしかに、資格を取れればめずらしい存在になるかもね」タイガーがいった。見た目のいい魔術師は、あまりいないのだ。

「とにかく、ブリックスには目を光らせておかないと。信頼度を高さで表現したら、パトリックがブリックスを持ちあげる高さのほうがはるかに上だよ」

ラドローのパトリックは、浮揚術の使い手だ。物を持ちあげて移動させるのが得意技で、今はヘレフォード市の委託で、違法駐車の撤去ばかりやっている。すごく純粋で子羊みたいにやさしい人だけど、半端ない力持ちだし、あり得ないところに筋肉がついていて見かけは変わっている。

「パトリックには、実際にブリックスを持ちあげてぶん投げてみてほしいな」

「そうだね。あ、ヘクター、こんにちは」

ヘクターこと〝はかなきヘラジカ〟がいきなりウォータークーラーの上に現れ、虚空を見つめて何やら考えごとをはじめた。このヘラジカは、はるか昔に魔術師がしかけたいたずらだ。どういう意図なのかも、だれのしわざなのかも、そしておもしろいのかどうかもわからない。ただ、ヘクターを生かしている魔術はとてもよく練られていて、驚くほど長持ちだ。ヘクター自身は、出現するというういたずら以外に何もすることはないし、時間だけはやたらとたっぷりあるので、いつもおそろしく退屈そうにザンビーニ会館のあちこちで出たり引っこんだりしている。わたしは何度もヘクターに話しかけたことがあるけれど、一度も返事をもらったことはない。もともと北米産大型草食動物なわけだから、返事をしないほうが自然だけど。

〝はかなきヘラジカ〟はわたしとタイガーをまじまじと見つめると、悲しげにため息をついて姿を消した。

「ねえ、あのファントムⅫのお姉さんに指輪渡してないでしょ？」タイガーがきいてきた。

タイガーはわたしのことをよくわかっている。まだ十二歳だけどとても聡明だ。捨て子にはそういう子が多い。

「うん、渡してない。首を折られそうになりながら取ってきてくれたのに、ごめんね」

タイガーは肩をすくめてちょっと笑った。「けっこうおもしろかったからいいよ。いやだったのは、井戸に降りていくときと空中に飛ばされたときだけ。ジェニファーのせいでカザムは五千ムーラーもうけそこねたって、みんなにいったほうがいい？」

「いわないで」

郵便物をざっと見て緊急の用件（たいていは請求書）がないか確認してから、シャンダーグラフで環境魔力をたしかめた。携帯用のシャンダーメーターはその時点での魔力だけを計測するけど、シャンダーグラフは一定時間内に魔力がどのように推移したかを教えてくれる装置で、気圧計に少し似ている。魔法が使われると環境魔力の減少が記録されるので、使われた時間もわかるし、その強さとだいたいの場所も見てとることができる。

装置からゆっくり吐きだされてくる長いシートを手に取ってみると、今朝のドタバタがしっかり記録されていた。ここから十キロ東で十四メガシャンダー。魔力が最大に達した時点もわかる。フル・プライスが井戸の口をあけておこうと悪戦苦闘していたときだ。ストラウドにあるiマジックが魔法を使ったことも記録されていた。強さはこちらの使用魔力と同じくらいだけど、わたしはその実態を知っている。ブリックスは〝珍奇なる〟チャンゴ・マトニーに町はずれでトラックを持ちあげさせてそのまま二十分間待機するよう命じ、iマジックがいかにもたくさん仕事をしているよう見せかけるというたぐいの裏工作をしているのだ。

もっとも、iマジックは厄介ではあるけど、脅威ではなかった。iマジックにはブリックス、チャンゴ、それに〝アリを手なずける〟デイム・コービーの三人しか魔術師がいない。一方カザムには現役の魔術師が五人いるし、おまけに空飛ぶじゅうたん乗りと、実力のある予知能力者がふたりいる。向こうはゼロだ。でもiマジックには利点もある。うちみたいに、半分頭のいかれた元魔法使いを三十六人もかかえて食べさせなきゃならないという課題もないし、第二の収入源もある。デイム・コービーは大企業〈コービー・ズボンプレス〉の後取りで、今でも株式の配当を毎年相当額受けているらしい。お手軽なノーアイロンの服が出まわってもズボンプレスは健在だ。

こわれずに残っているふたつの自動洗浄カップのうちひとつを食器立てから取って永久ティーポットのお茶を注《そそ》ぎ、冷蔵庫からいつも半分空っぽの牛乳びんを出してミルクをいれた。

「おはよう、ジェニファー」ソファから声がし、くしゃくしゃの布の山のような姿が起きあがってぽりぽりと体をかいた。

「おはよう、ケヴィン」ケヴィンにもお茶をいれてカップを渡し、クッキー缶からこれまた永久になくならないクッキーを一枚取って差しだした。「元気?」

ケヴィンは細身で、だれにもいわぬまま三十歳の誕生日を二十年前にむかえた。着ている服はいつもぼろぼろで、困窮したトロール戦争寡婦《かふ》基金のリサイクルショップに持っていっても受けとってもらえなさそうだけど、ひげそりやヘアカットなどの身だしなみはいつも完璧だ。だからホームレスのコスプレをしたビジネスマンみたいに見える。

「元気そのものだよ」ケヴィンはあくびをしながらいった。

ケヴィンはいつもふだん着のまま事務所のソファで寝る。部屋にちゃんとしたベッドがあるのにそこで寝ないのは自分のベッドで死ぬという予知夢を見たからで、ベッドを避けていれば死なないと考えたのだ。極端にきこえるかもしれないけれど、〝めざましき〟ケヴィン・

ジップは予知能力者なのだから無理もない。予知能力者とは、何百万という可能な未来線をさぐって当たりを見つけだすタイプの魔術師だ。でも予知はみんなそうだけど、ケヴィンの見る幻視《ヴィジョン》も漠然としていて誤解をさそうことが多い。たとえば前に「火星人がおそってくる」というヴィジョンを見たときには、あとから「家政婦が遅く来る」だったことがわかった。そして「あしたカザムの隆盛が来る」と予言したとき、実際に起こったのは「あした数多くの流星がふる」だった。それでもケヴィンの的中率は七十三パーセントと立派なもので、ビッグマジックが実現してからはさらに上昇中だ。

「何かうちに関係のありそうなヴィジョンはある?」わたしはきいた。ケヴィンはたまに、ものすごく鮮明なヴィジョンを見てもだれにも関係なさそうだと思ってだまっていることがある。

「うん」ケヴィンはお茶をひと口飲んでからいった。「〝VISION BOSS《ヴィジョン ボス》〟っていう文字と、エレベーターの値段がさがるっていうやつを見た」

「値段がさがる?」

「あがるのかもしれない。どっちかだ。あるいはあがったりさがったりする」

「『ヴィジョンボス』?」わたしはつぶやきながら、〈ヴィジョン台帳〉に手をのばした。うちの予知能力者が感じとった予感や予知夢、ヴィジョンをすべて書きつけた記録簿だ。「めがねチェーンの名前でしょ? 『ヴィジョンボスに行けばよかった』ってキャッチフレーズの」

「なんのことだかはわからない。ヴィジョン界のボスっていうこともあり得るな。『史上最強の予知能力者』みたいな」

「それってキルペックのシスター・ヨランダだよね」ケヴィンの見たものをとりあえず〈ヴィジョン台帳〉に書きこみながらいう。「十二年以上もまえに亡くなったんだった。ハイロードで路面電車にひかれて」

「ああ。自分の事故は予知できなかったんだ」ケヴィンは悲しそうにいった。

「なんでシスター・ヨランダのことが思いうかんだの？」

「わからない。あ、それからまたグレート・ザンビーニのヴィジョンを見たよ」

「え、ほんとに？」

わたしは急に色めき立った。

「ああ。また出現する」

それはすごくいい知らせだ。グレート・ザンビーニは八か月前、子どものパーティーで簡単な消失術を披露している最中に姿を消してしまった。それ以来、カザムのだれもがザンビーニの帰還を待ちのぞんでいる。ケヴィンはミスター・ザンビーニと親しかったから、ザンビーニの出現にまつわる予言はいつも正しかった。でもたいていタイミングが遅くて、わたしたちはせっかくの予言を活《い》かせずにいた。

「いつ？」

「あすの午後四時三分十四秒」

「場所は？」

「まったくわからない――でも数分間はいると思う」

「それじゃどうしようもないね。不連合王国は広いし、数分間じゃ人さがしには短いし」

「予知は、精密科学じゃないからさ」ケヴィンが弁解した。「ていうか、そもそも科学ですらないんだと思う。でも、もう少し近くなればもっとわかるかもしれない」

「いつわかるか予知できない？」希望をこめてきいてみた。

「無理だな」

わたしは〈ヴィジョン台帳〉に書きこんだそれぞれのヴィジョンに独自の番号――RAD94からRAD96まで――を振り、もっとくわしいことがわかったらすぐ知らせてほしいとケヴィンにたのんだ。前回ミスター・ザンビーニが出現したのは、週末しか営業しないコッツウォルド公国だった。わたしとカザムのみんなで村のいたるところに張りこんだけれど、ミスター・ザンビーニは四十七秒間出現しただけでまたすぐに消えてしまった。十五人で目を皿のようにして見はっていたのに、会えなかったのだ。ザンビーニが現れたのはミセス・ビショップという人の家のジャム貯蔵庫のなかだった。彼もめんくらっただろうけどすぐに気を取りなおしたらしく、最高級のローガンベリージャムをひとびんたいらげていた。とにかくザンビーニはそんな調子で、今という時間のなかをピンポン玉みたいにあちこち飛ばされている。〝はかなきヘラジカ〟と似たようなものだけど、出現範囲はずっと広いし、いられる時間はずっと短い。ウィザード・ムービンの考えでは、ザンビーニは消失術を使ったとき何かバグを起こしてしまったのではないかという。でも真相はザンビーニが帰ってこないとわからないし、帰ってくるかどうかもわからない。

「少しでも場所の手がかりがあったらすぐに教えて」わたしはまたいい、タイガーにケヴィンの朝食を用意して新聞を渡すようたのんでから、予定表のところへ行って向こう数日間の予定をじっくりとながめた。水曜と木曜はいつもどおりだけど、金曜日は橋の工事のために一日じゅうあけてある。

ヘレフォードには、語るに値するような橋はひとつしかない。十二世紀の石造りのアーチ橋だ。いや、ひとつしかなかったというべきか。手入れもされないままほったらかされ、雪どけ水の奔流にさらされつづけた結果、三年前に崩落してしまったのだ。今は川床にがれきの山が眠っていて、残された橋脚と橋台のおかげでかろうじて橋があったことがわかるという具合だ。

「橋の再建工事は、うまく終わらせなきゃね」

わたしが昔の橋の写真を見つめていると、タイガーがいった。

「うん、何がなんでもね」わたしは答えた。「住宅改修の仕事を減らして土木工事の分野に進出すれば、きっとカザムも注目を集める。世間の評価も上げたいところだから橋の工事はいい宣伝になるよ。ムービンがしっかり計画を立てているといいんだけど。作戦はばっちりっていってるけど、ムービンのいう作戦って、『とりあえずはじめて様子を見ながら進める』っていう意味だったりするから」

そのときタイガーが指をパチンと鳴らした。「そういえばフル・プライスがいってなかったっけ。ムービンがなんか実験をするからぼくらに立ちあってほしがってるって」

「いってたね。行って様子を見てきて。もどったら〝B1－7G〟の書類に今朝の仕事のことを記入して――ただしパーキンスが参加したってことは書かないでね」

タイガーはうなずいて、小走りに出ていった。まもなくタイガーがエレベーター前で階数を大声で叫ぶのがきこえた。行きたい階数を叫んで空《から》のエレベーターシャフトに飛びこみ、〝上へ向かって落ちる〟というのがザンビーニ会館での習わしだ。

入れ替わりにノックの音がした。振りかえるとパリッとしたスーツを着てブリーフケースを持った小柄な男が立っている。なんとなく見たことのある顔だ。

「トリンブルと申します。〈トリンブル・トリンブル・トリンブル・トリンブル＆トリンブル法律事務所〉の弁護士です」男は名刺を差しだした。帽子はひとりでに帽子掛けに向かって飛んでいった。ザンビーニ会館全体に自動片づけの魔法がかかっているせいだ。

「このあいだお目にかかりましたよね」わたしは冷ややかにいった。「コンスタッフ不動産部門の代理人をなさっていたじゃありませんか」

「ああ、あれは別のトリンブルです」トリンブル氏は明るくいって、名刺の二番めの「トリンブル」を指さした。「これがわたしです。じつに不名誉なことにドナルドは除名されました」

「そうですか。わたしはジェニファー・ストレンジ。カザムの社長代理です。どうぞおかけください」

椅子をすすめると、トリンブル氏は腰をおろしてさっそく切りだした。「うちには裕福で力のあるお客さまがいらっしゃいまして、そのような方々から御社にお願いがあるのです」

いやな感じがしたけど、とりあえず単刀直入な話しぶりだし、わたしは五千ムーラー取りかえす必要がある。だから、うさんくさいと思いつつもたずねた。

「はい、それで？　どのようなご提案でしょう？」

トリンブル氏は深呼吸をしてからいった。「お客さま方は、御社に携帯電話ネットワークを再稼働させてほしいと望んでおられます」

この要望を受けるのは初めてではなかったし、これが最後でもないだろう。環境魔力が低下し、主に魔法の力で稼働しているサービスをひとつずつ停止させるはめになったとき、真っ先に止められたのが携帯電話ネットワークだった。携帯電話とコンピューターは一九九三年以降、稼働していない。カラーテレビは一九九八年、GPSの位置情報は二〇〇〇年にストップした。電魔製品のうち最後まで利用されていた電魔レンジも二〇〇四年には停止した。航空機のレーダーが同じ電魔原理で稼働していたので、最後まで残されたのだ。今も使用されている魔法テクノロジーは、方位磁石が北を指す魔法と、走りだした自転車が倒れないようにする魔法だけ。どっちみちこのふたつは古すぎて、止める方法をだれも知らない。

「以前にベルシャウト・コミュニケーションズやN&O、ボーダバニーといった携帯電話会社からも要請を受けたことがあります」わたしはいった。「そのたびに『しかるべき時が来れば』とお答えしてきました。携帯電話ネットワークを再稼働するには、まず魔力のレベルがじゅうぶんにあがることが必要です。そして最優先すべきテクノロジー、つまり医療用スキャンと電魔レンジが再稼働できたら、つぎが携帯電話の番です」

「どれくらいかかりますかね？」

わたしは肩をすくめた。「まだ当分かかると思いますよ。携帯電話が停止させられたとき、だれも呪文のコピーを取っておかなかったんです。ヨーヨーですら正しく動かすためには二百行以上の呪文が必要で、コピー機には一万行以上必要なんですから、どれだけの大仕事になるかおわかりでしょう。それに携帯電話を止めたのは、魔法の進むべき方向性を考えなおすいい機会になりました。以前と同じあやまちをおかすわけにはいきません。かつて個人やかぎられた企業に魔力の使用許可を与えることで、悪意を持った人間に魔力をゆだねてしまったことがありました。ですから魔力の使用許可は万人に与えるか、あるいはだれにも与えないか、どちらかにすべきだと考えます」

これはグレート・ザンビーニの考えで、カザムの魔術師もほとんどみなザンビーニに賛成していた。トリンブル氏とわたしはしばらくのあいだにらめっこしていたが、やがて相手がいった。

「なるほど。とりあえず魔術師のみなさんにも要望をお伝えいただけませんか？　当方のお客さま方には、反対はカザムの総意であるとお伝えします」

伝えておきますというとトリンブル氏は立ちあがって帽子を取り、最後にいった。

「お時間をさいてくださってありがとうございました。お気が変わったらお知らせください。当方のお客さまがお話しなさりたいと思いますので」握手をすると、トリンブル氏は帰っていった。

入れ替わりにナシル王子が、きょうの予定表を手にむずかしい顔で現れた。

「またピザのデリバリーかよ」うんざりした声でいう。「いつになったらまともなじゅうたん乗りの仕事ができるんだ？」

「意外と早くチャンスが来るかもよ。お願いしたいことがあるから」

オマール・スミス・アークライト・ベン・ナシル王子は、カザムにいるふたりのじゅうたん乗りのひとりだ。じゅうたんを乗りこなすのは本来なら気高くて楽しい仕事なのだろうけれど、ある凍てつく夜、ブラザー・ヴェロビアスというじゅうたん乗りがふたりの乗客を乗せて飛んでいた〈トルクメン　Mk18-C型〝ブハラ〟〉が繊維疲労のせいで空中分解し、三人とも墜落死するという事故が起きたせいで、昔のようにはいかなくなった。民間航空管理局は安全上の理由できびしい規制を導入し、魔法のじゅうたんを使った商売で利益を出すのはほぼ不可能になってしまった。最高時速が制限され、航空灯をつけることが義務化された――何よりつらいのは、乗客を乗せるのが禁止されたことだ。おかげで今は物品の配達しかできない。

「ケヴィン・ジップがヴィジョンを見たの。グレート・ザンビーニが、あすの午後四時三分十四秒に出現するって」

「ははん。時刻はわかるけど、場所がわからないってやつだな？」

「そんなところ。ミスター・ザンビーニをなんとかして取りもどしたいから、コバンザメみたいにジップに貼りついてて。そして出現場所にかかわるヴィジョンが来た瞬間にわたしをさがしにきてほしい」

ナシル王子はまかせとけとうけあってから、来月はじゅうたんの修繕でつぎはぎの作業をしなくてはならないから飛べないといって出ていった。

「あの人ってほんとに王子なの？」ちょうどもどってきたタイガーがきいた。

「ポートランド公国の継承順位第二位。ムービンはなんていってた？」

「いつでもあがってきてくれって。目の玉が飛びでるような実験らしいよ」

そういわれると心配になる。ウィザード・ムービンは果敢な挑戦が大好きで、年がら年中命の危険をかえりみずに謎めいた実験をやっている。本人は最先端の重要な試みだというけど、どちらかといえば迷惑行為だ。

「じゃあ行きましょ」わたしはため息をついた。「どっちみち今朝は、おかしなことだらけだし」

# 6　ウィザード・ムービン

タイガーといっしょにエレベーターに向かった。

「ムービン、また爆発を起こさないといいんだけど」

わたしがいうと、タイガーも少し前のできごとを口にした。

「アナグマを引きよせるのもやめてほしいよね」

アナグマよけの魔法が暴走して逆にさかりをつけてしまったのだ。その結果、愛嬌《あいきょう》のある白黒模様のアナグマが、軒並み恋わずらいにかかってザンビーニ会館に押しよせた。でも爆発とアナグマの事件を別にすれば、ムービンは文句なしにわたしたちのお気に入りで、いちばん一般人ぽい。四十代半ばだけれどずっと若く見える。魔力はレディ・モーゴンより強いけどムラがあって、ちょくちょくサージを起こす。これは望まないときに起こる魔力の過剰放出のことだ。ビッグマジックの直前、ムービンはサージのせいで大爆発を起こし、ザンビーニ会館を木っ端《こっぱ》みじんにしかけると同時に、鉛を金に変えた。そのあと実験室を復元する魔術を編みだそうとして、また別の実験室を爆破した。

エレベーターの前で階数を叫び、空のシャフトに飛びこんで五階へ行った。希望の階に着いたらすぐにシャフトの外へ出ないと、また落ちてしまう。慣れない人は行ったり来たりするはめになり、いちばんひどいケースでは三日間シャフトから出られなかった人もいる。

ムービンは自室にいた。三つの部屋の壁を取っぱらってつなげたものだ。寝るのにも実験するのにも使っているから、ものすごい数のわけのわからない装置が部屋中に散らばっているのもうなずける。どれもおそろしくこみいっていて、しかもあわてて修理した様子の見えるものばかりだ。

「やあ、ジェニファー！」ムービンはわたしの顔を見るとうれしそうに声をあげた。「今朝のさがしものはうまくいったのかい？」

「うーん、評価は見方によるかな。ところで〝脅威の〟ブリックスが〝最強の〟ブリックスに称号を変えようとしているってきいた？」

ムービンは笑った。「ははは。やつの傲慢《ごうまん》さは身の破滅を招くだろうな。さ、それじゃやりますか」ムービンはパンと手をたたいてつづけた。「魔法で聖杯さがしに匹敵する困難な技といったらなんだと思う？」

ムービンは実験をしていると、日常生活では見たことがないほど興奮状態になる。そして興奮していると髪がいっそう逆立ち、むさくるしい服装がよけいぐちゃぐちゃになる。人間の姿というより、ぐちゃぐちゃのベッドに手足をはやしたみたいだ。

「えーと、透明人間になること？」まさかとは思いながらもいってみた。透明人間になる魔法は、マイティ・シャンダーですら成しとげていない。知っているかぎりではまだだれも成功していないはずだ。人生すべてをそれにかけた人たちもいるというのに。

「あー、そこまではいかない」とムービン。

「大聖堂を移動させるとか？」タイガーがいった。

「それは移動術だろ。それ以外の何物でもない」ムービンが切ってすてる。

「じゃあじゅうたんにも飛行機にも乗らずに空を飛ぶとか？」わたしはまたいった。

「うーん、もう少しだけやさしい」

「テレポーテーション？」

「当たり！」ムービンがうれしそうにいった。「ある地点から別の地点へ物理的に瞬間移動すること。現在の記録は百三十七キロ」

「グレート・ザンビーニが若いころに作った記録だよ」わたしはタイガーに教えた。「六十年以上前に」

「そしておれの個人記録は……」ムービンが高らかに発表する。「十一・六メートル。本日はそれを……二十メートルにのばしてごらんにいれます」

「なるほど」そう返事をしながら、どんな悪影響があり得るだろうと考えたら、とっさに八つぐらい思いついた。街が二区画分破壊されるとか、そばにいる人の耳あかがとけて流れるとか――ちなみに耳あかのほうは、テレポーテーションでふつうに起こる副反応だ。というか、もともと耳そうじのために考えられた魔法なのだ。不思議な瞬間移動は、その結果起こった便利な副産物であることが、のちにたしかめられたのだった。一六九八年に元の呪文を書いた魔術師は、「簡易にしてはるかに衛生的な耳掃除の方法」としてこの魔法を試みた。ところが魔法をかけた瞬間、どういうわけか路上に移動していた。その後、みながこぞって研究を重ね、テレポーテーションの範囲と正確さはずいぶん向上したけれど、耳あかがとけて流れる効果が消えることはなかった。移動後には、かならず移動前よりもきこえがよくなるのだ。

「しかも二十メートル移動するだけではありません」ムービンがもったいをつけていった。「厚さ三ミリのベニヤ板を通りぬけてごらんにいれます」

タイガーとわたしは、疑わしげに顔を見あわせた。前回、物を通りぬけようとしたとき、ムービンは鼻の骨を折って膝にも打ち身を負ったのだ。

「今回は絹の布からはじめて、紙、段ボールと少しずつ難度をあげてきたんだ」ムービンはわたしたちを連れて廊下に出た。「そろそろもっとむずかしいことに挑戦しないと」

「もう、服がぬげたりしない？」わたしはきいた。前回は、そんなちょっと恥ずかしい現象も起きたのだった。

「ああ、大丈夫だ」そういえば服がぬげたとき、ムービン自身は恥ずかしがっていなかった。

「前回は、術をかける前にヌガーを食ってたんだ。あれがまちがいの元だった」

　ザンビーニ会館はかつてホテルだったから、長い廊下にはことかかない。部屋の前の長廊下には大きなベニヤ板が一枚吊《つ》るしてあった。ムービンが天井の照明器具に取りつけたものだ。板の二メートルほど手前に×印を描くと、タイガーに携帯用のシャンダーメーターを渡して、魔力の最大値を測定するようにいい、それからわたしに巻き尺を持たせた。

「おれが歩いていくから、二十メートルまで行ったら大声で知らせてくれ」ムービンは巻き尺の端を持ってベニヤ板のわきをすりぬけ、歩きだした。

「ねえ、ああやって板の横をまわりこんでテレポートする可能性はないの？」

　タイガーがきくので説明した。

「テレポーテーションで曲線を描くのは不可能なの。魔法の力は直線でしか働かないから、曲がり角の向こうにテレポーテーションするには、角の建物やなんかを突破して最短距離で移動するしかない。だからたとえばシンガポールまで岩盤や地面を真っすぐ突きぬけていくのはものすごい魔法エネルギーが必要になるわけ。となると大陸間テレポーテーションをするより、空飛ぶじゅうたんで飛んだほうがはるかに効率的なんだ。その昔、空中で長距離テレポーテーションを試みた魔術師はいたけどね。パリから出発して七百キロ近く離れたトゥルーズの上空七百五十メートルに出現した」

「ええっ。それは予定外だったんじゃ……」

「ううん、そこまでは予定どおりだったの。ところがパラシュートがひらかなくて、悲鳴をあげながら墜落するという無残な最期《さいご》をとげてしまった。その後まもなく環境魔力がさがりはじめたから、それ以降、長距離のテレポーテーションを試そうとした魔術師はいない」

「下に干し草の荷車を置いておけばよかったのに」タイガーがぽつりといった。「魔法ってなかなかひと筋縄ではいかないんだね」

タイガーはカザムに来て二か月になるけど、魔法で何でも思いのままにできるわけではないということが、まだぴんと来ないときもあるらしい。たいていの人は手を振って「アブラカダブラ」と唱えれば魔法がかかると思っているけれど、実際はそれよりはるかに複雑だ。魔術というのは、やりたいことをするというよりできることをする――というか、物理的な制約を回避する方法をあれこれ工夫する技能なのだ。

巻き尺がするするとのびつづけ、二十メートルの目盛りが見えたので大声で知らせると、ムービンは立ちどまった。

「ようし、じゃあ行くぞ」向こう端からムービンの自信満々の声がひびいた。「二十メートルの距離と厚さ三ミリのベニヤ板を越えてテレポーテーションします」

わたしがうなずいてみせると、タイガーは壁の〝魔力大氾濫《マジクリズム》〟警報装置のふたをあけた。館内にはいたるところにこの装置が取りつけてある。ムービンの魔法が暴走したら、タイガーが即座に赤いボタンを押す。すると天井のスプリンクラーが作動して水が吹きだし、魔法をしずめるという仕組みだ。ザンビーニ会館では昔から水曜日の午前中は魔術の実験をする日と決まっているので、万が一にそなえてゴム長靴とレインコートを身につける住人も多い。

ベニヤ板のずっと向こうの暗がりからうなり声がきこえ、また静まったけれど何も起こらない。しばらくしてまたうなり声がきこえたけど、こんども何も起こらない。これは望み薄かなと思いはじめたとき向こう端からかすかにポンという音がひびき、ムービンのいなくなった空間に向かってどっと風が吹きこんだ。つぎの瞬間わたしたちの目の前にムービンが現れ、押しだされた空気がかすかな衝撃波となってわたしたちの体に当たった。

「ジャジャーン！」ムービンはいって、自分の足が白い×印の真上に乗っていることをたしかめた。「二十メートルを達成。しかも三ミリのベニヤ板を通りぬけた。あすは六ミリのベニヤをためして、つぎはもっと頑丈な合板に挑戦しよう」

「すごい。今晩、記録台帳に書きこんでおくね」わたしはいった。

「これは自己ベストでもある」ムービンはうれしそうだ。「iマジックの連中がテレポートにいどんでいないとすれば、おれは今現在、世界一のテレポーターってことになる……って、ふたりとも何をじろじろ見てるんだよ？」

「ムービン、なんだかつやつやしてる」わたしは手をのばしてムービンに触れた。「全身がシュガードーナッツみたいになってる」

そのとき、ベニヤ板が三枚の薄い層に分かれてはらりとはがれおちた。

「うわっ。ベニヤを通りぬけたとき、おれの体に糊《のり》がぜんぶくっついちゃったらしい。どうしてそんなことになるんだ？」

わたしたちにたずねたわけではなく、困惑して自問している。魔術の実験はこういうことの連続だ。少し何かがうまくいったかと思うと、予想もしなかった謎の副反応が生じる。たとえば火をおこそうとするとしゃっくりが立てつづけに出て止まらなくなるし、雨雲をいじって雨をふらせようとすると、近くにいる見物人の歯から詰めものが取れたりする。

「〝はかなきヘラジカ〟は何も考えなくてもテレポートできるのにな。角も曲がれるし」ムービンはぶつくさいった。

「でもあいつは、自分自身が呪文でできてるんでしょ」タイガーがなぐさめる。「体重だってないはずだから、移動も簡単なんじゃない？」

「ああ、おそらくな」ムービンはまだ浮かない口調だ。「あいつのこと、もっと研究できるといいんだけど」

ウィザード・ムービンはここ最近、何度か〝はかなきヘラジカ〟に魔法探査をしかけて、どんな呪文にもとづいて動いているのか突きとめようとしていた。でもわかったのは、元の魔術師がおそらくギリシア人だろうということと、土台になっている魔法がたぶん〝マンドレーク知覚模倣《もほう》プロトコル〟だろうということぐらい。生き物のような幻像を生みだす魔法はたいていマンドレーク上で走らせるものなので、これでは謎の解明につながらない。

ムービンは単なる好奇心でさぐっているわけじゃない。魔術というものは謎と秘密に包まれていて、すばらしい呪文が見つかってもめったに公開されない。いにしえの魔術師たちは、大変すばらしい魔法を自分ひとりの頭におさめたまま墓場まで持っていったのだ。大きな革表紙の本に書きのこしてくれた魔術師もなかにはいたけれど、それは例外だった。だからあのヘラジカがどうしてこんなに長く生きのびてやすやすとテレポートできるのか、しかもそれをどうやって一日平均百七十二・八シャンダーというわずかな魔力で維持できるのかを突きとめることにはすごく意味がある。

「シャワーを浴びないと」ムービンがいった。「お湯を使いきったやつがいなければだけどな」

「わっ」タイガーがあわてる。

「なんだ、またかよ？」

「だって、全身泥だらけだったんだもの」

「ねえムービン、橋の仕事はどうなってる？」わたしは話題を変えた。いまだにくわしい計画やリスク評価をきいていない。

「考え中だ。ただ、〝ディブル蓄魔器〟が待機中の状態でフリーズしたままだから、一日で仕上げるにはうちの連中を総動員しないと無理だな」

「きょうレディ・モーゴンが、蓄魔器をオンラインにつなげる作業をするつもりみたい」

「ばあさん、ディブルをハッキングする気なのか？　おれがやるより、やってもらったほうがいいね」ムービンはにやりとして意味ありげにうなずいた。

巧妙に編まれた魔術のハッキングは、肝がすわっていないとできない。魔術師という人たちは、自分の編みだした魔法を徹底的に守ろうとする。そっくりまねようとするけしからぬ輩《やから》をこらしめるため、罠《わな》をしかけることも多い。ムービンは、ぶつくさいいながら部屋にもどっていった。オークの床に糊の足跡がペタペタとつく。わたしは腕時計に目をやっていった。

「さ、それじゃレディ・モーゴンの様子を見にいこうか。今朝の仕事で報酬をもらわなかったことはだまっててね」

# 7　ディブル蓄魔器

「ディブル蓄魔器っていったいなんなの?」下の階にもどりながらタイガーがきいた。タイガーはまだあと十年分ぐらいおぼえることが残っているのに、それをわたしの年季が明ける二年後までにすませないとならない。しかもグレート・ザンビーニがいないから、教育係はほぼわたしだ。自分でもまだ知らないことがあるというのに。

「〝比類なき〟チャールズ・ディブルが編みだした魔法だよ」わたしは説明した。「魔力が落ちはじめた時代に、グレート・ザンビーニは残された魔力をたくわえる方法を考えていた。〝比類なき〟ディブルっていうのは、自分で魔術をおこなうんじゃなく魔術師のために呪文を書く人だった。じつは携帯電話ネットワークを構築する呪文も、彼が一九四〇年代にエレクトロマジック社のために書いたもので、そのあとは魔力をたくわえる装置の開発に力を注いだ。しばらくは隠居していたんだけど、そんなディブルにザンビーニが声をかけて蓄魔器を作らせたんだ。すごく単純化すると、ザンビーニ会館全体を巨大な充電式の蓄電池に変えるような魔法」

タイガーは、そんな重要なものを見のがすなんて信じられないという顔であたりを見まわした。

「どこにあるの？」

わたしは建物全体をぐるりと手で指した。

「実際に電池の形をしてるわけじゃないよ。マイナスの魔力を会館全体にめぐらせることで魔力を吸収してためこみ、必要に応じて大量に放出するという魔法なんだ。蓄魔器の利用法はいくらでもあって、固い岩盤に穴を掘ることもできるし、無から有を生じさせることだってできる。なにしろ四ギガシャンダーの魔力をたくわえられるんだから」

「ギガシャンダーってどれくらいの力？」

「一ギガシャンダーは百万シャンダー。もっと古い帝国時代の単位に換算すると四十聖堂キロメートル。つまり――」

「大聖堂を四十キロ動かせるだけの魔法だね？」

「そのとおり。または四十の大聖堂をそれぞれ一キロずつ移動させられる魔力とも考えられる。小ぶりな教会なら八百キロぐらい動かせるし、洋服ダンスをオーストラリアのメルボルンまで持っていくことだってできる」

「それってなんか意味あるの？」

「ない」

「じゃあ、四ギガシャンダーってことは大聖堂ひとつを――なんと――百六十キロ移動できるっていうことだね」

「そんなところ。ただ、国境を越えて移動させるとなると、事務手続きが悪夢だろうね。おとなりのモンマスにたどり着く前に書類で埋もれそう」

タイガーは少しだまりこんでから口をひらいた。「うちの料金表に『大聖堂の移動』っていう項目がないのには、それなりの理由があるんだね」

「そういうこと。ディブルは二十六年前、蓄魔器の魔法をあやつっている最中に亡くなったんだ。そのとき装置はスタンバイ状態でパス思考もプロテクトがかかってた。だから今は、ものすごく容量の大きな蓄電池があるのに充電器がないような状態なの。それでも環境魔力が低かったときは、大きな仕事なんてうけおわなかったからべつにかまわなかった。でも今は、魔力が少しずつ上昇しているから、なんとかしてディブルをオンラインにつなげたい。今後、運河を掘るとか鉄道の線路を敷くとかストーンヘンジを建てるなんていう大仕事を引きうけるには、かならず必要になるから」

「なるほどね。だいたいわかった。でもさ、せめて〝ザーゴン蓄魔器〟とか〝ズノーフ・インバーター〟とか、もうちょっとかっこいい名前にできないのかな。〝ディブル〟なんて名前じゃなくて」

「〝ディブル〟はかっこ悪い？」

「いまいちだね。ちょっとまぬけな感じ」

「いわれてみればそうかも。でもかっこいいかどうかで決まるわけじゃないもの。ディブルが発明したんだからディブルで決まり」

わたしたちはロビーを通りぬけてパームコートに入った。マジェスティック・ホテルの最盛期には、ここはエキゾチックな屋内庭園だったはずだ。熱帯植物やヤシの木が生いしげり、澄んだ水をたたえた池にはスイレンが浮かびコイが泳いでいた。木々や池のあいまには小さなテーブルが点々と配され、貴人たちがお茶を飲みながらうわさ話に花を咲かせて、給仕たちが目配りをゆきとどかせていた。

それも今は昔。

もう何年も前からこの部屋でお客をもてなしたり、熱帯植物を育てたりすることはなくなっていた。ドーム型天井のガラス窓は、多くがひび割れたり欠けたりしているので、雨ふりの日には雨もり対策でそこらじゅうにバケツを置くはめになる。大理石の床はしみだらけでがたがただし、真ん中にある大噴水は完全に干あがっている。

噴水のとなりにレディ・モーゴンがいた。いつもの黒いドレスからさらに漆黒《しっこく》のドレスに着がえている。本気で仕事にかかっている証拠だ。あまりにも深い黒なので、宙にレディ・モーゴンの形をした穴があいているみたいで、じっと見つめているとめまいがしてくる。

「下に干し草の山を置いてやったのに、礼のひとつもいわなかったね、プローンズ」

「無残な墜落死から救ってくださって心から感謝しています」反論してもむだだとあきらめてタイガーはいった。

「礼節に損はなしというだろう」レディ・モーゴンがうなるようにいう。「ミス・シャードは支払ってくれたのかね？」

「じゅうぶん満足のいく形で決着しました」わたしは答えを返した。

「ふむ。さて、これからディブルに侵入するから立ちあうように。ただしこちらに近づいたり、話しかけたりしないこと。いいね？」

タイガーもわたしも声に出してわかりましたといってもいいかどうかわからなかったので、ひたすらうなずいた。

「よろしい。まず第一に、呪文の核となる部分のルートディレクトリに侵入してパス思考をリセットする。そのあと装置のスイッチを入れる。進めながら声に出して説明するからおまえたちはメモを取るように。幸運を祈ることはゆるそう」

「幸運をお祈りします」わたしはいって、ノートと鉛筆を取りだした。

レディ・モーゴンが宙を見つめ両方の人さし指を振りあげる。ひと呼吸置いてから指を振りおろして外に広げ、指揮者がシンフォニーを振りはじめるときのような動きをした。宙に裂け目ができ、青い色が顔をのぞかせる。まるでテントのファスナーをおろして入り口を押しあけたみたいだ。さらにつづけて指揮者のように両手を動かし、打楽器セクションのあたりを指すと、部屋のあちこちに放置されていた椅子が裂け目からさっと離れ、シャンデリアがかすかにチリチリと音を立てた。

つづいてレディ・モーゴンは弦楽器セクション全体に合図を出す要領で手を大きく振りうごかし、ファゴットの一音を引っぱるように宙に片手をあげたまま裂け目をじっとのぞきこんだ。裂け目のなかには奥行きがあり、色つきの光があちこちでまたたいている。レディ・モーゴンはハープとティンパニのあいだぐらいの位置に向けてそっと両手を動かしながら、呪文の内部構造をさぐっていく。とても複雑な魔法だ。タイガーとわたしは目を丸くしたままじっと見つめた。文字どおり魔法にかけられたみたいに身動きもできない。何年も魔法業界で仕事をしてきたのに、こんなものを見るのは初めてだ。

「ふうむ」レディ・モーゴンはわたしたちに背を向けたまま話しだした。手はチェロにピアニッシモを指示するような動きをしている。「ルニックスを核とした標準的なワシードの魔法だね。そこに既製のシャンダーの魔法を合わせて内部の場を自動制御させている。どうやらディブルは侵入を阻止するために門番がわりの呪文をいくつか仕込んでいるようだ。核のまわりで一度に五方向に旋回させて、魔法を解かれないようにしてある」

「グレート・ザンビーニはいつも慎重でした」わたしは口をひらいたら怒られるかもしれないと思いながらいった。「四ギガシャンダーもの手つかずの魔力を放置しておいたら、黒魔術師が悪意を持って近づいてくるかもしれないから、手厚く防御するようにといっていたんです」

「なるほどそうかもしれない」

レディ・モーゴンはひとこと答えると、そこから五分間真剣に呪文を唱えはじめた。手の動きは指揮者とほとんど変わらない。前にミスター・ザンビーニが指揮者と魔術師の技能は互換性があると教えてくれた。魔術師が魔法の杖《つえ》を使うという伝説は、指揮棒から来た発想かもしれないともいっていた。

タイガーとわたしがだんだん飽きて、思考がさまよいはじめたとき、鼓膜がポンと鳴った。「ようし」レディ・モーゴンがめずらしく笑みを浮かべた。「あとはパス思考を再設定するだけだ」

木管楽器セクションあたりに向けてさらに手を動かすと、裂け目が閉じた。

「どんなもんだね」と、勝ちほこったようにいう。「こんなに簡単だとは思わなかったよ。蓄魔器は明日の今ごろまでには満タンになるだろう。金曜の朝をむかえる前に予行演習もできるから橋の再建にはじゅうぶんまにあう。プローンズ、ムービンを呼んでおいで。パス思考を伝えるから」

タイガーはパームコートから駆けだしていき、わたしはレディ・モーゴンの手際をたたえた。モーゴンはいった。

「十年前なら眠っていてもできただろうがね。でもおほめの言葉をありがとうよ。ちょっと、なんでそんなにじろじろ見るんだい？」

「レディ・モーゴン、白っぽくなってます」

「白髪なんてもう何年も前からだ。生意気なことをいうなと注意しただろうが」

「そうじゃなくて、体じゅうが白っぽくなってます」

ほんとうだった。漆黒のドレスが今やチャコールグレーに変わり、一秒ごとに色が薄くなっている。レディ・モーゴンは眉を寄せて自分の手を見てから、わたしの顔を見て力なくほほえんだ。

「やれやれ」あきらめた口調でそういうと、一瞬おいて全身が石になった。

「うっそ……」わたしは静かにつぶやいた。

# 8　石化

人が石化するところを見たのは初めてだった。初めのショックがおさまると、近づいてよく見てみた。レディ・モーゴンの毛穴も、しわも、まつげの一本一本も、そっくりそのままなめらかな雪花石膏《アラバスター》に変わっている。二百キロぐらいありそうな石のかたまりになっているとはいえ、レディ・モーゴンにこんなに近づくのは変な感じがする。そして石に変わるのはもちろん面倒なことだけれど、そのなかではまだましなほうだった。玄武岩や大理石になったらとても厄介だし、花崗岩《かこうがん》にされたら最悪だ。

「おやまあ、なんてこった」ムービンが入ってきて笑いながらいった。すぐうしろからタイガーもやってくる。「こりゃあ末永く語り草になるぞ。〝比類なき〟ディブルは、その名のとおり比類なきことをやってのけたわけだ――門番として石化の呪文を仕込むとは。いやあ、それはさすがにだれも気づかない」

「元にもどせる？」わたしはきいた。

「朝飯前だ。もっとも、石になっていてくれたほうがずっと静かだけどな」

「ねえ、鼻の下にひげを描いたら、元にもどったあともひげを描かれたままなのかな？」タイガーがきく。

「笑いごとじゃないよ」わたしも、おもしろがる気持ちがありつつもそういった。「できるだけ早く元にもどしてもらわないと大変」

「わかったわかった」ムービンはひとつ深呼吸をして魔法をかける体勢を取り、両方の人さし指をレディ・モーゴンに向けて力を解きはなった。

何も起こらない。

ムービンは体を起こしていったん力を抜き、もう一度同じことをした。

やっぱり何も起こらない。しばらくしてムービンはいった。

「妙だな。石に変わるときは一瞬だったのか？」

「ううん。五秒ぐらいかけて変わった」

「そりゃまずい。ちょっと待ってろ」ムービンはパームコートから飛びだしていった。

「この人、石になっててもこわいよね」タイガーがいった。

それは否定できない。いつものモーゴンらしく不機嫌ににらみつける顔ではなく、ずっと前に死んだディブルにしてやられたと気づいたときの、あきらめの笑顔のまま固まっていたけれど、それでもやっぱりこわい。

「でもそれとは別に、思ったとおりだってことがわかった」

「なんのこと？」

「ドレスの陰でローラースケートをはいてる」

石像の足元に目をやると、白い石膏《せっこう》に変わったやわらかなひだの裾あたりに、ローラースケートの車輪の形がひとつ浮き出ている。

「うわわ、えらいこっちゃ！」ハーフ・プライスがパームコートに入ってくるなり叫んだ。フル・プライスとウィザード・ムービンもいっしょだ。「石頭が全身に広がったのか」

「立ち往生とはこのことだね」フル・プライスもくすっと笑いながらいう。「標準的な逆行魔術はためしてみたかい？」

「ああ、二回やってみたけど、ぴくりとも動かない」

「ぼくもやってみよう」ハーフもいって、ムービンと同じようなやり方で魔法をかけたけれど、結果も同じだった。

「ふーむ。フルはどうだい？」

双子の兄フル・プライスも魔法を解くことはできなかった。魔術師たちは急に深刻な顔つきになり魔術会議をはじめた。こういう話し合いに突入すると、わたしには八語に一語ぐらいしか理解できない。十分ほど話し合ったのち、三人は息を合わせていっせいに魔法をかけた。でも部屋が蒸し暑くなって、みんなの服のサイズがひとまわり大きくなっただけで終わった。

「石になる前になんかいってなかったか？」ムービンが、ベルトの穴をひとつ締めながらきいてきた。

「装置はもう魔力を充電しはじめてるって」わたしはいった。「それと魔法はルニックスで書かれているっていってた」

「ルニックスを使う人はもういないよ」フル・プライスがいう。「古代の魔法言語で四世紀ごろまではさかんに使われていたけど、その後みんなアラマイックに移行した。なあ、ハーフ、だれかルニックスにくわしい人いなかったっけ？」

「レディ・モーゴン以外に？」

「当然だろ」

「たしかモンティ・ヴァンガードが、以前から古代の魔法言語に興味を持っていたよ」

ムービンがタイガーにヴァンガードを呼びに行かせた。魔術師たちはさっきまでどこかのんびりしていたのに、突然、必死の形相に変わった。

「でも魔法の基本的な可逆性は、このケースにも当てはまるんでしょう？」わたしはきいてみた。

「もちろんだ」ムービンがうなずく。「呪文がどういうふうに書かれているか正確にわかれば、解けない魔法はない――けど、解明するには少し時間がかかるかもしれない」

「少しってどれくらい？」

「昼飯抜きで取りくんで六、七年てとこかな」

「ええっ、六、七年？　橋の工事は金曜日だよ。あと二日もないのに！」

「人生は短し、魔術の道は長しだ、ジェニファー」

「そんなこといわれても……」

「お困りごとかな？」小粋《こいき》な白髪の老人がやってきた。しゃれた身なりをして細い口ひげを生やしている。うちの魔術師のひとりモンティ・ヴァンガードだ。何年も前に隠居して、今は医療用スキャンを再稼働させる日にそなえ、何千行にもおよぶ呪文を編纂《へんさん》する日々を過ごしている。

ムービンが困りごとをくわしく説明すると、モンティ・ヴァンガードはにっこりした。

「お若いの、どうやら少々やけどをして、この老骨に助けを求めてきたということかね？」

「ええ、まあそんなところです」

モンティはモーゴンと同じようにして宙に裂け目をあけ、めがねをかけてなかの呪文をじっくり観察した。しばらくすると口をひらいた。

「なるほど。で、パス思考はわかるかね？」

「いいえ」わたしは答えた。「だれにも伝えないうちに石になっちゃったんです」

「では再設定しよう。しかしほんとうにレディ・モーゴンを元にもどしたいのかね？　なにしろあの人は――」

モンティ・ヴァンガードは最後までいいおえることができなかった――彼もアラバスターになってしまったのだ。しかもモーゴンのようにゆっくりとではなく、一瞬にして。不運にもまばたきの途中だったので、粋で立派な見た目ではなく撮りそこないの写真のような半目になって、ちょっとまぬけっぽく見える。

「……うーむ」しばらくしてからフル・プライスが口をひらいた。「あまりうまくいかなかったね。さあ、どうする？」

だれもいい案がなかったので、しばらくみんなでモンティとレディ・モーゴンを見ながらたたずんでいた。

「ねえ、石になると体に害はあるの？」わたしはきいた。

「いいや、ちっとも」ムービンが教えてくれた。「サンドブラストで研磨したり、手足をもいでヘレフォード大聖堂の柱廊の修復に使ったりすれば別だけど、そのままにしておけば元にもどったとき一秒も過ぎてないように感じるはずだ」

それをきいて、はっとした。以前から頭を悩ませていた謎の答えがここにあるかもしれない。グレート・ザンビーニとマザー・ゼノビアが一世紀以上生きて、たいしておとろえを見せていないことが、前々から不思議でならなかった。マザーなんか百五十歳を超えている。

「ちょっと出かけてもいい？」わたしはきいた。「思いついたことがあって」

「いいとも」ムービンが答える。「だが、このことは秘密にしておこう。おれら五人だけが知っていればいい」

「六人だよ」タイガーがいった。〝はかなきヘラジカ〟がいきなり現れたのだ。レディ・モーゴンをつまらなそうに見つめている。

「じゃあ六人。ほかの連中をびびらせても意味がないからな」

わたしは大急ぎで事務室からボール紙とフェルトペンを取ってくると、「改装中につき閉鎖」と書いて、パームコートの入り口に貼りつけた。

「どうするつもり？」ロビーを歩きながらタイガーがきいた。

「マザー・ゼノビアのところへ行くよ」

タイガーはぶるっとふるえた。「ぼくも行かなきゃだめ？」

「うん、来て」

「マザー、こわいんだもん」

「わたしだってマザーはこわいよ。修行だと思って行くの。さ、ネクタイを取ってきて、靴もみがいて。あと、パーキンスを連れてきてね。修道院はお城と同じ方向にあるから、マザーの用事がすんだらパーキンスを認定試験に連れていけばいいでしょ。じゃ、外で待ってるから十分で来て」

# 9　クォークビーストとマザー・ゼノビア

愛車のフォルクスワーゲンはザンビーニ会館の地下駐車場にとめてある。そこではほかにもおんぼろのロールス・ロイスが数台とブガッティが一、二台ほこりをかぶっていた。隠居している魔術師たちが、かつて金と力を持っていた時代のなごりだ。わたしがドラゴンスレイヤーの役目を終えた今、スレイヤーモービルもここにとめてあるけれど、それ以外でまともに動くのはわたしのフォルクスワーゲンだけだ。ヘレフォード王国では年齢でなく成熟度によって、半トンの鉄のかたまりを飛ばすのにふさわしい人物かどうかを判定する。だから魔術師や二十五歳以下の男性はいまだかつて運転免許を取ったことがない。そんなわけでわたしの数ある仕事のなかには、タクシー業務をこなすこともふくまれている。

車を会館の正面にまわしてとめ、エンジンを切った。レディ・モーゴンのことがあったから橋の工事を延期するはめになる可能性もあるけど、それはできるかぎり避けたい。カザムが頼りない会社だと思われてしまう。実力もやる気もありますとアピールしようとしているところなのに。パーキンスが首尾よく免許を取れたとしても、再建工事にたずさわれる魔術師は五人しかいない。安心して仕事にかかるには六人必要だ。

わたしはため息をついて通りの向こうに目をやった。道路を渡ったところにクォークビーストの記念像がある。わたしのいちばんの友だちで味方だったクォークビーストのために、カザムのみんなが作ってくれたものだ。あの子は命がけでわたしを守り、ビッグマジックの実現にも大いに貢献してくれた。あの子のことはしょっちゅう考える。よく小さい子たちをこわがらせていたけれど、最後までいつもわたしのそばにいてくれた。

そのとき、おやと思って顔をしかめた。魚卵状石灰岩でできた台座の端が欠けているように見える。車をおりて、もっとよく見ようと道を渡った。

やっぱり。台座の端にかじりとられたあとがある。折れた歯が石灰岩に刺さっていたので、ぐいと引っぱって抜きとった。鋭い犬歯で、炭化タングステンのような青みがかった灰色をしている。

「なんかあったの？」タイガーが外に出てきた。タイガーもクォークビーストのことをとても気に入っていた。つきあいは短かったけれど、よく朝の散歩に連れていって公園のなかを引きずりまわされていた。もちろんケガをするようなものじゃなく、クォークビーストが親愛の情をこめて引っぱりまわしていたのだ。

「ほら、これ」わたしはタイガーの手に、今拾った歯をのせた。「どうやらこの町にもう一頭クォークビーストがいるみたい。市議会はカリカリするだろうね――魔獣保護官はクォークビースト保護派で、駆除には反対だから」

町議会は魔獣保護官の役割を害虫駆除のようなものだと思っていたから、新しい保護官の姿勢にいらだっていた。前の保護官とはウマが合ったようだけれど、彼はトラルファモサウルスを棒でつついて怒らせた結果、気の毒にもひと呑みにされてしまった。

「この町に居ついたわけじゃなくて……」タイガーが、歯をじっと見つめながらいう。「どこかへ行く途中で、ここに立ちよって敬意を表しただけなのかもよ」

クォークビーストは小さなハイエナのような姿の生き物で、全身をつやつやした革のようなうろこに覆われ、よく「一割がラブラドール、六割がベロキラプトル、そして三割がフードプロセッサー」と形容される。わたしはクォークビーストという生き物に特別な愛情をいだいているのだけど、それは命を救ってもらったからというだけでなく、不連合王国の魔獣のうち今も生きのこっている八種の生物のひとつだからだ。魔獣は、十六世紀ごろから名のある魔術師の手でつぎつぎと生みだされた。当時は魔獣作りが大ブームだったのだ。クォークビーストはマイティ・シャンダーが賭けのため一七八三年に生みだした生き物で、その後、あれ以上に奇妙な生物が生まれていないところを見ると、シャンダーはおそらく賭けに勝ったのだろう。クォークビーストはどんな動物よりも物騒な見た目をしている。そのせいで当局からはおおいにうとまれてきた。魔獣保護官をめぐるごたごたもその一環だ。クォークビーストにはいろいろと奇妙な習性があるけど、そのひとつが金属が大好物だということ。なかでも亜鉛には目がない。近所にクォークビーストがいないかどうかをたしかめるいちばんの手がかりは、ゴミ缶の亜鉛メッキがなめとられていないかを見ることだ。ビーストにしてみれば、それはケーキのクリームをなめとるようなものなのだ。

わたしはあたりを見まわし、クォークビーストの小さな姿がひそんでいないかと目をこらした。でも影も形もなかったので、車にもどった。

「ねえ、ジェニファーのクォークビーストの相棒が、オーストラリアからやってきたってことはない？」タイガーがシートベルトを締めながらきいた。

「クォークビーストって、相棒がいるの？」先に後部座席にすわってシートベルトをしっかり締めたパーキンスがきいてきた。パーキンスは「遠隔暗示」で人の頭に思考を植えつけるのは得意だけれど、魔法生物学にはあまりくわしくない。

「クォークビーストは生殖で増えるわけじゃなくて分裂するの」わたしは説明した。「分裂すると、何もかもが等しいけど左右が反転したクォークビーストになる。でも、分裂したらすぐ遠くに引きはなさなくちゃならない――できれば地球の裏側まで。正と負のクォークビーストが融合すると、すさまじいエネルギーを放出して対消滅《ついしょうめつ》するから。以前、カンブリアノポリスが半分壊滅状態になったのは、正負のクォークビーストが融合して、マーゼックス4爆弾一万トン分の威力で大爆発を起こしたからだといわれてる。さいわいカンブリアノポリスはもともと荒廃しきっていたから、だれもクォークビーストのせいだとは気づかなかったみたいだけど」

「地震のせいだってきいてた」パーキンスがいう。

「報道ではたいていそうなってる。世間の人たちがクォークビーストを見るたびにパニックを起こしたら困るから。それでなくても魔法は白い目で見られがちなのに」

「だろうね」

「クォークビーストは、なんで相棒をさがすんだろう？」タイガーがきく。

「さあね。ひとりじゃつまらないから？」

「ここに来たのがジェニファーのクォークビーストの相棒だとしたらさ」パーキンスが、話をきけばきくほど混乱するという顔でいう。「そいつはたぶん爆発を起こさないよね。相手がいないんだから」

「うん。だからこんどのクォークビーストに関しては、心配ないということ」

みんなだまりこみ、わたしはもくもくと車を進めた。大聖堂を通りすぎてレフォードの城壁を抜けて、南のゴールデンバレーへ向かう。スノッドヒルと城とその向こうに広がるドラゴンランドのそばを通り、急坂をくだって小さなクリフォードの町へ入った。ちょうど川が湾曲するあたりに、タイガーとわたしが十二歳まで「うち」と呼んでいた建物が、オークと栗の木に囲まれて立っている。パーキンスはロブスター女子修道会孤児院をひと目見て、車で待ってるといった。

「見た目ほどひどくはないんだよ」タイガーが弁護にまわった。「最近はたいてい毛布をひとり一枚もらえるし、おかゆだって最近は水より薄いなんてことはないんだから」

「考えてみると不思議だよね」わたしはつぶやいた。「おかゆの主原料は水なのに、どうやったら水より薄いおかゆができあがるのか、前々から謎だった」

「水からさらに栄養を取りさるなんてむずかしいと思うけど、そうなってたよね」タイガーもいった。

「ふたりで思い出の小道をたどるといいよ」パーキンスはがんとして外に出る気はないらしい。ビリヤードの玉をふたつ宙に浮かせてぐるぐるまわし、認定試験の準備運動をはじめている。「行ってらっしゃい」

タイガーとわたしは駐車場を横切って正面玄関の大きな扉に歩みより、夜間に捨て子を連れてきた人のための小さなくぐり戸を抜けて中庭に入った。タイガーがぎゅっと手をにぎってきた。

「大丈夫」わたしは声をかけた。「孤児院に返されたりしないから。今はわたしたちカザムの所有物だもの。心配ないって」

その昔、中庭では夏になると野外授業がおこなわれたものだった。孤児院の裏に駐留しているスノッド国王の砲兵隊が、川向こうの小国ブレコン公国に毎日一発砲弾を打ちこむのも、この中庭から見物していた。今はブレコン公国とのあいだに不安定な和平が成立しているので砲弾が飛ぶこともないけれど、ここまで車で来るあいだにもランドシップがずらりとならんでいるのを見かけた。ランドシップは六階建てビルにキャタピラをはかせたような巨大な装甲車だ。わたしにはなんの思いいれもないけど、タイガーにとっては——本人は知らないものの——大切な意味があった。わたしはマザー・ゼノビアからきいたのだけど、タイガーの両親はランドシップの技術者コンビで、第四次トロール戦争のとき乗りこんでいたランドシップごと行方不明になってしまった。タイガーもいっしょに消えるところだったけれど、余分の弾薬貯蔵庫を確保するため、それまでランドシップ内に設けられていた保育所が外に移されていたせいで助かったのだという。けっきょく両親はもどらず、タイガーは捨て子として孤児院の階段に置きざりにされることになった。

捨て子にとって「お母さん」とか「お父さん」というのはデリケートな話題だ。だからまだタイガーは真相をきかされていない。自分がどうやって捨てられたかという話は心をむしばみかねない。だからわたしたちはたいていその話題には触れず、大人になって自分で処理できるようになったと感じてからたずねることが多い。わたしは今乗っているフォルクスワーゲンの助手席に置きざりにされていたので、車の持ち主をたどればおそらく両親をさがしあてることができるだろう。真相を知っても動じないくらいには成長していると思うけれど、ほかにもややこしいことだらけだから、今はそっとしておくつもりだ。

「ジェニファーかい?」校長室に通されるやいなや、マザーがいった。「古いフォルクスワーゲンの匂いがするよ。焼けたオイルと、熱い泥と、六ボルトのバッテリーの匂いだ」

「はい、ジェニファーです」

「うしろからついてくる足跡。用心深くて生意気で——それでいて将来花ひらきそうな芯の強さがある。プローンズ先生だね？」

「ご明察です、マザー」タイガーがいった。

　マザー・ゼノビアは年をとっているうえに全盲だ。今、世界中にいるほとんどの人たちが生まれる前から目の見えない老人だった。暖炉の前のひじかけ椅子にすわり、節くれ立った手を杖の頭にのせている。顔はあんまりしわだらけなので、道に迷った亀の子がちょくちょく母親とまちがえてついてくるほどだ。マザーがパンパンと手をたたくと修練女がやってきて、お茶かココアかどちらになさいますかとたずね、ていねいにおじぎをしてまた出ていった。

　マザーはわたしたちに椅子をすすめてからたずねた。「で、これはただのごきげんうかがいなの、それとも用事があるのかい？」

「両方です」わたしは答えた。「それと、ぶしつけなのですが、これからご相談することは極秘にしていただきたいのです」

「ひとことでも外にもらしたらフルーンコガネがあたしの耳に飛びこみますように。さあ話しておくれ、ジェニファー」

「レディ・モーゴンが石になってしまったんです」

マザー・ゼノビアがちらっと笑みを浮かべた。「ダフネったらばかね。何をしようとしてたんだい？」

わたしは蓄魔器をめぐるてんまつを語った。

「門番の呪文にやられるなんてモーゴンらしくもない」マザー・ゼノビアはつぶやいた。「で、あたしになんのかかわりがあるんだね？　あたしは魔術師としてはとっくに終わっているのに」マザーは証拠を示すかのように両手をあげてみせた。リューマチで節々がねじくれ、大切な人さし指がどちらも曲がって、ほとんど使い物にならなくなっている。

わたしは慎重に言葉を選びながら説明をはじめた。さっきムービンが石になるのは仮死状態になるようなものだといったのをきいて思いついたことだ。

「魔術師に超高齢の人が多いのは、魔法で若返りをはかっているからではなく、一時停止のボタンを押しているからじゃないかと思ったんです」

「勘の鋭いお嬢さんだね」マザーがいった。「そう、あたしは冷たい死の抱擁を遅らせるために、毎晩石になっている。八時間睡眠を八十年つづけると二十六年になるだろう。はっきりいってむだな時間さ。ただし夢を見られないのだけは、少しつまらないけれども。それと、この七十六年間は冬のあいだも石になって過ごしている。そしていよいよ最期が近づいたと思ったら、年に一時間だけもどってこようと思っている。そうやっていれば、あと一世紀は生きのびられるはずだ」

マザーは、少し言葉を切ってから先をつづけた。

「でも自分に石化の魔法をかけることには短所もある。夜、アラバスターに変わるのはなんの問題もないけれど、朝、元にもどるとき、網膜の毛細血管に石灰の成分がわずかに残ってしまう」

タイガーとわたしは顔を見あわせた。マザー・ゼノビアの長寿の秘密が明かされたのだ。

「だれにもいわないでくれるね？」マザーはいった。「この行為は『魔法法典』のもとで『魔法の乱用』としてきびしく禁じられているから」

「秘密はかならず守ります。じゃあグレート・ザンビーニが百十二歳になるのに七十代に見えるのもそういう仕組みなんですね？」

「そういうこと」マザーがいったとき、修練女がお茶とココアを持ってきてていねいにおじぎをし、また出ていった。「でもあの人はあたしようまくやってるんだよ。玄武岩に変わるから、あたしが石灰岩で味わっているような視力の問題は起きない。そしてほんとうにすごい魔術師は自分を花崗岩に変えるの。それなら副作用は皆無だからね」

「マイティ・シャンダー」わたしはささやいた。そうか、彼もまたしじゅう自分を石に変えて過ごしているのだ。「だから五世紀にもわたって生きていたんですね」

「そのとおり。代々受けつがれるエージェントの一族は、最高の仕事が来たときしか起こしてはならないという指示を受けているそうだよ。なんでも一日に荷馬車八台分の金貨より小さい仕事では、黒花崗岩から目覚めないのだとか。一七八三年以降、目覚めたのは一分に満たないという話。海峡トンネルを完成させた年ね」

「じゃあ永遠に生きられるじゃありませんか」

「理屈の上ではそうなるね。石化して長期間仮死状態で過ごすのは、魔法がどうこうよりむしろ体が欠けないよう保つほうが大変なの。古代ギリシアの魔術師で腕や足や首がとれてしまった人は気の毒にね。二千年の眠りから目覚めて腕が片方なくなっていたら、大量出血して五分で死んでしまう。もっともそのころの人たちはたいていルニックスで石化しているから、どっちみち魔法を解ける人はいないだろうけれどね」

「あー、それがここへ来た目的なんです」わたしはいった。「レディ・モーゴンがやられた門番の魔法はルニックスで書かれていました。マザーはこういうことにくわしいので、解く方法をごぞんじではないかと」

「あたしの魔法はアラマイック一二八なんだよ」マザーは首を横に振った。「それだと元にもどる時間をきっちり設定できるから。ルニックスの専門家をさがしたほうがいい。グレート・ザンビーニはどうなの？」

ザンビーニがルニックスを知っているとしたら、なんとかなる可能性だけはある。マザー・ゼノビアに翌日ミスター・ザンビーニが現れるかもしれないことを話すと、マザーは重々しくうなずいた。

「うまくいくといいね。さ、くたびれたからもうお行き。ココアを飲んでから帰りなさい」

わたしたちはいわれたとおりココアを飲んだ。まだ熱かったけれど、早く行かなければとあわてて飲んだので、舌をやけどして涙目になった。飲みおえるとすぐマザー・ゼノビアに別れを告げ、舌をひりひりさせながら車までもどった。ゼノビアとシャンダーとザンビーニの長寿の秘密は明らかになった。でもレディ・モーゴンを元にもどす方法はまだわからない。

「こんどこそグレート・ザンビーニをつかまえないと」わたしはいった。

「そんなにうまくいく？」タイガーはここ最近、何度かザンビーニさがしにたずさわったので、そのむずかしさをよく知っている。

「過去の経験を元にして考えると、見こみは〝薄い〟か〝はずれ〟かどっちかになりそう」

車にたどり着くと、パーキンスがすやすやと眠っていた。オレンジ色だったはずのフォルクスワーゲン・ビートルの塗装が、ゆっくりと青から緑に変わり、黒くなってまた青にもどった。パーキンスは準備万全らしい。

# 10　王の無能な弟

途中まではヘレフォードへもどる道をたどっていたけれど、そのまままっすぐ進んでドーストンヴィルの無名彫り物師の墓の前を通るのではなく、パレード用に作られた四車線道路に入った。この道の先にスノッドヒルがあり、八階建ての「つつましやかな」城が建っている。城の面積は二万五千平方メートル。行政部門の事務所の多くが、二百近くある部屋のあちらこちらにおさまっている。城は石造りで屋根は紫色の瓦でふいてあり、十八基ある塔には円錐形のとがり屋根がのっていて、それぞれに取りつけられた長いペナントがそよ風にはためいている。

吊りあげ橋を三つわたった。どの橋でもそれぞれ独自のやたらと長々しくて意味のない保安検査があったが、どうにか城郭のなかに入り内務省の前に車をとめた。タイガーに車で待つようにいうと、パーキンスを連れて受付に行った。わたしはしょっちゅうここに来る。たいていは現代の魔法につきまとう数かぎりない申請書やその他の書類を提出するためだ。

「こんにちはミス・ストレンジ」受付の女性がいった。「書類の提出ですか？」

「いえ、きょうは認定試験です」わたしはパーキンスのほうを見てうなずいた。「国王陛下の無能な弟君と面会予約を取ってあります」

受付の人はめがねの上からわたしたちをじろじろとながめて予定表と照らしあわせ、すわりにくそうなベンチで待つよう指さした。クッションつきのベンチは身分の高い人専用で、きょうはかつらをつけた貴族たちが押しあいへしあいしながらすわっている。がんとして平民の席にすわろうとしないものだから、かえって居心地が悪そうだ。

わたしはパーキンスと試験の手順をおさらいした。自分でも思いがけないほど緊張している。魔術師がひとり、当分もどってこられそうにないという状況で、パーキンスがすぐに合格してくれないと、金曜日の橋の工事にのぞめないという気持ちがあるからだろう。

「ぼく、受かるかな?」パーキンスがいった。

「ぜったい大丈夫。ジェニファー・ストレンジの名にかけて」

「でも、きみの名前ってそもそもジェニファー・ストレンジじゃないでしょ」

「えっ?」

「捨て子なんだから、元の名前がなんだったかわからないじゃない」

「ジェニファー・ストレンジかもしれないよ」わたしはあやふやな口調でいった。「たまたま偶然かなんかで」

「あまりありそうには思えないな」

「まあそうね。でも、あなたはぜったい受かるから。ね？」パーキンスの手をぎゅっとにぎって笑いかけると、パーキンスも笑顔になった。

「ありがとう」

「ミス・ストレンジ？」受付係が呼んだ。「陛下の無能な弟君が、退屈だから早く通すようにとおおせです」

パーキンスとわたしは身だしなみをととのえ、受付係についてなかに入った。天井が高く〈中世暗黒時代風〉にしつらえた部屋だ。このインテリアは今大流行している。石造りで壁にはタペストリーをかけ、おしゃれなすきま風がうなじをくすぐってぞくりとさせ、肺炎にでもかかったかなと思わせる。

大きな机にぴかぴかのエグゼクティブ用暇つぶしグッズがところせましとのっていて、その向こうに王の無能な弟がすわっていた。やせたひ弱そうな人物で、たれてくる鼻水をていやに規則正しくハンカチでぬぐう。

「はじめまして、慈悲深き無能殿下」わたしは深くおじぎをした。「カザム魔法マネジメントのジェニファー・ストレンジと申します。弊社の顧客であるミスター・パーキンス・アーチボルド・パーキンスの申請書をつつしんでご提出いたします。スノッド陛下の栄えある国で魔法を鋭意実施するための免許申請です」

「は？」

無能な弟がききかえすので、もう一度同じことをずっとゆっくりいった。すると無能な弟は少し考えてからききかえした。

「魔法の免許がほしいってこと？」

「そうです」

「だったらなんでそういわないの？『鋭意実施』だの『免許申請』だのいうもんだから頭がぐらぐらするよ。みんな長たらしい言葉でかくそうとしないで、いいたいことをぱしっといってほしい。まったく四文字熟語なんてなくしてほしいよ。あれのせいで話が理解不能なんだから」

「でも、それだと『理解不能』もいえなくなっちゃいますね」パーキンスが指摘した。王の無能な弟は自分の言葉を思いかえし、しばらく考えこんでからいった。

「ああ、ほんとうだ！」うれしそうにうなずく。「ところでなんの話だっけ？」

「魔術免許の申請です」わたしは思いださせた。

「そうだったそうだった。でも申請書を見る前にひとつききたいことがあるんだ」

「はい？」パーキンスがこの職務に適しているかとか、この高貴な仕事を務めあげるために全身全霊をかたむける覚悟があるかというようなことをきかれるのかと思って、わたしは身がまえた。

「おまえはなんでパーキンス・パーキンスなんていう名前なんだ？」

「わたしの父がパーキンスだったので、父の名を取ってパーキンスになりました。アダム・アダムスとかデイヴィッド・デイヴィーズみたいなものです」

「またはウィリアム・ウィリアムズとか」わたしは横からいった。

「だれだ、それ?」

「今、思いついた名前です」

「なーんだ」無能な弟はフンと鼻を鳴らしてからつづけた。「で、これからどうするんだい?」

わたしは深く息を吸ってから話しだした。「まずミスター・パーキンスが免許を取るのにふさわしい理由をわたしが説明し、陛下のお許しがいただければ一八六七年発効の魔術免許付与法の付則FにのっとってA群からG群までの魔法をひとつずつ実演します。さらに異議申し立てをつのったあと、ミスター・パーキンスが最も得意な魔法を演じます。それがすんだら殿下にご採点いただき、合格であれば申請書にハンコを押して免許を発行していただきます。万が一……」

「ハンコ?」退屈そうだった無能な弟が急に元気になった。「ハンコなら、いろんなときに使うやつをたくさん持ってるよ。ほら、ここにある!」

そういうとぴょこんと立ちあがって机のうしろの戸棚をあけた。なかにはゴム印がずらりとならんでいた。大きいものから小さいものまでみんな美しい作りだ。無能な弟が担当するいろいろな法律の制定時に作られたものだろう。

「きょう使うのはこれだね」無能な弟は柄に装飾がついた、グレープフルーツ大のゴム印を取りだした。「これ、ひとつのハンコで二色出るんだ。すごいだろう？　で、どこに押せばいい？」

わたしは思わずパーキンスと顔を見あわせた。思っていたよりはるかに楽な展開だ。

「せめてパーキンス候補生のいちばんの得意技をごらんになりませんか？」わたしは持ちかけた。「あるいは審査官に同席していただいては」

「いやあ、まともな魔法使いになりそうだから大丈夫だろ」無能な弟はいいはなち、うれしそうにゴム印を見つめた。わたしは、まあいいかと肩をすくめた。ゴム印さえ押してあれば正式な免許になる。こんなお手軽なチャンスを逃す手はない。

「ここにお願いします」わたしは申請書を無能な弟の前にすべらせた。

「これが何より楽しいんだよね」無能な弟はわくわくした口調でいった。「ゴム印を押すときのポン！　っていう音がたまらないんだ。ポン！　は自由の音だよねえ？」

宝石をちりばめたスタンプ台のふたをあけると、ゴム印にうやうやしくインキをつけて頭上にかかげ、タメを作った。そのときだ。

「お待ちください、殿下」

ふたりの男が部屋に入ってきた。ひとりは高官のテンベリー卿。スノッド国王が最も信頼を置く首席顧問で、王の無能な弟のビジネスパートナーでもある。高官らしく長いローブをまとい、灰色のひげと髪の毛をていねいになでつけている。突きさすような鋭い目もやはり灰色だ。この人とは何度も会っているけれど、そのたびに子ヤギ革の手袋をはめた鉄拳の男だと痛感させられた。一見もの柔らかだけどじつは怜悧《れいり》で抜け目なく、何ひとつ見のがすことがない。国王にはとことん忠誠を尽くすが、副業でがっつりかせぐこともきらいじゃない。

もうひとりはiマジックの社長兼主任魔術師のコンラッド・ブリックス。

いったい何をしに来たんだろう？

「殿下！」テンベリーが困りはてた口調で叫んだ。「わたくしがいないときは判を押さないようにと申しあげたではありませんか？」

「ごめん」無能な弟はつまらなそうにいった。「でもこの人すごく感じがいいし、それにあっちの人は上の名前と下の名前が同じなんだ」

「パーキンスといいます」パーキンスが補足した。

「さようですか」テンベリーはわたしたちふたりをうさんくさそうに見た。「それで、何ゆえに予定より早くお見えになったのですかな？」

「弟君に通されたのです」わたしはいった。

「そうだよ」無能な弟がうなずいた。「ハンコも押さないでずっとここにいると、すごくさびしくなっちゃうんだ」

「でしたら窓の外の景色をごらんになればいいでしょう」

「そんなことできるわけないだろ、ばかだなあ。午前中ずっと外をながめてたら、午後にすることがなくなっちゃうじゃないか」

「承知いたしました」テンベリーはため息をついた。「それで、定められた魔術の実技は披露されたのでしょうか。異議申し立てはつのったのですか？」

無能な弟は顔をしかめた。「異議……ってなんの？」

「いかがです？」テンベリーがわたしの顔を見た。

「いいえ。わたしは手続きをご説明したのですが、無能殿下が通常の手続きを省略なさると――」

「でしたら至急やりなおさなくてはなりません」テンベリーがわたしの言葉をさえぎっていった。「定式と手続きの重要性はよくごぞんじでしょう。ましてや国王陛下が弟君のために制定した〈凡愚たぶらかし禁止法〉に抵触するようなことがあってはなりませんぞ」

「ええ、もちろんです」わたしは深く頭を下げた。「殿下を軽んじるつもりはまったくございません」

テンベリーはにっこりした。とても魅力的な笑顔だ。ついつい信頼してしまいそうになるけれど、そのあやまちは命取りになりかねない。スノッド国王やその月並みな重臣たちのとってつけたような笑みとちがって、テンベリーの笑顔には真心がこもっているように見える。でもこの人はすてきな笑みを浮かべて「こんなことになってほんとうに残念です」といいながら、人を拷問台《ごうもんだい》にしばりつけることだって平気でするだろう。

「ですがその前にまずごあいさつをいたしましょう。こんにちは、ミス・ストレンジ」

わたしは行儀よく頭を下げた。「こんにちは、閣下。パーキンス・パーキンス候補生をご紹介いたします。きょうは魔術をおこなうための免許申請にまいりました。パーキンス候補生、こちらは国王陛下の首席顧問テンベリー卿です」

「ようこそ」テンベリーがほほえんでパーキンスと握手を交わした。「こちらのたいそう敬意を集めておられる方のことはよくご存じでしょうな？」

テンベリーは、いっしょに部屋に入ってきた男を手でさした――コンラッド・ブリックス。いつものように黒ずくめの装いだ。昔ながらの長いゆったりしたガウンではなく、ぱりっとしたテーラードスーツに黒シャツ、黒ネクタイ、黒靴と黒靴下。うわさによれば下着も黒いものを身につけているらしい。五十代前半で体格は細身。白髪交じりの髪を黒くそめ、あごひげをていねいにくしけずっている。ぼさぼさの眉毛は、ここぞというときの効果をねらって、左右別々に動かせるよう訓練してある。さらに感じが悪いのが、あごをぐっと上に向けるくせ。コンラッドは長身なので、たいていの場合、相手は鼻先から見くだされているように感じるのだ。

わたしはブリックスと冷ややかににらみあった。わたしだけでなくだれもがこの男をさげすんでいる。ブリックス自身は、祖父の〝いまわしく残忍なる〟ブリックスが憎まれているせいで孫の自分までもが理不尽に偏見を持たれていると考えているようだが、真相はもっとシンプルだ。孫も権力欲にかられていて、とにかくいやなやつなのだ。

「今朝は魔術師が何か厄介ごとでも起こしたのかね？」ブリックスが切りこんできた。

ぎくりとしたのが顔に出ないようつとめながらきく。「なぜそう思ったんです？」

「シャンダーグラフにザンビーニ会館あたりの動きがいくつか記録されていたのでね。十一時十五分にきみがわざわざ電話で知らせてくれた大きなへこみがひとつ。十分後にいくつか小さな動きがあったあとしばらく休憩。そのあとすべての変動を帳消しにするほど大きな魔力の放出があった。どうもこんなふうに見えるのだよ。だれかが問題を起こして別のだれかが逆行魔術で助けようとした。だがうまくいかず、こんどはみんなでやってみた……。ちがうかね？」

図星だった。

「そんなことぜんぜんありません」わたしはとぼけた。「金曜日に橋の再建工事があるので練習していただけです。重いものを持ちあげる作業があるけど、ラドローのパトリックひとりに背負わせるわけにはいかないので」

ブリックスが信じていないのはわかったけれど、もっとほかに気がかりなことがあった。ブリックスはなぜテンベリー卿と組んでいるのだろう。すごくきな臭い。きっとまもなく理由が明らかになるだろう。

「こちらはお初だね」ブリックスがパーキンスに向かっていうので、わたしは非礼をわびてふたりをたがいに紹介した。

「若輩者ですがお見知りおきください」パーキンスが礼儀正しくいった。どれだけいやなやつでも、ブリックスはすぐれた魔法使いだ。「数年前、三十二個のビリヤード玉を空中浮揚させてジャグリングさせているのを拝見しました。どれも別の軌道、別の速度で。あれはすごかったです」

「ご親切にどうも」ブリックスがおじぎを返す。

「前置きはそれくらいでいいでしょう」テンベリー卿が横からいった。「おそれおおくもループレヒト・ソーダスト・スノッド殿下のお許しをいただければミスター・パーキンスの申請書を拝見いたしましょう」

「だれです？」ブリックスとわたしがほぼ同時にききかえすと、テンベリー卿が王の無能な弟を指した。弟は吸い取り紙にぼんやりとらくがきをしている。

テンベリー卿はインターフォンのボタンを押してミス・スミスをよこすよう指示した。その名をきいた瞬間ブリックスが身をこわばらせ、わたしも胸の鼓動が速まった。ドアがあき、背筋のぴんとのびた中年の女性が入ってきた。髪はもじゃもじゃの白髪で目はとてつもなく黒く、まるでぽっかりと穴があいたようだ。洞窟のなかにでもいるような、なんともいえないじっとりとした沈黙をまとっている。

「あー、お越しくださってありがとう、ミス・スミス」テンベリー卿が声をふるわせた。

「どうも」ミス・スミスが返事をし、凶悪なまなざしでブリックスをにらみつけると、ブリックスのほおが青ざめた。

ミス・ブーリアン・スミス。かつては〝華麗なる〟ブーとして知られていた。どこの会社にも所属しない強力な魔術師で才能に満ちあふれていたのに、あるとき反魔術過激派に誘拐されてしまった。解放後は二度と魔法をおこなうことはなく、その理由も明かしていない。現在の仕事は魔獣保護官で、それが唯一の魔法とのかかわりだ。

でもきょうは、魔道省に指名された審査官として来ているようだ。パーキンスの実演に不正がないことを確認する役目だろう。離れた場所にいる別の魔術師に実演の肩代わりをさせるのはたやすいことだし、逆に、不満をいだいた魔術師が妨害工作をはたらくのも簡単だ。ブーはそういうごまかしに目を光らせるのだ。

「またお目にかかれて光栄です」わたしはいった。ブーがクォークビーストの専門家なので、何度か話をしたことがある。「パーキンス候補生をご紹介します」

〝華麗なりし〟ブーはパーキンス候補生をにらみつけただけで、差しだされた手をにぎろうとはしなかった。ブーはけっして握手をしない――だれが相手でも。

「大変光栄です」パーキンスはブーの漆黒の目から視線をそらしながらいった。

「おやすい光栄だこと」ブーはいってからブリックスの顔を見た。「あいかわらず子犬を水につけて死なせているの、コンラッド?」

「きみの思いこみだ。証拠はない」ブリックスが答え、部屋の温度がさらに二度下がった。

「さあさあ、あいさつはもういいでしょう」テンベリーがどぎまぎしながらいった。「ミス・ストレンジ、書類を出していただけませんか」

申請書をあらためて王の無能な弟に提出すると、弟はちらっと見てテンベリー卿に渡し、テンベリー卿はチェックしてから〝華麗なりし〟ブーにわたした。ブーは「うむ」というような音を立てて承認した。

「それでは進めてください」テンベリーがいう。

「A群からはこの魔法を選びました」パーキンスがいうと、王の無能な弟が椅子ごと一メートルほど持ちあがり、ゆっくりと一回転してまた床におりた。

「うわあ」無能な弟が感嘆する。

「よろしい」ブーがいった。

つぎの二十分間パーキンスはほかにもいくつか魔術の実演をした。多様かつ広範囲にわたる魔術で、彼の魔法というものへの理解度が表れていた。パーキンスは水差しの水を青くし、電線のついていない電球を光らせた。そしてシャツを着たまま下着をぬいでみせた。簡単そうにきこえるけれど、C群ではいちばんむずかしい魔法のひとつだ。どの魔術も問題なくこなしてブーの承認をうけ、さらにもういくつか実演を終えたあと、異議申し立てをきく段になった。

　ここでブリックスがねちねちとこまかいところに文句をつけてくるだろうと思っていた。うちがiマジックのサマンサ・フリントに対して、魔術のできが悪いうえに、水着姿で認定試験を受けるのは意味がなく、魔法と女性全般の品格を傷つける行為だと文句をつけたので、その仕返しをしてくると思ったのだ。うちの邪魔をしようと思えばできたはずなのに、予想がはずれた。

「ミスター・パーキンスの実演に異議はありません」

　なんだかすごくうさんくさい――ふつうの常識人がいいそうなことをブリックスが口にするなんて。常識とはほど遠い人間なのに。

　そんなわけでついにパーキンスは最後の魔術を披露することになった。これは自分で発明した第六群の魔術で「オリジナリティがあってしゃれた魔術でなくてはならない。千から三千シャンダーにおさめること」と定められている。

「最後の魔術では遠くの犬を吠えさせてごらんにいれます」パーキンスがいった。

「はあ?」王の無能な弟が声をあげた。「それだけ?　そんなのつまらないよ。ネズミの雨がふるとか、頭ぐらいのマシュマロを空中から取りだすとかそんなのを期待してたのに」

「たしかに少々……簡単そうですな」テンベリー卿もいう。

「少し物足りなく思われるであろうことは認めます」パーキンスが説明をはじめた。「ですが遠くの犬を吠えさせるというのは、距離と、犬の心をあやつる力と、正確な目標設定を組みあわせたきわめて繊細な魔術です」

「パーキンス候補生のいうとおりだ」〝華麗なりし〟ブーが静かにいった。「この演目は有効」

「よろしい。進めてください」テンベリー卿がいう。

「よろしい。進めてくれ」無能な弟もいった。

わたしたちは魔道省の事務所から屋上に出た。ここは城の塁壁にあたる部分で、床は鉛版《えんばん》でふいてある。八階下には城の中庭があり、遠くにはドラゴンランドが見はらせる。ドラゴンランドは自然のまま手つかずの広大な土地だ。四世紀以上にもわたって人手が入っておらず、現在は地球上にいるただ二頭のドラゴン、フェルドスパー・アクシオム・ファイアーブレス四世とコリンのすみかになっている。

「みなさま」パーキンスが口をひらいた。「この実演では遠くの、それぞれ別の場所にいる四頭の犬を吠えさせてごらんに入れます。偶然だと思われることのないよう、吠え声をききたい方向と犬の大きさはみなさまに選んでいただきます」

「最初に選んでもいいかい？」無能な弟が急に目をかがやかせてきいた。

「もちろんです」テンベリー卿がいう。「なんだかんだいって、殿下は魔道省の大臣でいらっしゃるのですから」

「そういえばそうだよね？」無能な弟はうれしそうにいうと、城壁の外をながめて厨房《ちゅうぼう》の方向を指さした。「あっちのほうにいるチワワにする」

パーキンスが意識を集中させ両手の人さし指を突きだした。まもなく指さした方向のどこか遠くのほうから小型犬の鋭い鳴き声がきこえた。

「ひとつ」ブーがカウントする。

「つぎは、あちらのほうにいるグレートデーン」ブリックスがいう。

すぐさま、まちがいなく大型犬のものらしい低くてしわがれた鳴き声がきこえた。ひどく遠かったので、そよ風に運ばれてこなければわたしたちの耳に届かなかったかもしれない。パーキンスは順調に技をこなしている。つぎのコッカスパニエルも絶妙だった。あれより近ければ「遠くの」という条件に当てはまらないし、あと数メートル遠ければきこえなかっただろう。

「ブルテリア」わたしの順番だったので、最後の犬を選んだ。「あっちから」

パーキンスは落ちついていて絶好調だった。魔術免許はもらったも同然だ。はばむものは何もない、とわたしは思った。パーキンスが両手の人さし指をあげ、最後の魔法をかける体勢に入った。そのとき背後で咳ばらいがきこえた。

振りむくと制服を着た従者が立っていた。刺繍《ししゅう》をした上着を着こみ、ぴっちりした赤い半ズボンと長靴下をはいてかつらをつけている。手に持った杖で床を二回たたき、かん高い声で告げた。「スノッド四世国王陛下のお成り！」

# 11　スノッド四世

無能な弟とブー以外は全員がその場にひざまずくなか、王が屋上に進みでた。ひとりだ。というか廷臣も取りまきも顧問もめずらしく少ないので、ひとりといってもいいくらいだ。十人ちょっとしか連れていないところを見ると、きょうはひとりになりたい気分なのだろう。

ふだんスノッド国王は笑ってしまうほど従者をたくさん引きつれているが、それは不連合王国の王族ではけっしてめずらしくない。うわさによれば風呂に入るのにつきそいが四人、トイレを使うのにも二人いるらしい。ひとりがトイレットペーパーをささげもち、もうひとりは……まあ、そういうことだ。

テンベリーが最初に口を切った。

「陛下、御尊顔を拝しありがたき幸せにぞんじます」

「ああ、そうだろうな」

スノッド王は四十歳ながら歳《とし》より若く見えるし、いやになるほど健康だ。王がぽっくり死んで軍事より外交に重きを置く妻のミモザ王妃が王位を引きついだほうが国民にとって幸せだろうと考える人も多いのだけれど。最近、この国ではめずらしい不服従の意思表示として、デモ行進がおこなわれたことがある。ミモザ王妃が政権でもっと大きな役割をになうべきだというのがその主張だ。国王は機動隊を投入して放水車や催涙弾を用いる構えだったが、王妃がデモ隊に今は解散して辛抱強くお待ちなさいというと、人々はおとなしく従った。国王はひどく驚くと同時に、むっとした。機動隊をしばらく使っていなかったから実戦を積ませたかったのだ。

「友人のジェニファー・ストレンジが来たときいたもので、ちょっとばかり――おい、なぜあの女はわしの前でひれ伏しもせずに、じろじろとこっちを見つめておるのだ?」

みんな、ひざまずいたまま顔をあげた。

「陛下、こちらは〝華麗なりし〟ブーリアン・スミスでございます。魔術免許の審査官で、近ごろ魔獣保護官にも任命されました」テンベリーが説明した。

「ヒューゴはどうした?」

「トラルファモサウルスを怒らせて気の毒なことになりまして……」

スノッド王はまたブーの顔を見て二歩歩みよった。「なあ、いいかね、わしは……」

でもブーの黒い目に飲みこまれたかのように声がとぎれた。

「うああ……気味が悪い。おぼれかけているような気分だ」

「まだおぼれてはいない」〝華麗なりし〟ブーがいった。「だがいずれはそうなろう。味方だと思っていた者たちに見すてられ、泥沼にはまることになる」

　気まずい沈黙が広がった。王と廷臣たちが今いわれたことを考えている。だれも即座に反論せず考えこんでいるところをみると、これはじゅうぶんにあり得る最期だと、国王ばかりか従者たちまでもが思っているようだ。

「なあ、いいか」王がまたいった。

「陛下、こちらはたいへんな尊敬を集めるかつての魔術師でございます。奇矯《ききょう》なふるまいはどうぞご容赦を」テンベリーがなだめるような口調でいい、王の耳元で何かをささやいた。

「それもそうだ」王がいった。「みなのもの、立ってよいぞ。みな仲間だからな」

　みんなが立ちあがると、王は咳ばらいをし、ブーのほうを見ないようにしてまた話しだした。「友人のジェニファーが来ているときいたので、『やあ』とあいさつをしにちょいと立ちよったのだ」

　きいた瞬間に怪《あや》しいと思った。王はどこかに「ちょいと立ちよったり」はけっしてしないし、「やあ」なんていうのはきいたこともないし、ぜったいに友だちなんかじゃない。

「こっちへおいで、お嬢さん」王にいわれて、わたしは警戒しながら近づいた。前回顔を合わせたとき、王はわたしがブレコン公国侵略計画を阻止したからといって、牢屋に入れたのだ。さいわい「平和主義的な思想にもとづき計画的に戦争を阻止すること」はどの法令集にも犯罪行為として記されていなかったので、わたしは二週間後に釈放された。牢屋にいるあいだは半量の食事を食べ、日の差さないじめじめした独房でシーツ一枚にくるまって眠っていた。ふつうの人には耐えられないかもしれないけれど、ロブスター女子修道会孤児院で育ったわたしには、けっこう居心地がよかった。それまでしばらくのあいだ、あまりよく眠れていなかったし。

「お久しぶりです、陛下」わたしは腰を落として礼をした。「何をすればよろしいでしょうか？」

暴君の前に出たら、こびへつらって「はい、さようです」といいまくるのがいちばんだ。国王はにっこりして、笑ってしまうくらい真っ白な歯をのぞかせた。片めがねをつけていて、王族としてはまあまあハンサムだと思われているが、冷静に見ればちょっとイタチっぽい。しかもどんなときでもかならず王冠をつけ、緋色《ひいろ》とアーミンのローブもできるかぎり着用するというばかばかしい習慣も持っている。

「近ごろ、この魔術という代物をもっと真剣に考えたほうがよいと思いなおしてのう」王はいった。「おまえが昔から大騒ぎしている魔力が最近また上昇してきたこともあって、宮廷に専任の魔術師をひとり置き、この国の新たな財産をどのように活用すべきかを考えさせようと思うのだ」少し間を置いて先をつづける。「つまりどのようにすれば国民のために魔法を最大限に活用できるかということだ。おまえはどう思う？」

「魔法は独立独歩であるほうがいいとわたしは思います。だれか特定の人に仕えたり、また恩義を受けたりすることなく——」

「おまえは子どもだから仕方がないな」スノッド王が見くだすような口調でいった。「考え方が単純だし、世間というものに通じておらん。そなたはどう思う、"最強の"ブリックス？」

"最強の"ではなく、"驚異の"ブリックスですと指摘しようかと思ったけれど、どうもこのやりとりの全体が作りごとめいている。きっと裏で何か取りきめがあるのだ。わたしが何をいっても意味はなく、彼らにとってはただのエキストラにすぎないのだろう。

「陛下のお考えはまことにすばらしいとぞんじます」ブリックスがこびへつらった。「慈悲深き陛下には、不連合王国の発展のためこの新しい力をよりよく利用する責務がおありです」

「まさしくこの男のいうとおりだ」国王はわたしに向きなおっていい、さらにブリックスに向かってつづけた。「ミスター・ブリックス、そなたを宮廷の顧問魔術師に任ずる。ミス・ストレンジ、"最強の"ブリックスが顧問魔術師として助けが必要なときは、カザムが最大限協力してくれるだろうね？」

わたしはまじまじと国王を見つめた。ブリックスを顧問魔術師に取りたてるのはいきなりの大抜擢だし、心配な点が多すぎる。魔術師が今より力を持っていた時代の取りきめで、顧問魔術師は王位継承権第八位と定められている。王族と首席顧問のテンベリー卿に次ぐ地位だ。こうなったらわたしはグレート・ザンビーニがするであろうことをするしかない。ザンビーニからは、ブリックスのことはいかなる場合もいかなる姿でも形でも、けっして信用してはならないと強くいわれていた。わたしは慎重に言葉を選びながらいった。

「申しわけありませんが、わたしたちとしてはブリックスからの要望はすべてきびしく吟味し、ひとつひとつの利点を慎重に検討せざるを得ません」

王は片方の眉をきゅっとあげた。「つまりイエスか？」

「ノーです」

国王はにやりと笑った。「あきれるほどわかりやすいな、ミス・ストレンジ。わしはおまえたちに協力を強いることもできるし、なんならカザムを非合法化することもできるのだぞ。だがそれはあまりに独裁者然としていて、公平かつ公正な愛される指導者にはふさわしくない。わしのように愛される指導者には」だれのことを話しているのか、わたしが悩まないようにつけたしてから、王は先をつづけた。「したがってわしは、カザムとiマジックで合弁会社を作ることを提案する。名称はスノッド魔法PLCでいいだろう。そうやって幸先よくはじめれば、すばらしい成果が得られるはずだ。どうかね？」

こんどは慎重に言葉を選ぶ必要もなかった。「カザム全員の気持ちを代弁していると信じて申しあげますが、残念ながら陛下のありがたいご提案はお断りいたします。〝驚異の〟ブリックスにはいかなる形でも協力しませんし、合併の試みには強く抵抗いたします」

「つまりノーか？」

「はい」

「やれやれ」王はため息をついた。「手詰まりになってしまった。手詰まりのときにはどうすればいいかね、無能な弟よ？」

「てづ……？」

「そうだ」王は先をつづけた。「魔術合戦で決めるのはどうかね。昔から下層民や貧民の、とりわけ下層貧民の娯楽だったからな。かつては魔法に通じた者同士が問題を解決するにあたって、魔術合戦を活用していたはずだ。そうだな、顧問魔術師？」

「おおせのとおりでございます」ブリックスは返事をしてからわたしに向かっていった。「魔法会社社長として別の魔法会社社長へ申しあげる。我が社はカザムに魔術合戦を申しこむ。勝者は相手の会社を吸収合併するものとする」

受けて立たないわけにはいかなかった。魔法界の儀礼は、古くてあいまいで筋が通らないものばかりで、長らくおこなわれているうちに決まりとして固められてしまったものが多い。だから挑戦をこばむのは論外だけど、そもそも挑戦状をたたきつけるのも非常識で、ほんとうに無作法な輩《やから》しかしないことだ。ブリックスのように無作法な輩しか。

「不本意ながら挑戦を受けて立ちます」わたしはいった。儀礼がガチガチで臨機応変に対処できないのが腹立たしいけれど、あまり心配はしていなかった。iマジックがどんな演目でいどんできても、こちらは簡単に上を行くことができるはずだ。「魔術合戦の中身はどうしますか？」

「ヘレフォード橋の工事はいかがです？」テンベリーが提案した。「金曜日にカザムが再建工事をすることになっていますが、代わりにそれを魔術合戦の材料にすればいい。カザムが北岸からiマジックが南岸から橋をかけてゆき、アーチ橋のてっぺんに先にかなめ石をはめたほうを勝者と認定するのです。魔術免許審査官、それは公正なやり方だと思われますかな？」

「当国の施策としてはまちがいなく公正でしょう」〝華麗なりし〟ブーがいった。賛成という意味なのだろう。

「その条件に同意いたします」ブリックスがいやらしい笑みを浮かべた。「ジェニファーは？」

「はい、同意します」わたしもいった。「カザムが勝ったら宮廷の顧問魔術師はわたしたちが選任するということでよろしいですね？」

「よかろう」と、国王。「ブリックスもそれでよいな？」

「同意いたします」

「かなめ石ってなに？」王の無能な弟がきいた。

「ではそれで決まりだ。進めてくれ」スノッド国王が弟を完全に無視していい、従者を従えて屋上から去っていった。

魔術合戦には緊張がつきものだが、わたしたちの優位には変わりなかった。レディ・モーゴンが石になっていても、パーキンスがちゃんと試験に合格すればうちには魔術師が五人いることになる。向こうは三人だ。それにこの際、ブリックスとiマジックの連中を完全にたたきのめせば、かえって事態がよくなるかもしれない。

「力のある側が勝利をおさめんことを」ブリックスがいう。

「そうですね。勝つつもりです」わたしは返した。

「ねえ、さっさと試験を終わらせようよ」無能な弟が声をあげた。「早くハンコが押したいんだ」

「じゃあ、ドーストンヴィルのブルテリア」わたしはすかさずいった。

パーキンスが一連のごたごたに動じることなく人さし指をあげると、遠くからブルテリアの鳴き声がきこえた。

「試験はとどこおりなく終了しました」ブーが宣言した。そして手袋をはめたままぎこちない手つきでサインすると、それ以上だれにも言葉をかけずに立ちさった。

無能な弟が正式に副署し、重たいゴム印をバンと押した。手続きの書類ができあがるまで少しかかったが、わたしたちは二十分後には城を出てフォルクスワーゲンで待つタイガーのもとへもどった。

「どうだった？」

パーキンスが免許を見せるとタイガーは「おめでとう」と祝福した。ザンビーニ会館へもどる道すがらわたしたちは魔術合戦の話をした。

「ぼく、魔術合戦って見たことないや」

「実際に見た人はほとんどいないよ」わたしはいった。「あまりうれしくない余計な催しではあるけど、かならずドラマチックな展開になる」

「いちばんド派手な魔術合戦は無名氏なる人物が十七世紀に残した記録に書かれている」パーキンスがいった。こういうことにかけてはとてもくわしい。「マイティ・シャンダーと〝比類なき〟スポンティーニの対決だ。一回戦ではシャンダーが七つ頭の犬を出した相手に対し森を三つ作りだして勝利したけど、二回戦では城を九つも作ったのに相手がレモネードの間欠泉を出してきて負けた。決勝戦では、ふたりで一時間に半ギガシャンダーの魔力を使って、たくみに変身したり、姿を消したり、地球全体をまたにかけてものすごい、二度とまねのできないテレポート追いかけっこをしたり、真夏に氷の嵐を巻きおこしたりしたんだ。徹底的に魔力を使いきってしまったから、その後半年間はだれもまともに魔法がかけられなかったらしい」

「で、どっちが勝ったの？」タイガーがきいた。

「そりゃもちろんマイティ・シャンダーだよ。負けるはずある？」

わたしも横からいった。

「シャンダーのはたしかにド派手だったかもしれないけど、史上最高の大接戦になったのは、スペルマネージャーって呼ばれる中ランクの魔術師同士が戦ったレベルの低い魔術合戦だったっていわれてる。一九一一年にアームチェアの空中浮揚合戦をしたの。すわったまま浮揚して先に地面についたほうが負け。けっきょく七十六時間ものあいだ、目玉が飛びだしそうなすさまじい集中力を発揮したスポードのレディ・チャンプキンが勝利をおさめた。勝負がついたときには二十キロ以上やせていたんだって」

「うち、橋の再建合戦で勝てるかな?」タイガーがきいた。

「もちろんだよ」わたしはいったけど、思ったほど力強いひびきにはならなかった。

# 12　オークのならべかえ

わたしたちはザンビーニ会館で昼食を取ってパーキンスにあらためてお祝いをいい、今はパームコートに集まっていた。免許を持つカザムの中心メンバーのなかでこの場にいないのはラドローのパトリックだけだ。パトリックは金持ちの顧客から庭園の樹木をアルファベット順にならべかえたいという依頼を受けてオークの木を植えかえにいっている。

パームコートにはレディ・モーゴンとモンティ・ヴァンガードが、朝のままの姿で立っていた。十年、二十年このままだったら、うっすらコケが生えて見た目が変わるだろうけれど、その前に来週の火曜日あたりにはほこりを払わないといけない。

「うわあ」パーキンスが声をもらした。魔法がこんなとんでもない結果を招いたところは初めて見たのだろう。「逆行魔術はためした？」

「五、六回やってみた」

「だれか〝ミステリアスX〟には話をきいてみたかい？」ハーフ・プライスがいった。「あいつは人間っていうより物質に近いから、別の観点からアドバイスをくれるかも」

なるほど、それは思いつかなかった。〝ミステリアスX〟は雲のような、存在しているのかいないのかわからない物体だ。たまに、木にのぼっておりられなくなったねこを助けるといった小さい仕事をしてもらっているし、ピアノをにらむだけで曲をかなでさせるという術も持ちあわせている。魔術免許は持っていないけど心配していない。だってXが存在しているというはっきりした証拠はないのだから。

「ぼくが話してみようか。気に入られてるような気がするから」タイガーがいってくれた。

「おう、たのむよ」ウィザード・ムービンがうながした。タイガーは、出口で〝はかなきヘラジカ〟とはち合わせしてその体のなかを通りぬけ、駆けだしていった。ヘラジカはたった今現れたところで、いつものように無言でわたしたちを見つめている。

「橋の再建の打ち合わせもしないと」わたしはいった。「レディ・モーゴンをもどせなくて、ディブルも使えないとすると、どんな問題が出てくる？」

「それでもうちには魔術師が五人いて、向こうは三人だろ」ムービンがいう。「ブリックスはおれと同じくらいの実力で、強力な空中浮揚の術が使えるけど、チャンゴとデイム・コービーはプライス兄弟より力が弱い。パトリックは堅実な魔術師で、重たい石を必要な場所にはめこむのはすべてまかせられる。だからパーキンスを補欠にまわしてもうちはゆうゆう勝てるさ」

つづいて魔術師たちは魔力の配分について話し合いをはじめた。わたしはその内容に注意力を半分ぐらい向けていたけれど、技術的な点に話がおよぶとだんだん気が散ってきた。パームコートのなかを見まわしていると、〝はかなきヘラジカ〟に目がとまった。レディ・モーゴンが魔法をかけたとき裂け目ができたあたりで、ていねいにふんふんにおいをかいでいる。わたしは、おやと思って目を細くした。〝はかなきヘラジカ〟は、ただぼーっと突ったって何もせずにいるのがふつうで、それ以外の動作を見た記憶はない。ヘラジカは一度すーっと姿を消したが、いつものようにホテルの別の場所に現れるのではなく、レディ・モーゴンがみごとな石像になって立っているところに現れた。そして石膏像をじっと見つめて角を振ったあと姿を消した。

「ねえ、今の見た？」

「今のって？」ムービンが返事をしてくれた。魔術師たちはちょうど〈ゾーフの第六公理〉について、長たらしい話し合いに入ったところだ。

「ヘラジカ。今、レディ・モーゴンのことを観察してた。まるで……意識があるみたいに」

「ヘラジカはマンドレーク知覚模倣プロトコルで書かれてる」横からフル・プライスがいった。「だからクォークビーストと同じで、ちゃんと意識があるという証拠をときどき見せてくれる。ただしあいつがほんとうに生きてるのか、それとも生きてると錯覚させるように作られているのかは、知りようがない」

わたしは返事をしようと口をひらきかけたけれど、そのときタイガーがパームコートの入り口で手を振っているのが目に入った。そこで魔術師たちに断りを入れてタイガーのところへ駆けよった。気分転換できるのはありがたい。

「何か問題があった?」

「かも……ラドローのパトリックが電話してきたんだ。ホルムレイシーでオークの木を植えかえている最中にサージを起こしちゃったみたい。だから混乱を解決するのに、魔術師をひとりよこしてほしいって」

ムービンに行けないかと打診すると、彼はいった。

「サージの問題ならパーキンスを連れていったらどうだい? 魔力を使うだけでなく吸収することもおぼえたほうがいいだろ」

パーキンスは早く魔術師として仕事をはじめたくてうずうずしていたので、一も二もなく賛成した。数分後、パーキンスとタイガーとわたしはザンビーニ会館を出て車に向かった。タイガーは少しふくらんだゴミ袋を持っている。〝ミステリアスX〟をザンビーニ会館の外へ連れだすときは、こうやって袋に入れて運ぶのだ。どこから生まれたのか、何が実体なのかもわからないエネルギー場のような存在なので、ほんのわずかなそよ風に当たっただけでも吹きちらされてしまう。

「動物園でおろしてくれる?」タイガーがいった。「〝ミステリアスX〟は、ルニックスのことを教えてくれるつもりみたいなんだけど、どうもその前にブゾンジの赤ちゃんが見たいらしいんだ」

〝ミステリアスX〟はそうやって自分の気持ちを伝える。言葉で話すのではなく、相手の頭に考えをぽんと送りこむのだ。パーキンスは〝ミステリアスX〟と何時間も話をして、暗示の力について教わったことがある。でも〝ミステリアスX〟の存在を信じない人には、パーキンスがただぶつぶつとひとり言をいっているように見えたかもしれない。

「〝ミステリアスX〟が動物園好きだとは知らなかった」わたしは車に乗りこみながらいった。「でもたしかにブゾンジの赤ちゃんはかわいいものね。脚がすっごく細くて鼻がピンク色で」

タイガーと〝ミステリアスX〟をヘレフォード動物園の前でおろした。ここには残念ながらゾウやペンギンはいないけれど、魔法で生みだされた動物を飼っているのでいちおうそれなりの面目は保っている。魔力がほぼ無限にあふれていた時代には〝スーパーグランドマスター・ソーサラー〟たちが、たがいに人より少しでも不思議で奇妙な生き物を作りだそうと腕を競った。進化によらない十七種の生物のうち、今も生きのこっているのは八種だけ。そのうちへレフォード動物園では過去最高の四種が飼育されている。そのひとつがブゾンジのつがいだ。ブゾンジは六本脚のオカピのような動物で、動物園で飼育され繁殖に成功しているのはこの二頭だけだ。それからシュリドゥルーが二種類。砂漠《デザート》シュリドゥルーと菓子《デザート》シュリドゥルー。菓子シュリドゥルーは食用になる。さらにトラルファモサウルスもいる。動物園で飼育されているのは世界でこの一頭だけだけれど、前の魔獣保護官を食べてしまったので今はもっと頑丈な檻《おり》に移されている。そして四種族のコレクションの最後をかざるのが、デブリンと名づけられた、フラズルだ。野生のフラズルはノーフォークの湿地帯に棲息《せいそく》しているが、このデブリンは飼育されている唯一のフラズルで、しかも動物園生活を謳歌《おうか》している唯一の個体でもある。以前はクォークビーストも一頭飼育されていたが、観客があまりにもこわがるので展示からはずされてしまった。

「で、サージが起きたらどうすればいい？」パーキンスがきいた。ヘレフォードを出て、ホルムレイシーにあるブロック＝ドレイン大佐の邸宅へ向かっているところだ。

「サージは前ぶれなく起こるし、使い道もない。蒸気機関の廃熱みたいなものだから、自分が安全弁になって余った力をどこか別のところへ向けるしかないんだ。けっこうおもしろいみたいだよ、魔力を使うためだけに魔法をかけるのは。ヒキガエルの雨をふらせるとか、何かを宙に浮かせるとか、思いつくままにやればいいんじゃないかな」

「魔法の無料クーポンみたいなもの？」

「うん。ただしあとから〝B1‐7G〟の用紙を埋めないといけないけど。魔法を使って書類の提出を忘れると厳罰が来る。違法魔術への処罰は十四世紀なみだから」

「大丈夫。きみやカザムに迷惑をかけるようなことはしないよ」

しばらくだまりこんでからパーキンスがいった。

「ジェニー？」

「ん？」

「ジミー・ナットジョブのショーを見にいく話、考えてくれた？」

わたしは助手席のパーキンスをちらっと見た。「これってデートのさそい？」

「といってもいいかも」パーキンスは足元を見つめている。

とっさに思いついたことをいった。

「わたし十六歳になったばかりだよ。まだ早すぎる」

「いやいや、まじめな話、ジェニーの行動はぜんぜん十六歳ぽくないよ。社長代理の責任も果たしてるし、ブリックスに対しても魔法のあり方についてもちゃんと意見をいうし」

「捨て子だったから人より早く大人になる。毎晩ほかの四十人の女の子と、孤児院に一枚しかないハンカチを取りあいしながら育つんだもの」

「それで鼻をかむってこと？」

「ううん、枕にするの。それに魔術師は気をつけたほうがいいよ……恋愛関係には。世間はすぐに人をばかにして、あいつのどこがそんなにいいんだなんていったりする。へたをすると、もてるために魔法で目くらましをしてるなんていいがかりをつけられる可能性もある。そんなの証明できないけど人聞きが悪いのは確かだし、そうなるといずれ激怒した無知な村人たちがたいまつをかかげて押しよせてきて、古い風車小屋にとじこめられて火をつけられるなんてこともあり得る」

「最悪の場合にはってことだよね？」

「うん」

「ぼくが目くらましを使ってると思ってる？」

わたしはパーキンスの顔を見てにっこりした。「使ってるとしたら、あまりうまくない」

「そっか」パーキンスはまただまりこんだ。


ホルムレイシーまでは十五キロちょっとだから十五分かそこらで大佐邸のいかめしい正門の前に着いた。パーキンスが不安げに窓の外を見やった。これまでは見学をして、会館で魔術の練習をし、講習で理論を学ぶだけだった。きょうは初めての仕事だしサージは厄介な場合もある。

部屋が十八ある豪邸の外に車をとめた。レジナルド・ジョージ・スタムフォード・ブロック＝ドレイン大佐はスノッド国王のきわめて忠実な軍部指導者のひとりで、十二年前の第四次トロール戦争のときにはみずからランドシップの大隊をひきいた。

第四次トロール戦争の目的は第三次までと変わらない。トロールたちを北へ押しもどし「徹底的に思いしらせる」ことだ。そのために不連合王国の各国は立場のちがいを乗りこえて結集した。まずは百四十七台のランドシップによる正面攻撃で敵を〝弱体化〟させ、翌週に歩兵隊が侵攻を開始するという算段だった。ランドシップはスターリングにある第一トロール防壁を突破し、十八時間後に第二トロール防壁に到達した。報告によれば防壁のゲートをあけたらしいが、そこで通信がとだえた。すべての無線が死んでしまった。状況がわからなくなりランドシップが失なわれた可能性も出てきて、大将たちは〝みんな大好きパニックモード〟に突入。歩兵隊に攻撃を命じた。

つづく二十六分間の戦闘に二十五万人の男女が従事し、食われもせず行方不明にもならずに生きのびたのは九人だけだった。ブロック＝ドレイン大佐はそのひとりで、どうにも動かせない歯医者の予約があったために、いざ進撃という時点でランドシップを離れなければならなかったのだ。大佐はその後まもなく退役し、希少生物が絶滅しないうちに狩りでしとめたりつかまえて乗ったりすることに全力を注ぐようになった。また最近は樹木のコレクションにもはまり、動物の剝製《はくせい》のコレクションと同じ姿勢でこれにのぞんでいる――つまりアルファベット順にしじゅうならべかえている。もちろん庭園の樹木を掘りおこしてならべかえることなんて自分ではできないので、カザムが依頼を受けたというわけだ。

ラドローのパトリックが屋敷の前で待っていた。

「呼びだしてごめんなさい、ミス・ストレンジ」わたしたちが車をおりると、パトリックは心配そうに両手をもみあわせながらいった。「思うようにいかなくて」

「大丈夫よ」わたしは励ました。「パーキンスも来たから三人でなんとかしましょ」

パトリックは、湿度が低くて体調がいいときには七トンまでの物を持ちあげられる。一時期、毎日百五十グラム以上ものマジパンを摂取していたのをすっぱりやめたので、最近は体調のいい日がずっと多くなった。パトリックは単純で心根がやさしく親切な人だ。図体《ずうたい》は大きくて、変わった見た目をしている。浮揚術を使う魔術師にありがちなように、ふつうの人とはちがうところに筋肉がついているのだ。くるぶしや手首、手足の指、そして頭のうしろが盛りあがっていて、手はゆでたハムのかたまりに指をでたらめにつけたような形をしている。仕事がないときは、トロールの子どもとまちがわれないよう、たいてい引きこもって生活している。

「何が問題だったの、パット」わたしはきいた。

「問題！」うしろから声がした。「問題とな？　わしの辞書には問題などない。解決あるのみ！」

振りかえると大佐がいた。退役しているのにまだ軍服を着ている。胸には色あざやかな略綬のリボンがずらりとならんでいる。どれも大佐が思いがけない先約で抜けなくてはならなかった戦闘でもらった勲章だ。

「こりゃまたなんだ！」大佐はわたしを見てすっとんきょうな声をあげた。「お嬢ちゃんではないか。こういう仕事をするには、ちと若すぎるんじゃないかね？」

わたしは返事をせず大佐の血色のいい顔を見つめた。大きな口ひげを生やし、目は大きくてきれいな青色をしている。でも不思議なことに生気が感じられない。まるで不気味なくらいよくできた蠟人形《ろうにんぎょう》を見ているみたいだ。

「ミスター・パーキンスとわたしは、オークの移植が計画どおりに進むようお手伝いにきました。もちろんご相談ずみの料金にふくまれています」

「おお、そうか。ところでお茶は飲むかね？」

わたしが三人ともありがたくいただきますと答えると、大佐はわたしにだけたずねたという。それでもめげずに、三人ともお茶をいただければ仕事が早くすみますと説きふせると、大佐はお茶の用意をしに屋敷に入っていった。

「で、サージはどんな様子だったの？」わたしはパトリックに向きなおって、あらためてきいた。

パトリックはわたしを手招きして、大佐の植物園というか、湖のまわりにぐるりと植えられた樹木のところへ連れていった。指さしたところを見ると、地面に五十メートルほど間隔をあけて大きな穴がふたつあいている。たぶんひとつはオークの木がもともと植わっていたところで、もうひとつは植えかえるつもりの場所だったのだろう。

「途中までは予定どおり行っていたんです」パトリックがいった。「それなのにオークを半分ほど移動させたところでサージが起きてしまって――あれが見えますか？」

パトリックは湖の向こう岸を指さした。問題のオークの木が根っこをむき出しにして横たわっている。

「あそこまで七、八百メートルはありますよね」パーキンスがいった。

「サージです」パトリックが端的にいう。「しかもこっちへもどそうとするたびに魔力が暴走して、さらに遠くまで移動してしまいました」

「なるほど」と、わたし。「じゃあこうしましょう。パトリック、向こう岸まで歩いていって、オークを浮揚してこちらへもどして。そしてもしもまたサージが起きたら、パーキンスが過剰な魔力を中継して何か別のものへ向けるの。質問は？」

「何に向ければいいかな？」

「湖の魚を何匹持ちあげられるかやってみるとか？」

パーキンスは湖面を見て、つぎに両手の人さし指を見た。浮揚術ならなんとかできるはずだ。

パトリックとパーキンスが向こう岸へ歩いていくのを見おくっていると、風に乗って何かの音がきこえてきた。奇妙だけどなじみ深い音――でもなんだか思いだせない。わたしは芝生の上に置かれているさびついた戦車のほうへ歩いていった。大佐が悪趣味な庭園ディスプレイに改造していて、植木鉢の植物がいくつか飾られ、砲身にはツタがからんでいる。

「だれ？」声をかけるとガサガサと音がした。

ツツジをかきわけて戦車のうしろへまわってみた。刈った芝生と堆肥の山があるだけで、何もおかしなものは見あたらない。でも引きかえそうとしたとき、戦車のごついキャタピラがかじられていることに気がついた。しかもごく最近のかじりあとだ。歯形をまじまじと見てから、足元のやわらかい土を手でさぐってみた。

さがしていたものはすぐに見つかった。金属製だけど光沢のない、いろいろな大きさのボールベアリングが五、六個。拾いあげて低木のしげみのさらに奥へ入っていった。でも五分間さがしても何も見つからなかったので湖のほとりへもどり、パトリックとパーキンスがオークの木をこちら側へもどすのを待つことにした。ふたりはなんの問題もなく成功した。オークは新しい穴にすっぽりとおさまり、まもなく根っこのまわりは土で埋められた。

「朝飯前でした」パトリックがいった。「サージもなかったし。ふたりにはむだ足を踏ませちゃいましたね」

「むだなことなんて何もないよ、パトリック」わたしは考えながらいった。「いつでも電話して」

「遅くなって悪かった」大佐がティーセットを運んできた。「スコーンも作ったぞ。オークの移動はごくろうだった。時間があればついでにシダレカンバを三メートルほど左へ移してくれないかね？」

「それはあらためて予約を取りなおしていただかないと。スケジュールが……」

「それをどこで見つけた？」大佐が、わたしが戦車の陰で見つけたボールベアリングに目をつけた。わたしはこの正体を知っているけれど、大佐も知っているとは思わなかった。亜鉛の芯を白銅が包み、表面がカドミウムでおおわれた球体だ。

「クォークビーストのふんじゃないか！」大佐が叫んだ。「もう何年もクォークビーストを追いもとめているのだ。麻酔銃を取ってこなければ」大佐は七十歳にしては驚くほどの速さで走りだした。

野生のクォークビーストと、引き金を引きたくてうずうずしている元軍人。これはわたしがなんとかしなくちゃいけない問題だ。わたしはパーキンスとパトリックに先にカザムにもどっていいよと——というか、先にもどるようにと——伝えた。レディ・モーゴンの魔法を解く方法を考えておいてほしいと。

まもなく大佐が麻酔銃を手にもどってきた。

「あの妙ちきりんな格好の男と耳の突きだした若いのはどこだね？」

「つぎの仕事に向かいました」わたしは答えたけど、大佐はきいていない。狩猟本能を全開にして、銃に麻酔薬入りの大きなダーツを二本装填《そうてん》している。

「先端に超硬合金を使っている」大佐が説明する。「やつらのうろこをつらぬけるようにな」

「クォークビーストを殺さないようにというご配慮はりっぱですが、麻酔銃で眠らせたあとはどうなさるおつもりでしょう？」

「人がクォークビースト狩りにどれだけの金を払うか知らないのかね？」大佐はにやりと笑っ

た。「モッカスにある国王陛下の鹿狩り園は絶好の場所だから、あそこを起点に狩猟ツアーを開催するつもりだ」

「クォークビーストは簡単にはつかまえられませんよ」

「それも織りこみずみだ。実際にしとめるまで、少なくとも十回、あるいはもっと狩猟ツアーをもよおせるだろうよ。なあお嬢ちゃん、クォークビーストについて何もかも教えてくれんか。連中は何が好きで何がきらいか。しのびよるにはどうすればいいか。好きな色はなにか。そういうたぐいのことをな」

「だったら〝華麗なりし〟ブーにきけばいいんじゃないですか？　あの方はヘレフォードの西でクォークビースト保護センターを開設してるんですから」

「やってみたが、ミス・スミスはなんというか……つんけんしておる」大佐は正直にいった。

「あんたのほうが話がわかるだろうと思ったのだ。クォークビーストのことなんか知りませんなどといってもむだだぞ。あんたが連中をたいそうだいじにしていたことはよく知られておる。ザンビーニ会館の外には銅像まであるじゃないか。あんたが仲間の魔術師といっしょに建てたやつが」

　答え方はいろいろあっただろう。くず鉄をかじるのが好きで、とりたててえり好みはしないけれど、鉛は歯にはさまるから苦手だしコバルトはお腹をこわすからいやがるとか。怒るとうろこの色が変わり、うろこのつやを保つために毎日魚油をとることが必要で、一日二度散歩に連れていくと喜ぶとか。飼い主に忠誠心があって、ネコを食べることはめったになく、見かけは恐ろしいけれどやさしく忠実な仲間だから、いっしょに歩くと誇らしく感じるとか。

でも代わりにこういった。「クォークビーストは、八秒足らずで二階建てバスをたてにかじりとおすことができますし、追われればそのことを敏感に察知します。追いつめられたら先制攻撃をしかけてきますし、その凶暴さといったらバーサーカーでも気絶するほどです。クォークビースト狩りなんてやめたほうがいいですよ、大佐」

「ああ、わかったわかった、もういい。だまっててくれ。逃がしたくないからな」

そういって大佐がクォークビーストの通った跡をたどりはじめたので、わたしもついていった。ねらいをはずさせたり、クォークビーストに危険を知らせるチャンスがあればそうするつもりで。跡をたどるのは簡単だった。彼らは金属を見つければかならずひとかじりして、おいしいかどうかたしかめる。波形の鉄板にもかじりあとがあったし、有刺鉄線のフェンスも食いちぎられていた。野ざらしの廃車はバンパーのクロムメッキがなめとられている。

大佐は片ひざをついて、あたりの様子をつぶさにうかがった。「なんの音だ?」

「何もきこえませんけど」

それはうそだった。大佐がそっぽを向いた瞬間、わたしはそっと身をかがめて廃車のあけっぱなしの窓からなかをのぞいた。クォークビーストが、かしこそうな藤色の目でこちらを見ている。背中を覆うつやつやした皮のうろこが、警戒して半分ぐらい逆立っている。強い酸性のよだれが腐食しかけの金属の上に落ちてジュッと音を立てる。わたしが人さし指を唇に当てると、クォークビーストは「わかった」というつもりでしっぽを二回振った。それがまちがいの元だった。クォークビーストの尾は、先っぽに重しのようなかたまりがついている。しっぽは廃車の壁に二度当たって、太鼓をたたくような音を立ててしまった。

大佐がクォークビーストに気づいて即座に麻酔銃をかまえた。でも引き金を引く前にまぶしい緑の閃光《せんこう》が走ってズドーンという低い音がひびき、大佐もわたしも吹っとばされて芝生の上をごろごろころがった。

しばらくしてから起きあがってあたりを見まわした。クォークビーストは姿を消していたが、変わったのはそれだけではなかった。廃車は今やすみからすみまでカラメルでできていて、手のとどく範囲の芝生はあざやかなブルーになっていた。大佐は下着のシャツとボクサーショーツを軍服の上に着ている。わたしはそうなっていなくてほっとしたけれど、まったく影響を受けなかったわけではない。服が後ろ前になっていて、きゅうくつだしきまりが悪い。

「なんだ今のは？」大佐がきいた。下着におどるカバの絵がついているけど、それをわたしに見られても気にもとめていない様子だ。

「わかりません」わたしは立ちあがりながらいった。「ぜんぜん、まるっきり、一ミリもわかりません。以上」

「ふむ。クォークビーストは逃げたのか？」

「とっくに逃げました」

わたしは大佐について屋敷へ行き、一階のバスルームを借りて後ろ前になった服を元どおりに直した。そうしたら服ではなく自分が左右反転していることに気づいて少し動揺した。左ききだったのに右ききになっていて、左のほおにあった小さなほくろが今は右のほおについている。あとでムービンに健康上問題がないかどうかきかないと。

車でザンビーニ会館に引きかえしながら、クォークビーストのことをあれこれ考えつづけた。何が起こったかわからないと大佐にいったのはうそだ。クォークビーストは瞬間的に大量の魔力を解きはなって逃げ、そのせいで無作為の受動的魔術を生じさせたのだ。それで鋼鉄の車がカラメルに変わり、下着が服の上に移動し、わたしの体が左右反転した。でもどうして突然そんなことをしたのかはわからない。クォークビーストは奇妙な生き物だ。でもこんなにも奇妙だということをきょうあらためて思いしらされた。

# 13　国王の声明

会館にもどるとすぐパームコートへ行った。だれかがレディ・モーゴンの魔法を解くか、またはパス思考を割りだすかしていないかと望みをかけていたからだ。でもだめだった。フル・プライスが古書を山のように積みあげて懸命に答えをさがしている。くやしいことにディブル蓄魔器はもう六十パーセントまで魔力をためこんで、その値は刻々と上昇中だった。フル充電されたら魔力がもれ出して会館の上に雲のような形を作るだろう。でもその魔力を使うすべがないからむだになってしまう。たとえディブルをオンラインにつなげたとしても、レディ・モーゴンにパス思考を教えてもらわないと魔力を使えないのだ。

「サージの原因はわかったかい？」フル・プライスがきいた。

「ううん。わたしたちが着いたときには、もうおさまってた」

「あれ？　ジェニファー、なんだか感じがちがう」

「突然、魔力が爆発して左右反転させられたの」

「なんの魔力？」

「クォークビーストが、逃げだそうとパニックになって炸裂《さくれつ》させた。こんな力が使えるって知ってた？」

「いや――でもあいつら謎の多い生き物だからな」フルはいって、また古書をめくる作業にもどった。

「体に悪いと思う？」わたしはきいてみた。

「何が？」フルは顔も上げずにきいた。

「左右反転すること」

「いや、そんなことないだろ。元にもどしてあげることもできるけど、こみいった魔法にはかならずリスクがともなう。特別いやな気持ちがするのでなければ、ぼくならそのままでいるね」

わたしは右ききの生活がどんなものかためしてみてまた報告するといって、カザムの事務室へ向かった。なかに入ると、ケヴィン・ジップが宙を見つめていた。

「何か見えた？」

「いや、残念ながら」ケヴィンが答えた。「ヘイドック競馬場の三時二十分のレースの勝ち馬らしきものと、緑のドアの陰に友がかくれているというイメージと、またしても例の〝VISION BOSS〟だけ」

「グレート・ザンビーニの出現については何もなし？」

ケヴィンは首を横に振った。わたしはケヴィンの見たイメージを〈ヴィジョン台帳〉に書きこんでRAD97からRAD99までの番号を振った。

台帳の記入をすませ留守電を確認しているところへタイガーが帰ってきた。あいかわらずふくらんだゴミ袋を持っている。

「ミステリアスXは動物園が気に入った？」わたしはきいた。

「うん、まあまあ。でも動物園が終わったら、こんどは映画を見ればもっと頭がすっきりするかもしれないっていってるような気がしたから、『孤児のルパート宇宙を征服する』に連れていった」

「へぇえ」どうもミステリアスXは、うまい口実をこしらえて遊びにいきたかっただけのような気がする。ミステリアスXはその名のとおり、ちょくちょく謎めいた行動を取るのだ。

「Xは何かヒントをくれそう？」

「あんまり見こみはなさそう」

「そっか。でもためしてみてよかった。部屋にもどしてあげて」

「うん、わかった」タイガーは事務所を出ていった。

パーキンスとパトリックがやってきて、それぞれ〝B1－7G〟の申請用紙を差しだした。書類仕事はほこりを払うのと同じで、かったるいけどやらないわけにはいかない。

「最初の申請書だね」わたしはパーキンスにいって判を押し、副署した。「おめでとう。お母さんにいって冷蔵庫に貼ってもらうといいよ」

ザンビーニ会館の夕食は早い。ジャムロールが六十八日間連続手つかずで残って連続記録を更新したあと、ムービンは橋の再建工事にかかわる人たち全員をパームコートに集めた。〝フル〟と〝ハーフ〟のプライス兄弟、パトリック、パーキンス、わたしとタイガー。レディ・モーゴンとモンティ・ヴァンガードはその場にいるけど発言できない。わたしたちが集まったのは会合のためでもあるし、国王が夕方におこなった国民向けテレビ演説の録画を見るためでもあった。

ふだんテレビ演説では、水の消費をおさえろとか、スノッド産業の株をもっと買えといった要請がなされることが多い。国民注視のもと成長するシャッザ王女が、どうでもいい里程をきざんだことを発表するだけで終わる場合もある。でもきょうは大きなニュースがあった。コンラッド・ブリックスが宮廷の顧問魔術師に就任したという知らせだ。ブリックスは国王のとなりに立ち、堂々と威厳のあるたたずまいを見せようとしているけれど、どう見てもしたり顔でものすごくいやな感じだ。

「やっぱり発表するよね」わたしはため息をついた。「国王は、自分のすることをなんでもかんでも発表しないと気がすまないたちだもの」

「ああ、そうだな」ムービンがいった。「だがうしろの面々もよく見てみろ」

ムービンが六分間の演説をもう一度流してくれたので、わたしたちは身を乗りだした。いつものように演説は、王がたまたまいた場所でたまたまいっしょだった人たちとともに撮影されていた。今回の演説では新しいランドシップに名前をつけていたが、怪しいほどすぐ近くに、無能な弟とテンベリー卿、それに弁護士のミスター・トリンブルがいた。

「ベルシャウト・コミュニケーションズはぬかりなく手を打ってるんだ」わたしは思わずつぶやいた。

このあいだミスター・トリンブルがカザムに携帯電話ネットワークの再稼働を打診してきたとき、わたしはばかなことに真正面から返事をした。魔力のような基本的な力を管理しようとするのは重力に税金をかけるとか、恒星を自分のものにすることを考えるのと同じだと。今、こうしてテレビ演説を見ていると、カザムのみんながうすうす感じていたことが当たっていたと思いしらされる――王はブリックスとテンベリー卿の力を借りて、金もうけのために魔法を管理する気なのだ。ミスター・トリンブルやベルシャウトに対しては、いくらでも値段を吊りあげる気だろう。しかもそれはほんの第一歩にすぎない。高値をつけた会社に魔法が切り売りされる時代が来るのだ。

「金曜日の魔術合戦、何がなんでも勝たないとね」パーキンスがいった。

「ああ、ぜったい勝つぞ」ムービンがテレビを消しながらいう。「カザムの経営権だけじゃない。魔法の行く末そのものがかかってる」

みんなだまりこんだ。国王とブリックスが魔法界を意のままにあやつるさまが頭に浮かぶ。明るい未来とはいいがたい――というか、そんなの地獄だ。

「落ちついてやりさえすれば、かならず勝てるって」ムービンが明るい口調でいって、壁に貼られた二枚の橋の写真を指さした。一枚はきれいにととのった、あるべき姿。もう一枚は現在の橋の姿――つまりぬれそぼってぬるぬるの藻におおわれた数百トンのがれきの山だ。「やることは標準的な空中浮揚と修繕だから、ふたり組をふたつ作る。ひとりが川底から石を持ちあげ、もうひとりがそれを空中で押さえているあいだに、最初のやつがそれをセメントで手早く固める。パーキンスとフルでひと組、ハーフとパトリックでもうひと組という具合に分けるのはどうだろう。おれは自由に動けるようにして、必要なところを手助けしながら全体を指揮する。問題はないはずだけど、あしたみんなで練習しよう。モーゴンを元にもどす努力もつづけよう。あの人はなんでもクソミソにいうオニバ……辛辣《しんらつ》な女性だけど、まちがいなく一流の魔術師だからな。ジェニファーに何か考えがあるらしい。ジェニー？」

わたしは立ちあがり、咳ばらいをして話しだした。「ケヴィン・ジップがグレート・ザンビーニの出現を予言しました。あすの午後四時三分に数分間もどってくるそうです。今はナシル王子にたのんでジップに張りついてもらっています。ミスター・ザンビーニの出現場所がわかったらすぐ空飛ぶじゅうたんで連れていってもらうつもりです。最大の目的はレディ・モーゴンの魔法を解き、ディブル蓄魔器を使えるようにする方法をきくこと。それからザンビーニがもう消えずにすむよう、こちらからも力を貸すつもりです」

「それはいいな」ムービンがいった。「何か質問がある人？」

「はい」タイガーが手をあげた。「『せわしい』と『せわしない』って、どうして同じ意味なんですか？」

「わりい。『橋の再建にかんする質問がある人』というべきだったな」

だれも質問はなかった。

「ようし。じゃあそういうことで。みんなしっかり体を休めてくれ」ムービンが会合をしめた。

# 14　連行

眠りは浅くとぎれがちで、夜明け前にはもう目覚めてしまい、窓辺でまたたくホタルを見つめていた。この建物からじわじわともれでる魔法エネルギーを取りこんで光っている。

起きてもいいぐらいの時間になると、わたしはシャワーを浴びて下におりていった。〝若々しい〟パーキンスとラドローのパトリックがロビーにいて、石ころでアーチ橋を作る練習をしている。なかなか厄介な作業で、手順よくやるだけでなくチームワークが必要だ。ぜんぶの石を半円形につなぎあわせてそのまま保っておき、最後のひとつ――かなめ石――を頂点にはめこむ。そうすれば力を抜いてもアーチはくずれない……はずだ。

ところが、このアーチはどうもじっとしているのがいやらしい。何度かきれいなアーチができあがったのに、ふたりが力を抜いたとたんくずれおちてしまった。

「本番は橋台もあるし、大きな石でやったほうがきっと力を伝えやすいよ」パーキンスがいうと、パトリックも賛成のしるしにうなり声をもらした。

朝食のあとケヴィン・ジップの様子を見に事務所へ行った。まだぐっすり眠っている。レイダーのオーウェンがケヴィンのとなりで二、三時間前から番をしていた。ナシル王子が仕事に出かけたので代わりを務めているのだ。オーウェンはうちのもうひとりのじゅうたん乗りで、腕前が劣るわけではないけれど二番手だ。ナシル王子のじゅうたんもかなりすり切れて虫食いだらけで、ぼろきれみたいなありさまだけど、オーウェンのじゅうたんはその八倍もひどい。じゅうたんの耐久時間は二万時間といわれる。あるいは三世紀たったら織りなおさなくてはならない。オーウェンのじゅうたんはその両方をはるかに超えている。

「ケヴィンは寝言で何かいわなかった？」わたしはきいた。

「意味のありそうなことはあんまり。人さし指がどうだの、トラルファモサウルスがこうだのってごにょごにょと。それから要人たちがこなごなに吹っとばされるとか、来年の今ごろは月に一度以上デザートにアイスクリームが出るとか」

「へえ、それいいな」ちょうど事務所に入ってきたタイガーがいった。

「アイスクリームのほうよね？　人が吹っとばされるほうじゃなくて。タイガー、今の夢をヴィジョン台帳に書きこんでおいて。つぎはたしかRAD99だと思う。わたしは橋の工事現場を見てくる」

会館を出てスノッド小路《こうじ》を歩いた。道幅が広がるとそのままスノッド通りになり、左に曲がってスノッド大路《おおじ》に出た。角のスタンドで「ヘレフォード日刊疲れ目《アイ・ストレイン》」紙を買ったら、やはり魔術合戦が一面トップだった。

「魔法二社、業界トップをかけ魔術合戦へ」

記事はおおむね正しかったけれど、ものすごくブリックスに肩入れしていた。国の統制を受けた新聞なので、ブリックスのことを「新任の宮廷顧問魔術師」と書いているし、〝最強の〟というまちがった称号を繰りかえし使っている。記事の最後のほうには「〝いまわしく残忍なる〟ブリックスのきわめて遠い親戚」という記述もあった。わたしは新聞をスタンドの売り子に返し、うまいこと交渉して一部返金してもらった。それから崩落した橋のところへ向かった。

橋が崩落したあと、あれこれと理由をかかげてスノッド国王を説得し、修繕費を出してもらおうという試みが何度もおこなわれた。いちばん説得力があったのは、橋がないと処刑された罪人の死体を吊るす場所がないというものだった。市の衛生条例で市内では死体をさらすことが禁じられているからだ。もっとも最近、処刑は時代遅れだといわれるようになったので、二十年近くだれも処刑されていない。もしかしたらそのせいで国王はこれまで橋の再建を命じていなかったのかもしれない。

わたしは北岸の橋台のわきに立って、向こう岸まで連なる大きながれきの山をながめた。川のなかには四本の橋脚があった。今でも水上に一メートル近く顔を出しているけれど、それ以外の石はほとんど川底に沈んでいる。水は魔力を伝えにくいので、水中にあるものに魔法をかけるのはむずかしい。水中に沈んだ石のブロックを一メートル動かすには、陸上のかわいたところで同じブロックを五十メートル動かすだけのエネルギーが必要だ。

すでに〈スノッド足場建設株式会社〉の手で歩行用の足場が川に渡されていた。魔術師たちがかれきの様子を調べるときに使うものだ。今は階段状の観客席とロイヤルボックスの建設が急ピッチで進められている。歩きまわっていると娯楽大臣がいた。観客を収容する手順、座席やポップコーンやホットドッグの料金設定、そして下層民や貧民にどの程度割引してやるか——来るかどうかはわからないが——について担当者と相談している。

わたしは自己紹介してから、健康面、安全面を考慮に入れれば、すべての観客は現場から少なくとも五十メートルは離したほうがいいと説明した。魔法が使われたとき、本筋からそれた副次的な魔法から身を守るためだ。

「五十メートル？」大臣はオウム返しした。「それでは間近で見られないのでは……。陛下は、魔術のおこなわれるさまをかぶりつきでごらんになりたいとおおせです」

「あなたがたがそうご判断なさるなら止めませんが、何かが起こってもわたしは説明しにはまいりません。陛下とご家族が向こう二週間、ロバの頭ですごすこともあり得るんですよ」

「ロバの頭？」

「または鼻がもうひとつ生えたり。もっとひどいことになったり」

「五十メートルですか？」

「五十メートルです」

これ以上ここにいても得るものはなさそうなので、会館へもどることにした。途中で急にリコリスキャンディが食べたくなったのでお菓子屋に寄った。となりが、めがねチェーンの〈ヴィジョンボス〉だ。わたしはケヴィンのヴィジョンを思い出し、めがね屋に入ってあたりを見まわした。人気のめがねチェーンで、多種多様なフレームがそろっている。妙な気配はないし、シャンダーメーターを引っぱりだして魔力のホットスポットがないかどうか計測してみても、これまた何もない。やっぱりもう帰ることにした。予知能力者のヴィジョンって、これだから困る。意味がわかったときには手遅れのことが多いのだ。いっそ知らないほうがましということもちょくちょくある。

「これはこれは」外に出たとたん、ききおぼえのある声がした。「こんなところをほっつき歩いておるのかね、お嬢ちゃん」

ブロック＝ドレイン大佐だ。きょうは狩猟用の服を着て麻酔銃をかついでいる。

「いつも上から目線なんですね」わたしはいってやった。

「おお、鋭いね、お嬢ちゃん。これを見たまえ」

大佐は公的なものらしき書類を取りだした。そこには大佐が宮廷顧問魔術師ブリックスによって雇用されたことが記されていた。「街を恐怖におとしいれ、あるいは国民の不安をかきたてる、悪逆非道な魔法獣の捕獲を差配する捕獲官として認定する」とある。

「つまりあなたとブリックスが組んでクォークビーストの狩猟ツアーをはじめるということですか？」あれとこれが頭のなかでつながって、わたしは問いただした。

「この国の観光産業は未開拓なのだ。カンブリア帝国などトラルファモサウルスの狩猟ツアーだけで八百万ムーラー以上もかせいでおるのだぞ」

「ツアー参加者は定期的にトラルファモサウルスのえさになっているみたいですけど」

「だからツアー料金は前払いにするつもりだ」どうやら大佐は冷酷かつきわめて現実的な人物らしい。「さて、クォークビーストはどこで見つかるかね？」

「お手伝いはできません、大佐」

「いいや、そんなはずはない。いやおうなく手伝ってもらう。王室の係員が法律にのっとった責務を遂行するのを手伝えないとなれば、公務執行妨害で重労働つき禁錮《きんこ》二年の刑に処せられることもあるのだぞ」

わたしはちょっとのあいだ大佐をまじまじと見つめ、はったりには強気で対抗するしかないと腹をくくった。「だったら警察を呼んで逮捕させればいいでしょう、大佐」

大佐はわたしを見て、しわのきざまれた顔にうっすらと笑みを浮かべた。

「肝がすわっとるな。たいしたものだ。結婚相手はこれからさがすのかね？　うちの三男は未婚だぞ」

これはけっしてとっぴな質問ではない。この国では結婚の九十五パーセントが家族や知人の紹介でまとめられる。

孤児でいることの唯一の利点は、自分で結婚相手を選べることだ。

「候補に入れてもよさそうな人が三人と、すでに候補として確保している人が五人います」

わたしは真っ赤なうそをついた。

「うちの息子を六人めの候補に入れてはくれまいか？」

「いやです」

「六エーカーの土地持ちで廃棄物処理という安定した仕事もあるぞ。しかも入れ歯は一本もない」

「あら、すてき。でもお断りします」

「タークィンががっかりするだろうよ」

「わたしは痛くもかゆくもありません」

大佐は少し考えてからいった。「クォークビーストさがしを手伝わないというのは、本気かね？」

「お手伝いするくらいなら、トラルファモサウルスの檻で体じゅうにベーコンを巻きつけて日光浴するほうがましです」

「どっちみちおまえの助けなどいらぬわ」大佐はやっといった。「必要な情報は〝最強の〟ブリックスが提供してくれるからな。それではごきげんよう、ミス・ストレンジ。タークィンを候補に入れなかったことを後悔するだろうよ」

そういいすてると、大佐は足早に橋のほうへ立ちさった。

「〝驚異の〟ブリックスでしょ！」うしろから叫んだけど、きこえなかったようだ。わたしは肩をすくめて会館へ向かった。

ザンビーニ会館に足を踏みいれたとたん、何かがおかしいと感じた。ウィザード・ムービンがロビーの椅子に腰をおろして心配そうな顔をしている。

「どうかしたの？」

「〝フル〟と〝ハーフ〟兄弟が逮捕された。カンブリア帝国に引きわたされて向こうで取り調べを受けることになる」ムービンがつらそうにいった。「八〇年代にカンブリアで違法に進められていた熱魔力爆弾開発計画の中心人物だったという疑いをかけられているらしい。この爆弾は一九二二年のジュネーブ会議で製造禁止になっているんだ」

「重い罪なの？」

「〝調和に対する罪〟だから最大級の重罪だ。死罪にさらに死刑が加算される」

「そんなのあり得ない！　プライス兄弟はハエも殺せないくらいおだやかな人たちなのに。完全にでっちあげに決まってる。そうでしょ？」

　ムービンは何もいわずにただ唇をかんでいる。

「うそでしょ」わたしはつぶやいた。ムービンの顔を見てさとったのだ。プライス兄弟は二十年前、まさにその罪を逃れてカザムにやってきたのだと。グレート・ザンビーニは、魔法の才能がある者ならだれでも過去を問わずにむかえいれた。この会館にはほかにも過去を詮索されかねない魔術師がいるのかもしれない……思わずぞくっとふるえた。

「まだ勝てるって」ムービンがいった。「おれとパトリックとパーキンス対ブリックス、コービー、チャンゴだろ。見ようによっては、三対三なら公平ともいえる」

「それはそうだけど、ブリックスは公平な戦いなんか望んでない。向こうが三でこっちが一かゼロになるまで手をゆるめないと思う」

　わたしたちは空っぽのロビーでだまりこんだ。きこえるのは時計の音と、オークの葉がさわさわいう音、そして〝はかなきヘラジカ〟がたまに現れたり消えたりするポッという音ぐらい。正直なところ状況は最悪で、だれのせいだか自覚はあった。

「ごめんなさい」わたしはしぼりだした。

「何について？」

「魔術合戦に同意したこと」

「選択の余地はなかっただろ」ムービンが、わたしの腕に手をかけていってくれた。「挑戦状をたたきつけられたんだから仕方がない。諸悪の根源はブリックスだ。つぎの逮捕者が出るまでどれくらいあると思う？」

「時間の問題じゃないかな」

そういったとたん、ヴィリヤーズ巡査部長とノートン巡査が正面玄関から入ってきた。合法的に見せかけた怪しげなでっちあげが何よりも得意なふたり組だ。

「やあ、ミス・ストレンジ」ヴィリヤーズ巡査部長がいった。「またお目にかかれてうれしいよ」

腹のさぐりあいなんかしている暇はない。単刀直入にきいた。「プライス兄弟はどこ？」

ヴィリヤーズとノートンは、してやったりという笑みを浮かべた。

「牢にぶちこんである。月曜日の事情聴取待ちだ」ノートンがいった。ヴィリヤーズがでっぷりしていて顔も大きいのと対照的に、ノートンは見ていてつらくなるほどやせぎすだ。このふたりはダイエット広告の〝ビフォアー&アフター〟みたいだと、よく笑いの種になる。わたしは以前、彼らと一戦を交えたこともあって、いやな気持ちをいだいていた。

「月曜日？　橋の工事の三日後なんて、ずいぶん都合がいいですね」

「やつらの容疑は重いんだよ、ミス・ストレンジ。だがきょうはつまらないおしゃべりをしに来たわけじゃない」

「へえ、そうなんですか？」クォークビーストさがしの手伝いを断ったから、わたしを逮捕しにきたのかと思ったけどそうではないようだ。大佐は息子の嫁候補としてわたしのごきげんを取ろうとしているのかもしれない。

「ウィザード・ガレス・アーチボルド・ムービンかね？」ヴィリヤーズは、警官がすでに知っていることをわざわざたずねるときの口調できいた。

「おれのことはご存じでしょう」

「魔術を使うと宣言せぬまま不法に魔術をおこない、必要な書類を出さなかったうえに、当該魔術を当局からかくそうとしたかどで逮捕する」

ノートンがムービンの腕を取った。ムービンがテレポートの術を使えることは知っているので、逃がさないよう必死なのだろう。

「不法な魔術ってなんですか？」わたしは詰めよった。わたしがカザムで働くようになった四年間で、書類を提出しなかった魔術なんてひとつもない。そのことはこのわたしがいちばんよく知っている。

「バラの花束を空中から取りだしてミス・バンクロフトに贈ったという魔術だよ」ノートンがいった。「一九八八年十月二十三日ごろのことだ」

「ジェシカか」ムービンが静かにいった。

「そう」と、ノートン。「ジェシカだ」

ムービンはわたしに向かって肩をすくめてみせた。警官たちが鉛でメッキした指錠を両方の人さし指にかけ、ムービンが魔法を使えないようにする。

「今となっては彼女にいいところを見せようとしたのが悔やまれるだろう、え？」ヴィリヤーズがにやにやしながらいった。

「不思議なことに後悔はしてませんよ」ムービンがやさしい笑みを浮かべていった。「あの人はなかなかのものだった。いわゆる〝拒絶家〟で、魔力があるのにけっしてそれを認めようとしなかった。男のはげ頭をなめて、そいつが朝食に何を食べたか当てられるんですよ。魔力があるに決まってるじゃないですか。彼女、今は何をしてるんだろう？」

「わたしの妻をやってるよ」ヴィリヤーズがいった。「いいか、そのはげ頭がどうとかいう話を広めたら、王とブリックスから牢にぶちこまれるだけじゃすまなくしてやるからな」

「ねえ、おまわりさん」ちょうど事務所に入ってきたタイガーがいった。「ぼく、ベーコンサンドを消滅させて、翌朝ぜんぜんちがう形で出現させせられるよ。ぼくのことも違法な魔術で逮捕する？」

ノートンとヴィリヤーズはタイガーをにらみつけ、下ネタがらみの口答えにうんざりした顔を見せた。いそがしくなければ、きっとタイガーのことも逮捕していただろう。

「くそったれの捨て子め」ノートンがいう。「おまえらみんな存在するだけむだだ。もうひとついっておく。ラドローのパトリックをさがしてもむだだぞ。あいつもさっき逮捕した。マジパンの乱用罪でな。それではごきげんよう、ジェニー」

ふたりは出ていき、ドアがバタンととじた。

「みんなわたしのせいだ」わたしはすわりこみ、両手で顔をおおった。これでパーキンスがひとりでブリックスとその仲間たちと戦うことになってしまった。一対三だ。

「ジェニーのせいじゃないし、もっとひどいことにならなくてよかったよ」タイガーがやさしい声でなぐさめてくれた。

「これ以上ひどくなんてなりようがないじゃない？」

「きょうが金曜日だったら最悪だけどまだ木曜日の午前中じゃないか。これからまだいろんなことが起こり得るよ。魔術師がひとりしかいなくなったからって何さ。ほかにも使える人はいるはずだよ」

「ほかにはだれも免許を持ってない」

「昔、免許を取った人たちは？　まだ免許を返上してない人たちがいるでしょ？」

「免許を持ってて頭がはっきりしていれば、今も魔術師をやってるよ」

タイガーは玄関のほうへ向かってうなずいてみせた。「カザムの人たちだけじゃなく、それ以外にもいるってこと」

わたしは体を起こした。そうか。まだ完全に希望がなくなったわけじゃない。

「タイガーのいうとおりだね。ふたり頭に浮かんだ。まずマザー・ゼノビアのところにいってみる」

「手伝ってくれるかな？」

「たぶん断られると思うけど、ためしてみなきゃ。ねえ、それから、ブリックスがきたない手を使うなら、こっちもやらないと」

「っていうと？」

「あいつの弱点を見つけるの。突きつけてやれるようなことを。過去のちょっとした不法行為でも、悪いうわさでも、駐車違反の罰金を払ってないでもなんでもいいから。タイガーはそっち方面を調べてみて。わたしは免許を持ってそうな人にあたってお願いしてみるから」

玄関から外に出たけれど、車のキーを忘れたことに気づき、まわれ右してザンビーニ会館の玄関ドアを押しあけた。するとなぜかそこは裏口だった。大きくあけた玄関ドアが、ありえないことにそのまま裏口に通じているのだ。まるでザンビーニ会館がなくなってしまったみたい。わたしはドアをしめて呼び鈴を鳴らした。

パーキンスがドアをあけてくれた。不思議なことに、パーキンスはちゃんと会館のなかにいてロビーの様子も見える。

「キーを忘れたの？」

「ねえ、見て」

パーキンスが外へ出るとわたしはドアをしめ、パーキンスにあけるようにいった。彼はいうとおりにして、やはりロビーではなく裏口の向こうの横丁をまじまじと見つめるはめになった。

「会館はどこに行っちゃったんだ？」

「あなたなら知ってると思ったのに」

「ぼくがやったと思ってるの？　無理無理。遠くの犬を吠えさせるのだって大変なんだから」

「じゃあだれがやったの？」

パーキンスは、さあねと肩をすくめた。「知らない。それよりさ、ちょっとタイガーを叱《しか》ってよ。あいつ、パトリックもムービンもプライス兄弟も逮捕されたなんてぼくにいってくるんだ。そんなの冗談にならないっていってやって」

わたしは片方の眉を上げてパーキンスの顔をじっと見た。

「まじかよ。冗談じゃないってこと？」

「冗談ならどんなにいいか」

わたしはまたドアベルを押した。数分後、タイガーが玄関をあけてくれた。タイガーにこの現象を説明したあと、なかにもどれるようひとりがドアを押さえているあいだに、べつの入り口や窓も調べてまわった。するとどの入り口をあけても、そのまま建物の反対側に出てしまうことがわかった。だれが魔法をかけたのかについては意見が分かれたけれど、すばらしい防衛策だということについては一致した。二十分後、それは実証された。ヴィリヤーズとノートンがレディ・モーゴンに「話をききたい」といってまたやってきたのだ。わたしはドアに鍵をかけたまま、レディ・モーゴンは月曜日に出頭しますと大声で答えた。いくらか失礼な言葉の応酬があったあと、ふたりは立ちさった。

あらためて車のキーをさがしあてると、わたしはいった。「よかった。じゃあちょっと助っ人をさがしに行ってくる」

「ぼくは何をすればいい？」パーキンスがきく。

「タイガーを手伝って、ブリックスの汚点をさがして。何かしらこっちに有利になるようなことがあるはずだから。ああ、それからおめでとう。あしたはひとりで橋の工事をすることになったね」

パーキンスはおびえた目でわたしを見つめた。「どうせ失敗するなら、はなばなしく散るよ」

「あきらめたらそこで終わりだよ」わたしはいって車に乗り、すぐに町の外へ向かった。

# 15　マザー・ゼノビア

マザー・ゼノビアに会うためクリフォードに車を向けたものの、マザーがカザムのためにひと肌ぬいでくれるとはあまり期待していなかった。だいぶくたびれて、一日の七割を石になって過ごすほどの御老体なのだ。魔力が残っていたとしてもごくわずかだろうし、わたしの知るところでは、何年ものあいだ修道院から一歩も外へ出ていない。ところがこの日の午後マザー・ゼノビアのもとを訪れたのはわたしだけではなかった。招かれざる——でもちっとも意外でない——先客がいた。

コンラッド・ブリックスだ。わたしがロブスター女子修道院に足を踏みいれようとしたとたん、玄関から出てくるブリックスとはち合わせした。

「ジェニファー！」ブリックスは、せせら笑いに近い笑みを浮かべていった。「カザムの調子はどうかね？」

「知ってるくせに」わたしはつんけんといった。「ここで何をしてるんです？」

向こうは顔を近づけてきた。「目の上のたんこぶは取りのぞかなければね、ミス・ストレンジ。今朝はヴィリヤーズとノートンがわれわれの勝利をほぼ確実なものにしてくれた。わたしはダメ押しをしにきたというわけだ」

いやな予感がした。「マザーに何をしたの？」

ブリックスはにやりと笑った。「向こう二年間、おまえをメイドとして働かせるのが楽しみでならない。骨の髄まで屈辱を味わってもらうために、かならず制服を着るよう要望する」

「あなたって臆病者ね、ブリックス。魔術合戦という名誉ある戦いに勝つために、そんなきたない手を使うなんて」

ブリックスは目を細くした。「生意気なやつだな。たまたまいい仕事にありついただけの捨て子のくせに」

「仕事は関係ない」わたしは抑揚をおさえていった。「捨て子はだれだって生意気なの。失うものがないから。わたしなんか、お行儀がいいほう」

「自分の言葉を悔やむことになるぞ、ジェニファー」

「あなたは自分の行動を悔やむことになる。うちのみんなは、たとえ負けてもけっしてそっちには仕えないから」

「そんなことは織りこみずみだ。こちらはただカザムを制圧し、魔術を独占できればそれでよい。そんなことは明白だろう？」

「携帯電話ネットワークを再稼働させるために？」

ブリックスはにやりとした。「それはほんの手はじめだ。魔術をネタにすることで、賢い投資家がどれほどもうけられるか、おまえらには想像もつかないだろう。電魔製品のライセンス契約を結べばがっぽりだ——ポケット電卓のようなどうってことのないものでも何百万だぞ。おまえらはえらい労力を費やして医療用スキャンを無料で再稼働させようとしているが、あほなのか。人がガンを早期発見するためにどれだけ金を出すと思っているんだ?」

わたしはこぶしを固めてからまたひらき、怒りをかみころしていった。「魔法はひとりのものじゃない。おおぜいのものよ」

「心から賛成だよ。ただしこの場合『おおぜい』というのは、わたしとテンベリー卿、国王陛下、そして無能な弟君しかふくまれないがね。ああ、それからザンビーニ会館に無限扁平術を使うとはなかなかの手並みだ。レディ・モーゴンかね?」ブリックスはレディ・モーゴンが石になっていることを知らない。こちらにとって小さな利点だ。

「あの方は厳格ですが、才能豊かですから。あすは勝ってみせます。どうぞご心配なく」

ブリックスは声を立てて笑った。「だれで勝つというのだ? 偏屈でくたびれた時代遅れのばあさんと、煉瓦を一個持ちあげられるかどうかのさわやか新人くんとでか? 無理に決まっている。完膚《かんぷ》なきまでにたたきのめされるのが落ちだぞ。いっそいさぎよく負けを認めて、生き恥をさらすのを未然にふせいではどうかね?」

「魔法の将来は取り引きして決めるようなものじゃありません」

「それはちがうな。しかも決めるのはおまえじゃない。カザムに持ちかえって検討してもらおう。きょうの真夜中までに負けを認めれば、カザムのろくでもない隠居ども――いや〝過ぎし日の尊い魔術師のみなさん〟は、五つ星の老人ホームで最期まで面倒を見てもらえるよう保証しよう。そして免許を持つ魔術師には選択の余地をあたえる――わたしの元で仕事をするか、あるいは二百万ムーラーで免許を返上するかだ。しかもおまえとタイガーは、年季奉公の期間中、何もせずに給料をもらえるようにしてやろう。年季が明ければ市民権を取れる。それでどうだ？」

「あんたなんか地獄へ落ちろ」

「ああ、それはまずまちがいない」ブリックスは笑みを浮かべた。「だが、たんまりかせいでから行くのさ。真夜中までに返事をくれるだろうね？」

勝ちほこった、得意げな笑みを浮かべてはいたが、何かが引っかかった。

「まちがいなく勝てると信じているわりには、ずいぶん気前のいいオファーね。ほんとうにうちを完膚なきまでにたたきのめす自信があるなら、廃墟のなかから好きなものを取っていけばいいじゃない。それなら一銭も出さずにすむ。なぜそんなに大枚をはたこうとするの、ブリックス？　わたしたちがこわい？」

ブリックスはまた笑みを浮かべたが、さっきのような自信に満ちた笑顔ではなかった。

「わたしの言い分はこうだ」ブリックスは落ちつきを取りもどしていった。「魔法界はただでさえイメージが悪い。けちな内輪もめなどすればなおのことだ。今こそ魔法を役に立つ力として売りだしたい、蛇口から出る水やコンセントから流れる電力と同じく日常に不可欠なものとして売りだしたいというのなら、魔術師が責任感のある高潔な市民だということを示さなければならない。オファーを飲め、ストレンジ」

わたしにはそんな気はさらさらなかった。「明朝、魔術合戦の会場で会いましょう。九時ちょうどね？」

「ああ、九時だ。サンドップ・カレ・ンバー、ミス・ストレンジ」

「サンドップ・カレ・ンバー、〝驚異の〟ブリックス」

最後にわたしをにらみつけると、ブリックスはまわれ右をして立ちさった。

修道院に入るとすぐブリックスのしでかしたことがわかった。マザー・ゼノビアは椅子に腰かけたまま、石の顔をまっすぐ前に向けていた。おそらく石になって昼寝をしているうちに、ブリックスの手で復元を阻止されたのだろう。来るのが遅かった。このラウンドもブリックスの勝ちだ。わたしは大きくひとつ息を吸って、帰ろうとした。

マザー・ゼノビアのつきそいのシスター・アグリッパが涙を浮かべてきいてきた。

「何かわたしにできることはあるでしょうか？」

「シーツをかけて、二週間に一度は羽根ばたきでほこりを払ってあげてください。掃除機は使わないで。何か折れて吸いこんでしまったら、マザーが目覚めたときかんかんになっちゃうから」

外へ出ると、もう魔術合戦は負けたも同然だという思いがのしかかってきた。力を貸してくれるかもしれない魔術師がまたひとり消えて、あとは一九七四年オリンピックの魔術競技で、前人未踏の金メダル六個を獲得した女性に望みをたくすしかなくなった。その腕前はだれもが認めるところだけれど、彼女は胸の内を明かさず、頑固で、人並みはずれたかんしゃく持ちとしても知られている。

〝華麗なりし〟ブー、その人だ。

# 16　ブーとクォークビースト

魔法業界で働いていれば、〝華麗なりし〟ブーのことはどうしたって耳に入る。今は主に魔術免許の審査官として知られているけれど、ほんとうはもっともっとすごいキャリアを送るはずだった。ミス・ブーリアン・チャンパーノウン・ワシード・ミットフォード・スミスは魔術の神童だった。五歳のときに自作の呪文を書きあげ、十歳までに〝驚異の〟、十五歳までに〝驚愕《きょうがく》の〟と呼ばれるようになり、二十歳になるころには〝華麗なる〟という称号を得ていた。彼女が打ちたてた「呪文もつれのマルチタスクへの応用」という理論は魔術へのすばらしい貢献で、いくつかの魔法を同時におこなう道をひらいた。十二世紀以来未解決だった問題に初めて答えを出したのだ。つまりブーは、かのマイティ・シャンダーが三十代になるまでできなかったことを十代で成しとげ、〝新時代の大立て者〟――つまり驚異的な力を持つ魔術師、五百年にひとりぐらいしか現れず、魔法を新しく、希望がもてる方向へ変える魔術師になるものと思われていた。

ところが彼女はその素質をフルに発揮することはできなかった――でもそれは自身のせい

ではない。一九七四年に反魔術過激派に誘拐されてしまったのだ。解放されたあとブーはいっさい魔術を行わず、魔術師ともほとんどかかわらなくなった。その理由を知る人はだれもいないし、思いきって問いかけても、じっとりと重い、かたくなな沈黙が返ってくるばかりだ。それでもブーは自分の歩んできた道を完全に断ちきったわけではなく、尊敬の意味でささげられた〝華麗なりし〟ブーという称号を今も使っている。

誘拐され解放されたあともブーはずっとヘレフォード王国在住だ。国の魔術免許審査官と魔獣保護官を務めるかたわら、北半球でただひとつのクォークビースト保護センターをいとなんでいる。センターがあるのはヤーソップ。ブレコン公国との国境に通じるグレートウエスト道からちょっとはずれたところにある小さな村だ。わたしは修道院から少し車を走らせてこのヤーソップにやってきた。

〝華麗なりし〟ブーの家はあまりにも見た目がふつうだったので、思わず住所をたしかめてしまった。たいていの魔術師は妙な形をしたわらぶき屋根の小屋に住んでいて、外にがらくたが山のように積まれていたり、フクロウを飼っていたりする。でもこの家はちがった。砂利道の突き当たりに二軒あるうちの一軒で、しだれ柳が植わり、手入れのゆきとどいた花壇がある。魔法とはなんの関係もなさそうな、ごくありふれたたたずまいだ。わたしは門をあけ、砂利を踏みしめながら玄関へ向かった。

ベルを押すと〝華麗なりし〟ブーがドアをあけた。白い髪は、城で見たときとはちがってきれいにたばねてあるけれど、目はあいかわらず暗闇の色をしている。家のなかからひんやりした空気が流れでてきて、わたしはぞくっとふるえた。ブーは家でも手袋をはめている。わたしの顔を見るとふんと鼻を鳴らして、ドアをバタンと閉めた。

しばらく待つことにした。わたしがここにいることはわかっているのだから、またベルを鳴らしてもしょうがない。ひたすら待って八分たったころ、ようやくまたドアがあいた。

「ここへ来ても何もないよ、ミス・ストレンジ」

わたしは深く息を吸っていった。「前にクォークビーストがわたしを相棒に選んでくれました」

「ああ。そして向こう見ずに連れまわしたせいで死んだ」

本当だった。そのせいでこの二か月間、わたしはずっと心を痛めている。わたしにとっても危険に満ちた日々だったけれど、危ないからついてこないようにと止める努力をしなかったのだ。

「あの子を死なせたことはずっと恥じています」わたしは静かにいった。「いないのがさびしくてたまりません。ところで最近へレフォードに野生のクォークビーストが出没していることはご存じですか?」

「大佐が来た」ブーは手短にいった。「罠にかける方法をききに」

わたしは大佐が、金持ちで理性のない人を相手にクォークビースト狩猟ツアーを計画していることと、ブリックスがからんでいることを話した。

「やつらは何をいじくりまわしているかわかっていない」ブーがいう。

「止める方法はないでしょうか?」わたしはたずねた。

ブーは目を細くして少し考え、ドアを大きくあけてくれた。

「入りなさい。ただし〝ま〟のつくことを手伝ってほしいと口にしたら、ぶっ飛ばす。いいね?」

「はい」

わたしはなかに入った。史上最強の魔術師といっても過言ではなかった過去を示すようなものはいっさい置かれていない。室内の様子からうかがえるのは、クォークビーストに危険なほどのめりこんでいるらしいことと、郡の代表でクローケーの試合に出たこと、そしてクッションのカバーにクロスステッチをするのが趣味だということぐらいだ。

「すてきなおうちですね」わたしはいった。

「ひとり暮らしにはじゅうぶん」ブーはいった。自宅にいるせいか、とっつきにくさが少しゆるんでいる。「あんたのクォークビーストはどれだったの?」

わたしはショルダーバッグから写真を取りだして見せた。

「カメラマンがふるえていたので少しぼけてますけど」

「ふむ」〝華麗なりし〟ブーは写真を机のところへ持っていって、クォークビーストのイラストが満載された本をひらいた。ここはただの保護センターではないとわたしは気づいた。ブーはクォークビーストを研究しているのだ。ブーは本にはさみこまれた一枚の写真を取りだして見せてくれた。

「これかい？」

わたしはじっくりと見て「ちがいます」といった。

するとブーは暖炉の飾り棚の上にかかっている大きなフィレンツェ風ミラーのほうを向き、さっきの写真をかかげてわたしに鏡像を見せてくれた。その瞬間、涙がこみあげてきた。なつかしい姿を目にしたからだ。

「彼です」

「『彼です』より『これです』がふさわしい。クォークビーストには性別がないから」〝華麗なりし〟ブーが訂正して、ノートに何か書きこんだ。「あんたのところにいたのはQ27だ。町で見かけたのはこっちじゃないかね？」ブーは、わたしのクォークビーストの写真を鏡に映して、また鏡像を見せてくれた。

「はい。きのう見たのはそれです」

「つまりあんたのクォークビーストの片割れがうろついているというわけか――Q28だ。オーストラリアからこっちに来るまで二か月かかっているが、予想の範囲内だ。クォークビーストは、あまり泳ぎが得意でないから」

「一万九千キロ泳いだってことですか？」

「ばかをおいいでないよ。泳いだのはせいぜい一万三千キロ。残りは陸地を駆けてきたんだろう」

「それにしたってものすごい長距離移動ですね」

「クォークはなかなかたいした生き物だよ。少し実物を見たいかね？」

「はい、ぜひ」

わたしたちは裏口から外に出た。裏口のドアは最近こわされて適当に修理したあとが残っている。裏庭には柵に囲まれた放牧場があって、わたしたちはそのなかに入っていった。四頭のクォークビーストがのんびりとひなたぼっこをしている。

「クォーク」いちばん手前の一頭がいった。

「クォーク」二頭めもいった。

「クォーク」と三頭め。

「クォーク」四頭めはくぐもった声で鳴いた。

なんだかぐっときた。どの鳴き声もそれぞれ微妙にちがっているし、どのビーストもわたしのクォークビーストとは似ていないけれど、それでもクォークビーストにはちがいないので、不思議だし落ちつかない気持ちになる。

「あれはQ3」ブーが指さしたのは、背中のうろこがほとんどはがれたみすぼらしいクォークビーストだ。「闘獣場のリングから救出した。残酷なスポーツだよ。向こうにいるのがQ11。ハイウェイで車にひかれて十キロ引きずられた。〈プレミア・イン〉の前からニューエントの出口まで前足の爪できざみつけた八本のみぞが今でも残っている。Q35は一頭だけ鉄くずのなかでころげまわっているやつ。ホーマー通り生協のジャムクッキー売り場の前で生けどりにされた。歯が欠けているのはQ23。ヘレフォード動物園であんまり客がこわがるというので引きとった。四頭とも危険なペットとして登録してあるから法律上はだれも手出しができない。大佐ですらも」

ブーはわたしの顔をちらっと見てから、段ボール箱をあけた。なかにはドッグフードの缶詰がぎっしり詰まっている。ブーは手袋をはめた手で缶をほうってやった。するとクォークビーストたちは大喜びで、缶ごとバリバリ食べた。

「クォークビーストを飼っていて近所の人に何かいわれませんか?」わたしはきいてみた。四頭ともほんとうに見た目が恐ろしいので、クォークビーストをよく知っている人でないと、安心していられないはずだ。

「文句はいわれない。泥棒が来なくていいといっている。でもそううまくはいかない」ブーはこわれた裏口のドアを指さした。

「先週火曜日の夜だ。ビーストたちがひと声でも鳴いたかって? 一頭も『クォ』ともといいやしなかった」

「だいぶ盗《と》られたんですか？」わたしは時間かせぎのつもりできいた。ぶっ飛ばされずに〝助けてくれませんか〟というにはどうすればいいだろうと考えていたのだ。

「金、宝石、そういうたぐいのものだ。夜は家のなかにクォークビーストを放しておくことも考えた。だが、まあ、たとえ泥棒が相手でも、やめておこうと思う事柄はある」

ブーのいうとおりだ。どんな人間もクォークビーストにかみくだかれるところは想像したくない。むじゃきに悪事を働いている最中に、クォークビーストに死ぬほどびっくりするのでさえ気の毒だ。

「四頭ともここが気に入ってるんですか？」

「楽しそうではある。だがマンドレーク知覚模倣プロトコルで実体をともなって見えているだけだから、ほんとうのところはわからない」

「それにしてもQ28はここで何をしてるんでしょう？　相方は死んでしまったんだから、さがしようがありませんよね？」

すると〝華麗なりし〟ブーがじっと見つめてきた。「頭が混乱する覚悟はできてるかい？」

「はい、ザンビーニ会館では混乱が日常ですから」

「なら教えてあげよう。クォークビーストは分裂して自分と左右が反転した個体を作りだすことで数を増やす。マイティ・シャンダーが作ったのは一頭だけだから、どのクォークビーストも別のクォークビーストの写しなんだ。ただし鏡像だがね」

「わたしきのう、クォークビーストに左右反転させられました。あれもそういうことですか？」

「それはまた別。わたしならそのままにしておくね。そのほうが危険がない」

「わかりました。でもちょっと待って」わたしはQ26の写真を見た。わたしのクォークビーストと左右が反転した個体だ。「Q27はQ26の鏡像でQ28がQ27の鏡像なのに、なぜQ26とQ28は似てないいんですか？　ひとつ前の世代と同じになるはずですよね？」

「いいや。もっと複雑なのだよ。クォークビーストの鏡像が生まれるときには、アップ、ダウン、チャーム、ストレンジ、トップ、ボトムという六種類のフレーバーがあるのさ。どれも左右反対でそれ以外は同じだけれども、同一でありながら個々に異なっている」

「何がなんだかさっぱりわかりません」

「わたしも、二十年たってもいまだによくわからない」ブーも正直にいった。「クォークビーストの複雑さは根本的に理解不能なのだ。だが大切なことはひとつ。クォークビーストは三十六頭しか存在し得ない。そのいずれもが完全にオリジナルで、かつ同一だ。もしも分裂によってすべての種類がそろったら、クォークたちは融合し、一頭ですべての定員を満たす完全体のクォークビーストになるだろう」

「そうしたら何が起こるんですか？」

「すばらしいことが起こる。世界の未解決の大きな疑問に軒並み答えが出るのだ。われわれは何者か？　なんのために存在するのか？　どこまで到達するのか？　そして何よりも重要な問い――人類は今よりさらに愚かになり得るのか？　クォークビーストはただの生き物ではなく、託宣だ。人間が求めても得られない意味や真実を教え、祈願の成就を助けてくれる」

「ほんとうですか？」

「わたしがいったわけじゃない。キルペックのシスター・ヨランダの予言だ」

ヨランダは優秀な予知能力者だった。三十六頭すべてのクォークビーストがそろったとき大いなる悟りがおとずれると彼女が予言したなら、ほんとうにそうなる可能性は高い。

「いつ起こるんでしょう？」

「それがむずかしい。ここ最近で三十六頭に最も近づいたのは二か月前だった。八分間のあいだ、地上には三十四頭のクォークビーストが存在していた。そのあと二頭が分裂すれば三十六頭が達成されるところだった。でもあんたのが死んで三十三頭になり、その週の終わりには二十九頭にまで減った。今は十五頭だ。密猟が増えているから、大佐のような連中を食いとめなければならない。クォークビーストは乱暴に扱ってはいけないし、無理に拘束してもいけない。あんたはクォークビーストが自由でいられるようできるかぎりのことをしてくれるだろうね？」

「もちろんです」そう答えたとき、突然ぴんときた。「クォークビーストは、分裂するとき魔力を使うんですね？」

「あんたは聡《さと》いね。そう、魔力を使う。だが分裂するには一・二ギガシャンダーという膨大な魔力が必要だから、単独では無理だ。相当強力な魔術師に力を中継してもらわなくてはならない。クォークはホタルのように魔力をためることもできる。ホタルの場合はすぐに光として魔力を放出してしまうが、クォークは一日か二日ためこんでいられる」

「きのうパトリックがサージしたんです。そばにクォークビーストがいました」

「パットはいい子だけど、そんなに莫大な魔力を中継できるほどの力はない。ザンビーニが姿を消してから、そんな魔術師は残っていないよ。だからクォークが分裂する可能性は低いが、万が一発生したらおそろしく危険なことになる。あそこに車があるだろう？」ブーは鋲《びょう》を打ったチタンの箱を指さした。小さな物置小屋ぐらいの大きさがある。箱は、さびの浮いたジャガーEタイプの後部に取りつけてあった。ジャガーにはほかに緊急車両用の青ランプとサイレンもついている。

「あの車は？」

「万が一クォークビーストが分裂したら千秒以内に引きはなさなければならない。その二頭がふたたび融合したら恐ろしい爆発が起こる。わたしはこの国の魔獣保護官を務めているから、緊急車両を自由に使える。もしも二頭のクォークビーストが再融合しそうな場面に出くわしたら、九九九に電話して『クォークビースト！』と、あわてふためいた、絞めころされそうな声でどなるんだ。そうすれば即座につながる」

わたしは深く息を吸った。クォークビーストのことをもっと知りたいけれど、今しかチャンスはない。わたしは振りむいて、うしろにとがったものがないことをたしかめた。

「何をきょろきょろしてるんだね？」ブーがきいた。

「これからあなたにたのみごとをしてぶんなぐられるので、吹っとんだときけがをしないようにと思って」

ブーが漆黒の目でわたしをにらみつけた。墓をあばきでもしたような、冷たい空気がどっと押しよせる。わたしは目をとじた。

「助けてください。魔法が窮地に陥っているんです」

今にもがつんとなぐられるものと思って、ぎゅっと顔をしかめた。数秒後目をあけてみるとブーはもうわたしの前にいなかった。トラックのギアボックスをはずしてビーストたちの囲いにほうっている。ビーストたちはやわらかいアルミの覆いをかじりとり、なかの固い歯車は巣作りに使うだろう。

「魔法はいつだって窮地に立たされてきた。魔法とはそういうものなのだ。だがわたしの人生で魔法にかかわる部分はもう終わっている。何もできることはないよ。何十年も前、反魔術過激派の手で道ばたのパーキングエリアにほうりだされて以来、ただのひとつも魔術をおこなっていない」

「でも、ブリックスがカザムを乗っとって魔法を商売の種にしようとしているんです」わたしは訴えた。「そんなこと許すわけにはいきません」

ブーが歩みよってきた。あとずさりすると背中が水道の蛇口にぶつかった。ブーは空っぽの目でわたしを見つめ、低い声で話しだした。ブーの声が頭のなかで反響する。

「魔法の行く末を決めるにはどちらがふさわしいのだ。ブリックスかザンビーニか？」

「ザンビーニです」

「確かかね？　正しかろうが、まちがっていようが、規制することに変わりはない。もしかすると魔法は規制すべきではないのかもしれない。クォークビーストのようになんの干渉もせずあるがままの道を歩ませるべきなのかもしれない。いったん悪のために使ったほうがいいということもあり得る。それでようやくどこまでも正しい道を歩むようになるのかも……だとしたらザンビーニの規制もブリックスと同様、魔法のためにはならない。ふたりを分かつものは、物の見方とファッションセンスだけなのだからね」

それはほんとうだった。ザンビーニはいつもさえない格好をしていた。一方ブリックスはいつもパリッとしている。

「失礼ながらそのご意見はまちがっています。ザンビーニはブリックスとはおおちがいです。善良で、やさしくて、正直で――」

「そして姿を消している？」

「ええ、まあそうです。でもブリックスには魔法を正しくてうそのない方向にみちびこうなんていう気はさらさらありません。だから打ちまかすために力を貸していただきたいんです」

ブーがもう一歩わたしに詰めよった。顔が間近にせまってきて息がかかり、目の毛細管とか鼻のわきの切れた血管とか、こまかいところまでよく見える。目は真っ黒で、まるで巨大な瞳が虹彩をすべて飲みこんでしまったみたいだ。

「力は貸せない。もうだれのことも助けることができない」

「わたしが何をいっても、何をしても、説得できませんか？」

「無理だ」

〝華麗なりし〟ブーはわたしに背を向けてクォークビーストの柵に歩みより、エサをやりつづけた。わたしはお礼をのべ、さようならといって自分の車にもどった。

わたしは悄然《しょうぜん》として車を走らせた。がっかりしてはいたものの、ブーに断られるのは意外ではなかった。でもこれでいよいよ魔術合戦に勝つ望みはなくなってしまった。今夜中に負けを認めろというブリックスのオファーをじっくり検討しなくてはならない。でなければ今すぐ別の手立てを考えないと。

そのとき窓にスモークをほどこした黒のダイムラー大型四駆車が前に割りこんできた。わたしは思いきり急ブレーキを踏み、キキーッと音を立ててとまった。

# 17　北塔

ギアをバックに入れたとたん、別のダイムラーがうしろで急停車した。ドアをあけて飛びだそうとしたけど、あわてたのでシートベルトをはずしわすれた。逃れようともがいているうちに、大男のボディガードが四人出てきてわたしを車から引きずりだし、頭にフードをかぶせて手錠をはめ、前のダイムラーの後部にほうりこんだ。

「手荒なまねはしないで」わたしは床にころがされたままいった。車が発進する。

「だったらいい子にしてあばれないようにな」子ども扱いするような声がひびいた。

「自分のためにいってるんじゃない」わたしはいった。「あんたたちのため。わたしがぶち切れたら、二分間耐えぬいて意識を保ったやつが、耐えられなかったやつの歯を拾ってまわるはめになる」

少し間があって、わたしは持ちあげられ座席にすわらされた。

「えーと、すわりごこちはいいですか？」さっきよりは配慮が感じられる。甘く見ないほうがいいと、あらかじめ忠告されていたのかもしれない。

「いいです。ありがとう」

「手錠はきつくない？」

「大丈夫」

「ほんとうに？」

「ええ、ほんとうに」相手をびくつかせようと、わざとやさしい声でいってやった。「ご親切にありがとう」

少し走ると目的地に着いた。吊り上げ橋のきしむ音と小石を敷きつめた道を走る感触で、どこに連れてこられたのかは天才でなくてもすぐにわかった。車はまもなく止まり、わたしはおろされて長い階段をのぼらされた。それからやわらかい寝台に寝かされると、急いで部屋を出ていく足音がきこえ、ドアがバタンと閉じて鍵がかけられた。足音はさらに石の階段をあわてておりていき、またドアが閉じて鍵のまわる音がひびいた。これが何度か繰りかえされ、そのうち何もきこえなくなった。

数秒後、手錠とフードがふわっと消えた。ブリックスのしわざという証拠だ。そんなものなくてもわかるけど。

思ったとおり、わたしが閉じこめられたのはスノッド城の〈北の高塔〉だった。王の無能な弟のオフィスと同じ中世暗黒時代風の内装で、少し殺風景だけど居心地はいい。食料品とボトル入りの水が山のように積まれているところを見ると、どうやらしばらくここにいろということらしい——少なくとも橋の再建合戦が終わるまでは。

ドアノブをまわしてみたけれど、がっちり鍵がかかっている。つぎに窓の外を見た。〈北の高塔〉は、おもしろみはないけど正確な呼び名だ。北向きの塔で、なんといっても高い。部屋は円形で直径はせいぜい五、六メートル。あちこちぼろぼろになった、傾きかげんの高い石柱の上に危なっかしくのっている。

ここから逃げだすのはひとりじゃとうてい無理だ。この部屋は明らかに長期間の幽閉用に作られている。多少の居心地のよさは考慮されていて、大きくてやわらかそうなベッドと引き出しのたくさんついたチェストと小型のキッチンがあり、設備のととのったバスルームと電話までそなわっている。ルームサービスはなさそうだけど。

二時間たつころ、電話が鳴った。相手がだれだかは出なくてもわかる。

「こんにちはブリックス」向こうが声を発する前にいった。「悪事の長いリストに誘拐まで加えたわけ?」

「こう呼びたいものだね。『国王陛下の特別なお招きを受けての休暇』と。チェストのいちばん上の引き出しをあけてみたまえ」

そこには契約書が入っていた。カザムがこんどの魔術合戦での負けを認めた場合、ブリックスからきかされたとおりの見返りを得るためのこまごまとした取りきめだ。文書はフィナンシア企業王国の法律事務所が作成し、不連合王国最高裁の認可を受けていた。だからたとえスノッド国王がやっぱりやめるといいだしても取り消しはきかない。

「すべてその契約書に記してある」ブリックスがいった。「わたしや国王陛下の口約束ではおまえが納得しないとわかっていたから、公的な文書を作らせた。サインしてくれれば北塔での休暇は終わりだ」

「サインしなければ？」

「そのときはここで月曜日を六回過ごしてもらう。そしてわれわれはカザムをただで接収する」

「ブリックス？」

「なんだ」

「今、城のどこかにいて北塔を見ているの？」

「見ているかもしれない」

わたしは壁から電話を引きはがしてあいた窓から外へほうりなげた。電話は五秒ほどかけて地面に激突した。意味のない行動だったけど気持ちがよかった。とはいえあまりに無力だから恐れ知らずの行動をしてみただけのことで、自分に対するごまかしだ。

わたしはうなだれてベッドに腰かけた。静かに考える時間があるのはありがたい。奇妙ではあるものの、勝てるという自信がついえない唯一のよりどころは、ブリックスがいまだに何かにおびえて取り引きをしようとしていることなのだ。この数日間のできごとを思いかえし、何かこちらの足しになるようなことがないか考えようとした。何を見のがしているんだろう？　答えはきっとそこにあるはずだ。

そのとき空襲警報のサイレンがきこえてはっと顔を上げた。近くで砲弾の発射音がひびく。窓辺に駆けよるとスノッド軍の対空砲が集合していて、いっせいに砲撃を開始したところだった。すさまじい音に思わず耳をふさいだ。間近で砲弾が破裂し、破片が塔にあたる。真っ赤に焼けた鉄片がひとつ窓から飛びこんできてベッドに落ち、煙を上げはじめた。ハンカチでさっと拾いあげ、流しに捨てた。

もう一度窓の外を見てみた。轟音《ごうおん》がひびき、火薬のにおいが鼻を刺し、対空砲の黒い弾丸が飛びかうなかで、何かが目の前をさっと通りすぎた。すぐうしろから砲弾がせまる。敵国の侵略ということは考えにくい。今、スノッド国王を攻撃して得になるような敵はいない。そのとき、名前を呼ばれて初めて状況を理解した。

「ジェニー！」ナシル王子がじゅうたんでびゅっと通りすぎた。Uターンしてまた通りすぎながら「止まれない！」と叫び、三度めに「飛べ！」とどなった。対空砲がふたつ、塔のすぐそばで炸裂したので、塔はゆれ、天井のしっくいがばらばらと落ちてきた。

それ以上うながされるまでもなかった。わたしはブリックスの契約書をバッグに突っこむと、王子がまたUターンするのを見定めて窓から飛びおりた。

それまで高い塔から落ちたことはなかったしもう二度とやりたくないけど、初めに恐怖とすさまじい加速を感じたほかは、ただひたすら空気を切りさく感触しかなかった。塔のてっぺんがあっという間に遠ざかり王子の姿がぜんぜん見えないと思っていたら、王子はわたしをやさしく空中からすくいあげてくれた。じゅうたんをひるがえすと、わたしたちはたちまち高射砲の射程から遠ざかった。砲撃ははじまったときと同様、唐突に止まった。

「助けてくれてありがとう」わたしはいった。「でも夜に来てくれたほうが簡単で危険が少なかったんじゃない？」

「夜？」王子がききかえす。「そんなに待ってたらザンビーニに会うチャンスを逃しちまう」

やっとわかった。「グレート・ザンビーニがどこに現れるかケヴィンが予知したってこと？」

「正確にじゃないけど範囲はせばまった。トロール防壁の近くだ」

わたしはがっくりした。「トロール防壁って、全長八十キロもあるんだよ！」

「わかってる。でも今向かっておけば、ケヴィンがもっと正確なヴィジョンを見たときすぐにたどりつける」

それはたしかだ。これまでもケヴィンがザンビーニの出現を予知するとき、場所はこわいくらい当たっていた。ただ遅すぎてまにあわなかっただけだ。時計を見ると、ザンビーニが出現するという時刻まであと一時間もない。

「どっちにしろまにあわないよ」ザンビーニ会館の舞踏場の窓から飛びこんで、ぴかぴかした床におりたちながら、わたしはいった。

「計画があるんだ」王子がいい、わたしは顔をあげた。パーキンスと、もうひとりのじゅうたん乗りであるレイダーのオーウェン、ケヴィン・ジップ、それにタイガーがわたしを見つめている。

「どんな計画？」そうたずねるわたしにタイガーがセーター二枚、厚手のレギンス、しっかりした革の飛行用ジャケット、そして飛行用ヘルメットを渡してくれた。

「直線距離で飛ぶと、スターリングのトロール防壁まで四百五十キロだ」オーウェンが黒板にさっと描いたらしい図を指ししめしながらいった。「五分後に出発すれば出現時間まで三十二分ある。そのためには平均時速八百四十五キロで飛ぶ必要がある」

わたしは問題に気づいた。「じゅうたんの設計最高速度は時速八百五キロだよ。でもそれじゃ出現時間に二分半とどかない」

でもオーウェンと王子は計算ずみだった。「そのとおり」王子がいう。「だからまにあわせようと思ったら時速千二百二十五キロまで加速しなくちゃならない」

わたしはふたりの顔をじゅんぐりに見た。「超音速で飛ぶ気？」

「大丈夫」オーウェンがにっこりした。「ぼくらは確信を持って行動しているといえないこともないかもしれない。さ、支度して。あと二分で出発するよ」

オーウェンと王子はじゅうたんの魔法のソースコードを何行か書きかえる作業をはじめた。わたしがタイガーとパーキンスのほうを向くとパーキンスがいった。

「ベビーシューズの通信圏からは出ちゃうからほら貝を使うよ」パーキンスは右巻きと左巻きのほら貝をくっつけ、低い声で呪文を唱えて、ひとつをくれた。

「きこえる？」パーキンスの声がほら貝からはっきりときこえた。というか、パーキンスがしゃべる前にほら貝から声がひびいたので、奇妙な逆エコーになった。

「〝華麗なりし〟ブーはどうだった？」タイガーがきいた。

「だめだった。手伝えないって。なぜもう魔法をやらないのかっていうこともいっさい説明しようとしない。でも相当いやなことがあったみたいだった」

「べつに不思議じゃないけど、あの人ザンビーニとブリックスのことをよく知ってたらしい」タイガーは一枚の写真を取りだした。「三人とも一九七四年の不連合王国オリンピック魔術チームの選手だったんだ」

　タイガーはしっかり調査を進めていたらしい。写真のなかの三人は今よりずっと若く、名誉ある〈四〇〇メートルネズミ変身リレー〉で金メダルを獲得してポーズを取っている。ブーは思いきりにっこり笑って、両わきにブリックスとザンビーニを従えている。ふたりの笑顔は少し引きつっているように見える。

「三人は親友だった」タイガーがつづける。「すごく仲がよかったんだけど、そんなとき誘拐事件が起きたんだ。ザンビーニは仕事で遠出していて留守だったからブリックスが身代金の交渉を引きうけた。そのあとブリックスとザンビーニは大げんかして、それ以来ふたりは犬猿の仲になった。そんな感じ」

「魔術師同士のけちな内輪もめの歴史を振りかえっても勝利にはつながらないよ」わたしはため息をついた。「そういえば無限扁平術がどこから来てるかわかった？」

「ううん。でもあの魔法、がんばってるよ。ブリックスの手先の魔術師が午後じゅううろついて、なんとかなかに入ろうとしてたけど、どれだけ扁平術に対抗しようとして魔法を使っても、簡単にはねかえしちゃうんだ」

「ずっとそのままでいてくれるといいけど」わたしはいって、バッグからブリックスの契約書を取りだし、パーキンスに渡した。「今はパーキンスが上級魔術師代理だから、わたしの同意がなくてもこの契約書にサインしていいよ」内容をざっと説明する。「隠居した人たちにも意見をきいたほうがいいと思う。わたしひとりじゃ決められないし、決めるべきでもないし。きょうの真夜中までに決断しろって。レディ・モーゴンとパス思考については進展ないんでしょ？」

「何もなし」パーキンスが答える。「でもディブル蓄魔器はフル充電状態になって、ときどき大気中に魔力を吐きだしてる」

「さっき会館の上を飛んだとき雲が見えたよ」

パーキンスは契約書を読みはじめて目を丸くした。「今後いっさい魔術をおこなわないと誓ったら二百万ムーラー？」

「それだけあったら大金持ちだね」タイガーがいう。

わたしが王子に目をやると、王子はうなずいた。準備完了。行かなくちゃ。

「もしもわたしがもどらなかったら」タイガーに向かっていう。「タイガーが代わりに社長代理を務めるんだよ」

タイガーはわたしをぎゅっとハグした。パーキンスもハグしたそうだったけれど、ただ「成功を祈る」とだけいった。

わたしはオーウェンと王子のところへ行った。ふたりはぎりぎりまでオーウェンのじゅうたんの裏の麻布に手を加えている。「うまくいくって確信はある？」わたしはきいた。

「いいや、ぜんぜん」オーウェンはわたしと王子にパラシュートをくれて自分にも装着した。

「でもグレート・ザンビーニを取りもどさないといけない。今までで最大のチャンスだろ」

「だったらすぐ出発しよう」わたしはいい、ふたりに引きつった笑顔を向けた。

タイガーからもらった服をぜんぶ着こんでからタイガーに手伝ってもらってパラシュートを装着した。それからじゅうたんの前部にあぐらをかいてすわり、ゴーグルを目の上におろした。王子がうしろに飛びのり、じゅうたんを宙に浮かせて反転させると、一気に窓から飛びだした。すぐあとからオーウェンもつづく。ちらっと下を見るとパトカーや軍用車が何台もザンビーニ会館を囲んでいた。でもじゅうたんはあっという間に会館をあとにし、一路トロールバニアへ向かった。

# 18　マッハ一・〇二

北西へ向かって飛びながらナシル王子のじゅうたんをよく見てみた。古くてぼろぼろにすり切れている。オーバーホールが必要だけど、空飛ぶじゅうたんの主材料は天使の羽根で、ニワトリの歯なみに手に入りにくい――ちなみにニワトリの歯も材料のひとつだ。だからオーウェンのじゅうたんを近々分解修理するのはまず無理だろう。なるべく大事に乗って、最終的に乗りつぶすしかない。

じゅうたんで飛ぶときは、落ちついていられるとはいいがたい。じゅうたんがぼろぼろなせいもあるけれど、自分があまりにもむき出しなのを実感するのだ。〈着座接着術〉のおかげで乗客とじゅうたん乗りはじゅうたんにしっかりくっついているから、落ちることはない。でも空気の流れがあまりにはげしくてあっぷあっぷしてしまう。だからじゅうたんはふだん馬の倍ぐらいまでしかスピードを出さない。しかもとにかく寒い。ピザの配達をするとあっという間にピザがさめてしまうのでしじゅう文句をいわれる。

じゅうたんは通常より高い、地上一五〇〇メートルを飛行していた。レイダーのオーウェンは三メートルほどうしろにぴったりつけている。まもなくシュロップシャー王国の緑の田園風景の上に差しかかった。市街地を抜けると、わたしたちは音速へ移行する準備をはじめた。王子にいわれてわたしはじゅうたんの上にぴたっと伏せた。となりに王子が伏せると、じゅうたんの前部がくるりと丸まり、わたしたちの頭をおおった。ぼろぼろのへりが今は肩のあたりまで来ている。こうすることで空気抵抗のいちばんひどい部分をふせぐことができ、じゅうたんもエアロダイナミクスに沿ったものになって安全性も増す。超音速でハチに衝突したら目玉をくりぬかれかねないし、ハチにとっても災難だ。

オーウェンは、いっしょに猛スピードで飛びながらわたしたちのうしろにぴったりとつけた。オーウェンのじゅうたんの前のへりと、こちらのうしろのへりが織りあわさって一枚の長いじゅうたんができあがる。オーウェンとナシル王子はたがいに親指を立てて合図しあうと、空気抵抗を減らすため低く身をかがめた。じゅうたんは急加速をはじめた。

車やじゅうたんで突っぱしったことはあるけれど、トロール防壁へのこの飛行のようなすさまじいものはあとにも先にも経験したことがない。きちんと実証すれば世界記録として認定されたかもしれないけれど、そのときは思いつきもしなかった。

「オーウェンのじゅうたんを使って時速一〇二〇キロまで加速する！」ナシル王子がどなる。薄雲が飛びすさるスピードがどんどん速くなる。「そこから音速まではこっちだけで上げていく！」

こわくなかったといったらうそになる。「六五〇キロ！」ナシルが叫ぶとじゅうたんは恐ろしいほど振動しだした。でも八〇〇キロにあがると、さらに比べものにならないほど跳ねたりくねったりしはじめた。あまりにひどくゆれるので、下を飛びすぎる湖や川や森や家々は目に入らない。

「九六五！」王子が叫ぶ。身をよじってオーウェンを見ると、自分のじゅうたんにぴたりと伏せて合図を待っている。ぼろぼろにすり切れたじゅうたんでわたしたちを後押しし、設計最高速度を超えるところまで押しあげてくれた。でも時速一〇〇〇キロに達する手前でオーウェンのじゅうたんに穴があいた。空気がそれをつかまえてじゅうたんは一瞬にして空中分解し、綿とウールの繊維になってはじけ飛んだ。じゅうたんの結合も解かれ、仕事を終えたオーウェンは空中にほうりだされた。オーウェンは体を大きく広げてスピードを落とすと、無事にパラシュートを操作した。オーウェンのパラシュートがぱっとひらき、ミッドランディア王国の上あたりで降下をはじめると、わたしたちはほっと息をついた。同時にとなりのナシル王子が体に力をこめ、さらなる加速をはじめたのがわかった。

じゅうたんは依然としてはげしく振動し、もともとすり切れていたところに小さな穴があいた。目をぎゅっとつぶり、パラシュートのDリングに指をかける。そのとき、どこか遠くでくぐもった衝撃が生じた。突然すべてがなめらかになったので、目をあけてみた。じゅうたんの先端が紙飛行機のようにV字型に折れまがり、そこから両側に幅一メートルほどの衝撃波が生じている。ナシルの顔を見たけれど集中しきっていたので、声もかけぬまま数分間飛びつづけた。一秒ごとにじゅうたんのいたみがひどくなる。

　また振動がはじまり、わたしは目をつぶってきょう二度めの落下を覚悟した。でも、じゅうたんはバラバラにはならず、減速しはじめていることに気がついた。数分後、わたしたちは第一トロール防壁の上空をゆっくりと飛んでいた。あまりにもほっとして王子に抱きつきたかったけれど、王族の作法上許されないので、にっこりしてすばらしいという気持ちを伝えた。

「オーウェンは無事かな？」わたしはきいた。

「パラシュートはひらいてたよ」

「そうだね。このじゅうたんはどう？」

あちこちが大きくめくれて風になびいている。ナシル王子は悲しげに首を振った。

「帰りはうんとゆっくり飛ばなくちゃならないよ、ジェニファー。そのあとは、修理が完了するまで飛べない」

「それじゃあザンビーニが近くに出現してくれることを祈らないと」

　トロール防壁は巨大な石造りの構造物で、高さは百メートル近く。てっぺんにはさびた鉄のとげが植わっている。第二トロール防壁はここからさらに十五キロ北にある。ふたつもあるのは三世紀前、どの魔術師が契約をうけおったかがわからなくなるというばかばかしい行きちがいのせいだった。でも壁がひとつでもふたつでもたいしたちがいはない。トロールはどっちみち壁を通りぬけてきた人間を肉のパテにするだけだから。防壁は、西はクライド河《か》畔《はん》にはじまり国の真ん中を突っきって東のスターリングまで到達している。

じゅうたんはスターリングの街の上空をめぐった。そこにはトロールゲート——高さ二十メートル、オーク材で作られ鋼鉄の帯で補強された両びらきの門——がある。最後のトロール戦争は十二年前。その後、ゲートは修復され錠前も交換されて、だいたいすべてのことは元どおりになった。ただしふたつの防壁のあいだに住んでいた人々は「万が一のために」退去させられた。

「ジェニファー？」ほら貝からタイガーの声がきこえた。

わたしはスターリングにいることを伝え、腕時計を見た。ザンビーニの出現時間まであと六分だ。

「よかった」タイガーがいった。「ケヴィンがいうには、確実とはいえないけど、キッペンっていう廃墟になった村へ向かってくれって。ゲートから十二キロ西、第一トロール防壁から六キロ北へ行ったところらしい」タイガーの言葉をナシルに伝えると、王子はじゅうたんをひるがえし、いわれたとおりの方角へ向かってくれた。防壁の上空すれすれを、おんぼろのじゅうたんに可能なかぎりのスピードで飛ぶ。

「トロールはいるかな？」ナシルがいった。じゅうたんは第一防壁を越え、敵地とみなされる地帯へ入りこんでいる。

「トロールってどういう格好してるの？」わたしはきいた。実際にトロールを目にして生きのびた人はほとんどいない。

「でかくて、たいていは体じゅうがタトゥーや、いくさ用のペイントでおおわれてる。こん棒や斧《おの》は、持ってるやつも持ってないやつもいる」

「きっと見ればわかるよね」いくらじっと目をこらしても、あたりには生き物の気配がない。かつて人間が暮らしていたことを示すがらんとした風景が広がっているばかりだ。乗りすてられてツタにおおわれたランドシップを、西へ向かう途中で何台か見かけた。わき腹が赤茶けているところを見ると、火災にやられたのだろう。

もう少し飛ぶとだいぶ前に捨てられたらしい町が見えてきた。町はずれの道路標識にはたしかに「キッペン」とある。王子はじゅうたんをゆっくり旋回させ、わたしは腕時計を見た。

三時五十九分十四秒。

出現予定時刻の四分前に到着できた。

# 19　トロールバニア

「あそこに着陸しよう」王子が教会の裏の荒れはてた広場を指さしていった。「きみをおろしたあと上空を旋回してるから撤退したいとき合図してくれ」

「合図するまではぜったい来ないで。たとえ何があっても。もし三十分たっても合図がなかったらもどらないっていうこと。タイガーにわたしのレコードコレクションとフォルクスワーゲンをあげるって伝えて。わかった？」

「わかった。幸運を」

「ありがとう」

　じゅうたんがゆっくりと降下して雑草のおいしげった一画に近づくと、わたしは不安な気持ちであたりを見まわした。今にもトロールが飛びだしてきそうな気がする。トロールはふたつのことで知られている。ひとつはぬかるんだ川床や枯れ木の山の上などで身動きせずにじっとひそんでいる能力。必要とあらば何か月も身をひそめていられるらしい。もうひとつは暴力に訴えるとなったらまったく手かげんしないこと。腕を根元から引っこぬくなんていうのは序の口で、そこからどんどんひどいことになる。

王子が地上数十センチまでじゅうたんをおろしてくれたので飛びおりた。王子はすぐに飛びさり、わたしはひとりになった。しばしその場に突ったってあたりを見まわした。空気を切りさいて飛んでいるあいだのすさまじい風の音に比べると、今は何もかもが死んだように静かだ。まわりの家々の残骸は、勢いよく茂る木々やイバラやコケに半ば覆われている。教会の塔には穴があいていて、時計は四時十分前で止まっている。右手にはさびの浮いたランドシップがあった。今はオオガラスのすみかになっているようだ。ミスター・ザンビーニもトロールもいないし、生き物の気配は何もない。わたしはパラシュートをはずして飛行用のヘルメットと分厚いジャケットをぬぎ、草むらにほうりだした。信号銃が装塡ずみであることをたしかめてから、ほら貝を口に近づけた。

「タイガー？」教会の裏の塀にのぼって越えながらひそひそ声できいた。「きこえる？」

「うん、きこえる。ケヴィンがトランス状態になって、なんかぶつぶついってる。それっていい徴候？」

「たいていは」

「よかった。ちょっと待って。なんかいってる」少し間があいた。「うん。今、こんなこといってた。『四つ又のモニュメント』って。意味わかる？」

「今のところさっぱり。でもケヴィンの言葉だからすぐにわかると思う」

飛行の耳鳴りがおさまると、ひとけのない村からガサガサいう音やきしむ音がきこえてきていっそう不安になった。歩いていくと、道路の大きなひび割れから雑草が生いしげっていた。さびついた自転車が一台打ちすてられ、煉瓦や割れた瓦が飛びちっている。はげしい戦闘のあとも見られた。地面のそこここに腐食しはてた武器やよろいの一部がころがっている。人間の骨もあった。いくつかは骨髄を取りだすために割られたように見える。

「あー、なるほど」タイガーにいった。「ここ〈四つ辻〉っていうみたい。交差点があって、石碑の残骸がある」

「ほぼ一致してるね。そこだと思うよ」ほら貝経由でタイガーがいった。

町はひとけがなく、めちゃくちゃに破壊されていた。交差点には廃棄されたランドシップがそびえている。教会の裏庭から見えたものだ。石碑の向かい側の家を何軒か押しつぶし、幅五、六メートルあるキャタピラで、さびたアイスクリーム・ザンビー屋のバンをぺちゃんこにしている。

時刻は四時三分十四秒ぴったり。でもグレート・ザンビーニニの姿はどこにもない。

声をかぎりにザンビーニの名前を呼んでから後悔した。静かな町に声がひびきわたり、どこか遠くのほうで屋根瓦のくだける音がした。何かが動いている。何か大きなものが。

「もう少しヒントがほしい」わたしはほら貝にささやいた。「なんでもいいから」

ランドシップのごついキャタピラの陰にかくれて、おそるおそる向こうをのぞいてみた。通りの向こうで大きな木がゆれた。遠くでまたバリバリという音とガラスの割れる音がひびく。

ふたつの家のあいだで何かが動いている。さらに教会のほうからのどを鳴らすような低い叫び声がきこえてきて、わたしは凍りついた。

トロールは二頭いて、一頭がわたしの飛行用ジャケットとパラシュートを見つけたところだった。

どっと汗が吹きだし、ランドシップのさびたキャタピラにぴたりと張りついた。あらかじめ信号銃をバッグから取りだしておく。信号を打ちあげれば王子が飛んできてすくいあげてくれることになっている。でも同時に、トロールにもわたしの居場所がわかってしまうだろう。王子のほうが速いことを祈るしかない。

またバリバリという音がして通りに土ぼこりが立ちこめた。まもなくトロールがひとり歩いてくるのが見えた。わたしはめったなことではおびえたりしないけれど、トロールはやっぱり恐ろしい。このトロールはたくましいオスで、身長七、八メートル。オークの枝で作った大きなこん棒を持っている。牛の皮をはぎあわせて作った腰布を巻き、サンダルをはいて、小さなぴったりした革の帽子をかぶっている。帽子にはビャクシンの木とヤギの干物がくっついていた。服は着ていなくて、体毛もない。顔はつるんとしていて、鼻は穴がふたつあいているだけ。あごもたいして大きくないけど口は大きく、牙が二本ほおに向けて突きだしている。目は小さくてとても奥まっている。でも何よりも目を引くのは、体じゅうにこまかい渦巻き模様のタトゥーがほられていることだ。そのせいでトロールの姿はとてつもなく恐ろしく見えるし、またなんともいえない美しさも感じさせる。

トロールはふんふんとあたりのにおいをかいで、パイプオルガンのいちばんの低音のような声をあげた。すぐにもう一頭のトロールが歩いてきて、通りがかりになにげなく煉瓦の煙突を折りとり、巨大な手でにぎりつぶして粉にした。

「これって人間のかな?」二頭めのトロールがわたしの飛行用ジャケットを親指と人さし指でつまんできいた。まるで一週間前に死んだネズミの死がいでもぶらさげているみたいな仕草だ。ジャケットはわたしが着ると大きくてごわごわしていたのに、トロールの巨大な手につままれると人形の服みたいに見える。

「残念ながらそのようだね」一頭めがびっくりするほど上品な口調で答え、腰にぶらさげた角笛をはずした。「害獣駆除対策課を呼んだほうがよさそうだな」

「そこまでしなくてもいいんじゃないか?」二頭めが一頭めの腕に手をかけた。「害獣を増やさないに越したことはないが、一匹ぐらいならさほど害にはならないだろう?」

一頭めは二頭めをとがめるような目つきで見た。「あまり情にほだされないほうがいいぞ、ハドリッド。人間は不潔で病気を蔓延《まんえん》させるし、とめどなく数が増えるんだ。人間の集落がほんの十二世紀ばかりで、環境の収容力を超えてしまったって知っているかい? たしかに見た目はかわいいし、芸もするし、じっと見つめるとキーキーおもしろい声を立てるが、はっきりいって除去したほうがあいつらのためにもなる」

「ペットとして飼ってもいいんじゃないかな」二頭めが明るい声で提案した。「ハグリッドは二匹飼っていて、すごくかわいいといってたよ」

「ぼくは前々から人間をペットとして飼うのはいかがなものかと思っていた」一頭めが体をぶるっとふるわせた。「それに子どもにペットを与えてやると、どうしたって庭でほうりなげたりすることになって残酷だろう。それなら最初から首をへし折ってやったほうが後腐れがない」

「それもそうだな」二頭めがいい、こうつけたした。「でも対策課を呼ぶ前にほんとうに害獣がいるかどうかたしかめたほうがいいんじゃないか？　あいつら、空振りだとえらく怒るから」

「たしかに」一頭めもいって、またふたりでわたしのジャケットのにおいをかぎ、こちらに向かって歩きだした。

「思っていたのとちがうだろう？」なじみ深い声がした。

はっと振りかえるとグレート・ザンビーニがいた。

背が高くハンサムで、父親のようにほほえんでいる。カザムに入ったばかりのころ、この笑顔でどんなになぐさめられたことか。今は、わっと泣きだして抱きつきたいのをこらえるのでせいいっぱいだった。

「ああ、よかった」わたしはこみあげる涙をぐっと飲みこんでいった。「あまり時間がないんです——」

「ではこんなところで立ち話するのはよそう、お嬢さん」

トロールたちが角を曲がって近づいてくるなか、わたしはミスター・ザンビーニに連れられて、ランドシップのさびた緊急脱出口からなかに入った。

「こっちだよ」ザンビーニがいう。

いくつか機械類があるところを通りぬけて鉄の階段をのぼると、薄暗がりに出た。倉庫室だ。外からトロールたちの話し声がきこえてくる。

「これじゃあ見つからないな」

「そうだ、いい考えがある」

トロールたちは低い声で話しながら立ちさった。

「とりあえず今は安全だ」ザンビーニがいい、さらにメインの機関室をぬけてBデッキにあがった。乗務員用の居住区だったところだ。「やつらも人間についてはごく基本的なことしか知らないんだ」

このランドシップは火災にあわなかったようで、乗務員の支給品や装備は当時のまま置きざりにされていた。食料、水、棚に何段もの武器。武器はどれもみな〈スノッド重工業〉というロゴがついている。ザンビーニは乗務員用のソファに腰かけてこちらを見た。

「わたしがもどれなくなってからどれくらいたつ？」ザンビーニがきいた。

「八か月です」

ザンビーニは大きく目を見ひらいて、悲しそうに首を振った。「そんなになるのかね？　今回が十六回めの帰還で、わたしにとっては毎回の帰還がつながっている——ちょうど石になって目覚めるときのようだ。ただし起きぬけのひどい頭痛はないがね。ちなみにきょうは六分ある——また消えてしまうことはふせげないが、多少時間を引きのばすことはできる。どうやってわたしを見つけたんだね？　何が起きている？」

わたしはケヴィンのこと、二枚のじゅうたんをぼろぼろにしてどうにかここに駆けつけたこと、ビッグマジックのこと、ドラゴンが二頭になって魔力が上昇しつつあること、そしてスノッド国王がブリックスを宮廷の顧問魔術師にしたことを手短に話した。

「そんなことをしたら、法律上、ブリックスが王位継承順位第八位ということになるぞ」ザンビーニは信じられないという顔でいった。

「国王とテンベリーは何が何でも魔法でもうけようとしているんです」わたしはいった。「それでカザムを乗っとろうとしています。その支配権をかけた魔術合戦があしたおこなわれるんです」

「カザムはやすやすと勝てるだろう」ザンビーニがいった。「ブリックスと手下の魔術師たちは無能だからね」

「ところがそう簡単じゃないんです。レディ・モーゴンはディブル蓄魔器に侵入してパス思考を変更しようとして石になっちゃいました。ほかの魔術師はみんなでっちあげの罪で逮捕されて牢屋に入ってます。残ってるのはパーキンスだけ。お願い、ディブルにたくわえた魔力を使う方法を教えてください。でないと勝てっこありません。四ギガシャンダーもの魔力をたくわえたのに、使いようがなくて眠らせてるんです」

「パス思考がなくてはディブルは使えないよ。ディブルに侵入できるくらいルニックスを知っているのは、わたしとモーゴン、モンティ・ヴァンガード、それにブリックスだけだ。わたしはもどれないしなあ」

「モンティも石になってしまったんです。ブリックスに助けを求めるのは気が進まないし」

ザンビーニはにやりとした。「ブリックスも石になれば、いろいろな問題が一気に片づくんじゃないか」

「でも、もしうまくいってしまったら？　四ギガシャンダーもの魔力をあいつに渡すのは、いい考えだとは思えません」

「それもそうだね」

そのときまたトロールたちの声がきこえた。

「ほうれ、人間、人間、人間や」荷物の搬入口のそばから太い声がした。「おいしいハチミツを持ってきたよ。おいで、人間、人間、人間ちゃん」いったん言葉を切り、またいった。「いなくなっちまったのかな？」

「いや、そんなことはないだろう。ハチミツはそこに置いておきな。取りに出てきたところをひねりつぶせばいい」

「わかった」

外はまた静かになった。

「ほかにも何かあるかい？」ザンビーニがささやき声できき、立ちあがって乗員居住区を歩きまわりはじめた。

「ほかにも何かって……ほかのことなんてあります？　魔法の将来がかかってるんですよ！」

「不思議なもので」ザンビーニがやさしくいった。「魔法には知性があるように見えることがたびたびある。自分の進みたい方向へ進むのだ。iマジックに勝たせることもあり得るが、だとしたらきっとわれわれがまだ知らない大きな秘密の計画の一環なのだろう。あるいは、もしカザムがあす勝ったほうがいいと魔法が考えるなら、きっとこちらに勝たせる方法を見つけだすだろう」

「そんな方法あるでしょうか」わたしは信じる気になれずにいった。「〝華麗なりし〟ブーにまで助けてほしいとたのみに行ったんですよ」

ザンビーニはひどく心配そうな顔でわたしを見た。「あの人はどうしている？」

「何頭ものクォークビーストを飼いながらひとりで暮らしてます。正直いってちょっと変わり者ですし、すごくわがままです――どうしても助けてくれないっていうんだから」

「誘拐以来、彼女がただの一度も魔法を使っていない理由を知っているかい？」

わたしは首を横に振った。

ザンビーニは言葉を切り、深く息を吸った。「不思議に思ったことはないかね？　なぜ彼女がけっして握手をしないか。なぜけっして手袋をはずさないのか」

わたしはザンビーニをまじまじと見つめた。恐ろしい考えがわきあがってきた。

「そうなのだ」ザンビーニは両方の人さし指を立てた――魔力を媒介する人さし指。これがなくてはどんな魔術師も力を使えない。「解放されたが無傷ではなかった。誘拐犯は彼女の両方の人さし指を切りとったのだ」

しばらく言葉が出なかった。ブーは史上最高の魔術師になれたかもしれなかった。それなのに今は、クォークビーストの研究をしながら少しずつ精神が崩壊している。彼女は日々喪失をかかえて生きているのだ。魔法界での驚異とやりがいに満ちた人生が無残にもうばわれたことを痛感しながら……。その苦悩は想像もつかない。偉大な人生は彼女の指先からこぼれていった。

「犯人は？」

「一週間後に犯行グループのうちふたりが死体で見つかった。内輪もめだったらしい。ほかにもいたかもしれないが手がかりはなかった。わたしは事件当時イタリアにいて、ファビオ・スポンティーニの魔術場理論について本人から話をきいていた。帰国したときにはもう彼女は人さし指を失っていたよ。彼女はわたしが留守にしていたことを責め、ブリックスのことは交渉に失敗したといって責めた」

「失敗したんですか？」

「わからない。だがそんなところでしくじるとは思えない。わたしたちはふたりとも彼女を心から愛していた。三人で力を合わせればすごいことができたはずだ。そうすればマイティ・シャンダーですら、土曜日の午後に道楽で魔術をやっているおじさんに見えただろう。だがブーが人さし指を失い、わたしとブリックスは魔法の将来に関して意見が食いちがい、友情は終わった。それ以降ブーは、私ともブリックスとも口をきいていない」

ザンビーニはため息をついて、腕時計を見た。「あと二分。きみに渡すものがある」

そういうとポケットに手を入れて、こまかい字がびっしり書かれた封筒を取りだした。

「あちこち飛ばされているあいだに書きとめたメモだ。しばらくのあいだ、元にもどれないのは何かのまちがいだと思っていた――消失術を使ったとき何か失敗したのだと。だが二か月前シャンダーがドラゴンを退治しそこねた話をきみからきいて考えが変わった。マイティ・シャンダー自身が、ビッグマジックのあいだわたしを遠ざけようとしているんじゃないかという気がしてきたのだ。シャンダーには未完の仕事ができてしまったから、必要なだけわたしをここに閉じこめて、ホイッスルのなかの玉のようにあっちへこっちへところがしているのだ」

「未完の仕事っていうと？」

「つまりこうだ。シャンダーは荷馬車十八台分の重さの金を受けとって不連合王国からドラゴンを根絶やしにすると約束した。ところが失敗してしまった。マイティ・シャンダーは返金などしない。だからもどってきてドラゴンを片づけようとするだろう。それから、そもそも最初にドラゴンを助けて自分の計画に横やりを入れた人物に復讐《ふくしゅう》しようとするだろうね。ちなみに、だれだったんだい？」

「わたしです」

「おお。なんとまあ」

ザンビーニは考えに沈みながら歩きまわった。ザンビーニ会館にいるときもよくこうして歩きまわっていた。こんな姿を見ているとなおさらつらくなる。もどってきてほしい。もどってきて大事なことを決め、舵取《かじと》りをしてほしい。ときにはまちがった決断をして、批判を無視する姿も見たい。

「用心しなくちゃいかんぞ」ザンビーニがやっといった。「シャンダーのエージェントは四世紀にわたってダルジェント家の人間が務めている。主《あるじ》が月に一分だけ石からもどってきたとき、あれこれまとめて報告するのだ。シャンダーはつまらない仕事はエージェントにまかせ、自分は真に重大な魔術の仕事があるときだけ姿を見せる。だから気をつけねばならないときはわかるはずだ。ちなみにエージェントは言葉使いがていねいで身なりがよく、最高級の真っ黒なロールス・ロイスに乗っている。文字をならべかえたら『シャンダー』と読めそうな名前を持っているのも特徴だ。そういうのは今ではもはやらないのかもしれんが、どうやらダルジェント家の伝統らしい」

わたしは両手で顔をおおった。ファントムⅫの若い女性。あのとき気づかなかったなんて、ばかだ。

「アン・シャードっていう人ですか？」わたしはきいた。

「そう、まさしくそんな名前だ。なるべく用心を――」わたしがひどく動揺しているのを見て、ザンビーニは言葉を切った。「会ったのか？」

「きのう会いました。指輪をさがしてほしいといってきたんです。主《あるじ》の母上がどうのこうのという話をこしらえて。指輪は見つかったんですけど、その人には渡しませんでした。指輪が見つかりたがっていなくて、負の感情をどっぷりとまとっていたからです。だれかが傷つくといやだなと思って」

ザンビーニは顔をしかめてまた歩きまわった。「妙だな。指輪？　指輪に魔力はないし、まして呪いがまとわりつくことなどない。ただの作り話にすぎないんだよ。とんがり帽子や魔法の杖やほうきなんかといっしょでね。いや、待てよ。わかった。シャンダーはわたしをのけ者にしようとしているのだから、同じように恐れて――」

最後までいいおえることはできなかった。六分間が尽きてしまったのだ。ザンビーニは空気に溶けるように消え、またつぎまでお別れになってしまった――つぎがあるならば。

そのとき空気中のにおいをかいで、Cデッキの昇降口から煙がのぼってくることに気づいた。トロールたちがわたしをいぶりだそうとしているのだろう。そこで階段を駆けのぼってランドシップの最上階にある司令デッキにあがり、緊急脱出用レバーを引いた。爆発が起きて脱出口のハッチが吹きとび、わたしは鋲を打ったランドシップの屋上にあがった。トロールの姿はない。バッグから信号銃を取りだし、ていねいにねらいをつけて引き金を引いた。パンという音がし、はるか上空で信号弾がはじけた。

「へへへ、いぶりだしてやったぜ！」うしろで声がとどろいた。振りかえるとトロールの小さな緑色の目がこちらを見つめていた。ランドシップの外からのぼってきたのだ。わたしは重たい木の枝を拾い、トロールの頭めがけて力いっぱい振りまわした。もちろん意味のないジェスチャーだ。トロールは残忍な笑みを浮かべると、片手を突きだしてわたしをつかまえようとした。でも、つかまれると思ったそのとき、さっき吹きとばした緊急脱出用ハッチが絶妙なタイミングでトロールの頭に落ちてきた。トロールは痛みに悲鳴をあげて足をすべらせ、ランドシップからころげおちた。

ランドシップの端からのぞいてみた。

「どうした？」二頭めのトロールがきく。

「あいつは小さいけどパンチ力がすごいぞ」最初のトロールが頭をさすりながらいう。

「ジェニー！」王子だ。約束どおり助けに来てくれたのだ。うながされるまでもなくわたしが飛びのると、じゅうたんはすぐにトロール防壁を越えて安全地帯へ逃れた。

「間一髪だったな」王子はいい、じゅうたんがバラバラにならないよううまくあやつりながら、スターリングの駅までの短い道のりを飛んだ。「会えたかい？」

「もっちろん」

# 20 ザンビーニ会館で

王子とわたしは列車でヘレフォード王国にもどった。この日の飛行でじゅうたんはぼろぼろになって、何にも使いようがなくなっていた——じゅうたんとしてさえ使えない。王子は現金の持ちあわせがなかったので、故郷ポートランド公国の小さな所領をひとつ売って一等車の切符を二枚手に入れ、ふたりでスターリング駅を出るいちばん早い列車に飛びのった。わたしは捨て子なのでほんとうは三等車にしか乗れないことになっている。でも車掌《しゃしょう》にわたしが一等に乗っていることをとがめられそうになると、王子は、この人はぼくの臓器提供者だから万が一にそなえてどこでもいっしょに移動するようにしているのだと説明した。車掌は、捨て子にそんな斬新《ざんしん》な使い道があるのですねと感心し、わたしにはこんな親切な後援者がいて運がよかったですねといった。

夜の十時半にはヘレフォードに着き、人目を避けて裏道からカザムへもどった。タイガーとパーキンスが一階のごみ置場の横にある窓のところで待っていてなかに入れてくれた。無限扁平術がいまだにしっかりつづいているからだ。窓から入るとそこはパームコートで、モーゴンとモンティ・ヴァンガードは出かける前に見たのと同じく石のままだった。

「何も変化なしってことね」

「一ミリもなし」タイガーがいった。

「ムービンたちは？」

「まだ牢屋だよ」パームコートからロビーに向かいながらパーキンスがいった。「バンティ・パテル判事に国王の不法な勅令を取りけしてもらおうとして連絡を取ったんだけど、判事の秘書の秘書の秘書までしか取りついでもらえなかった。相手は笑って『気でもちがったんですか』といってガチャンと切っておしまい。トロールバニアはどうだった？」

わたしたちは事務所のソファに腰かけた。となりでケヴィン・ジップらしき何かが眠っている。わたしはザンビーニのいったことを何から何まで話した。アン・シャードなる人物がマイティ・シャンダーのエージェントだということ、指輪には魔力を伝える力がないということ、ブリックスがルニックスを使える数少ない魔術師のひとりだということ、そして〝華麗なりし〟ブーが人さし指をうばわれたこと。

「いてて」パーキンスが自分の指を見つめた。

それからザンビーニが、魔法には知性があってカザムが勝ったほうがいいと思えばきっとこちらに勝たせる方法を見いだすといったことも話した。

「それってなんだか『電気には意思がある』っていうたぐいの言葉みたいだね」パーキンス

がいった。「それか『重力《グラビティ》には意思がある』みたいな」

「肉汁《グレイビー》には意思があるの？」タイガーがいう。「やっぱりね。肉汁っていつもしみになるから、ぼくぜったいきらわれてると思う」

「グレイビーじゃなくてグラビティだよ」

「えっ、なーんだ。……重力に意思があるとは思えないなあ」

「だよね。でもグレート・ザンビーニの言葉だから、無下に否定する気にもなれない。ザンビーニは自分がなんでこんな目にあっているのかっていうことも、ちゃんと考えてた。ほら」

わたしはパーキンスにザンビーニの手書きのメモで埋めつくされたよれよれの封筒を渡した。「こういう観測が、もどるのを阻止してる魔法を解く手がかりになるって考えてるみたい」

「その魔法はマイティ・シャンダーがかけたっていってるんだよね？」

わたしはうなずいた。

「きびしいな」パーキンスは封筒の文字をじっくりと読んでからいった。「どうやらザンビーニを閉じこめている魔法は、パス思考が自動生成で変化するやつらしい。二分ごとにランダムに変わるみたいだ。あるときは夕暮れの湖に浮かぶ白鳥、つぎの瞬間にはオリノコ川デルタ地帯にいるヘラシギという具合に」

「トロール見た？」タイガーがきいた。

「二頭見たよ。向こうはわたしたちのこと害獣だと思ってる」

「こっちもトロールのことは気に入らないけどね」

「ううん、そういうことじゃなく、ほんとうに人間は害獣で見つけたら駆除しなきゃいけないと思ってるの。人間に興味なんかぜんぜんない。お百姓さんがウサギを害獣だと思っているのと同じこと。ただ、もっと危険だと考えてるし、人間は、もこもこでかわいらしくもないわけだけど」

「そうなんだ」タイガーはトロール戦争の孤児だからトロールには関心を持っている。「じゃあトロール防壁を越えて攻めたのは、人命とお金と時間と資源のむだだったっていうこと？　みんなうっすら感じてはいたけどそれ以上に？」

「そうみたいだね」わたしは深呼吸して、腕時計を見た。夜の十一時十五分。負けを認めろというブリックスのオファーは十二時が期限だ。「ねえ、ブリックスのオファーについてみんなに話してくれた？」

　パーキンスは胸ポケットからノートを取りだした。「みんなちょっと変わり者だけど、きいたらずばりと答えてくれたよ」ノートを見ながらいう。「二十八人としか話せなかったけど。モンティ・ヴァンガードは石になってるし、ミステリアスXと六三二号室の〝異臭〟さんは霧みたいなやつだし、三四六号室の〝やつ〟は、ぼくがノックしたら気持ち悪い音を立てるばかりだし、〝リザードウィザード〟はこっちをじろじろ見ながら虫ばっかり食べてるし」

「ああ、あの人、虫食べるよね」わたしはいった。

「三四六号室の〝やつ〟ってほんとに魔術師なのかなあ」タイガーが首をひねる。「〝異臭〟さんも怪しいよね」

「それ、だれがたしかめるの？　タイガー？」

「んー、まあ、とりあえず魔術師だってことにして話を進めたほうがいいか」

「そんなわけで」パーキンスが先をつづける。「住民たちはみんな例外なくブリックスのオファーに罵声を浴びせていた。ぼけて自分のベッドで死ぬほうがましだ、くさったキャベツと水みたいなカスタードを食べながら雨もりのするホームで暮らすなんてまっぴらだって」

「それって今の暮らしじゃないの？」タイガーが口をはさむ。

「つまりみんな、今のままがいいってことだよね」わたしはいった。

「そうだね」パーキンスもいう。「でもほぼ全員がカザムの社長の判断を信じるともいってたよ」

「え、それは困るな」わたしはいった。「ミスター・ザンビーニはまだもどってこられないのに」

「ミスター・ザンビーニじゃないよ。半分ぐらいはきみの名前を知らなかったけど、『ポニーテールのあのかしこそうな女の子』っていってた。みんなきみを支持しているんだよ」

この会館には、合算すると二千年にもおよぶ魔術の経験年数がたくわえられている。そんな莫大な知識を持つ人たちがわたしの行動を認めてくれている。なんだか急に強くなって自信が深まった気がした。とはいっても、それで目の前の問題が解決できるわけじゃない。

「あなたはどうなの？」パーキンスにきいた。「二百万ムーラーを取る？」

パーキンスはわたしの顔を見て眉をひそめた。「二百万ムーラーもらって、この大騒動を見のがすわけ？　どれだけもらっても断る。きかれただけでもびっくりだよ」

「ありがとう」

三人ともしばらくだまりこんだ。それからタイガーがいった。

「そうだ、無限扁平術の出どころがわかったよ。だれが術をかけてるのかはわからないけど」

そういうとわたしの机の前に行き、例の小さな素焼きの壺の上で携帯用のシャンダーメーターを振った。針がぐっと振れて二千シャンダーを指す。どういう魔術でこの古い会館が守られているのかはわからないけれど、魔力の出どころはここだったのだ。

わたしはタイガーのところへ行って、壺から指輪を取りだした。大きくてなんの変哲もない、ごくふつうの指輪だ。ふと思いついて、わたしは受話器を取った。

「ブリックスに電話するのかい？」パーキンスがきく。

「ううん——マイティ・シャンダーのエージェント。もう少し話をきかないと」

わたしはアン・シャードと名乗る人物からもらった番号を押した。呼び出し音が二回鳴ると、相手が出た。

「ミス・ダルジェントですか？　ジェニファー・ストレンジです」

「わたくしの、無礼ながらも必要不可欠であった偽装はわずかばかりの頭脳活動を神の領域にまで高めたようですね」ミス・ダルジェントは奇妙なロングスピークでいった。「しかしながらこの追求においてあなたは正しかったことが証明されました」

「はい？」

「わたしがアン・シャードではないと気づくのに丸一日かかったのですね」

「ああ……そうですね」

ミス・ダルジェントはいったん間を置いてからつづけた。「この通信は主のお母上の指輪の地理的な所在に関して知識を伝達するのが目的ですか？」

「指輪は見つかっていません、おっしゃるのがそういう意味ならば。でもそうですね、指輪に関するおたずねです。どこがそんなに特別なんです。そしてなぜマイティ・シャンダーはそれを見つけたがっているんですか？」

「特別なところは何もありません」彼女はあっさりといった。「それは保証します」

「じゃあシャンダーが指輪をさがしだしたい理由は？」

「わたくしたちには顧客がおおぜいいます」ミス・ダルジェントは迷惑そうな気持ちをにじませながらいった。「顧客の秘密をもらすようなことは断じていたしません」

ザンビーニの考えていたとおりだ。やはり裏にはシャンダーがいる。わたしの推量がまったくのはずれなら、ただ笑いとばして否定すればいいことだ。

「ほかにも何かございますか？　ミス・ダルジェントはほんとうにおそろしくいそがしいのです」他人事のようだけれど、自分のことを話している。

「ええ。つぎにシャンダーが石からもどってきたとき、ザンビーニさえもどればカザムはあなたをほうっておかないと伝えてください。ザンビーニはなんとしても取りもどしますよ。わたしは本気ですから」

「さようなら、ミス・ストレンジ。きっとまたお目にかかるでしょう」

電話は切れた。わたしはみんなに彼女の言葉を伝えたけれど、たいして足しにはなりそうもなかった。ただ、わたしたちがうすうす感じていたことはどうやら当たっていたようだ。マイティ・シャンダーはヘレフォード王国で起こる事柄に注意を払っている。そしてもしもグレート・ザンビーニの失踪にシャンダーがかかわっているのだとしたら、ザンビーニを取りもどすのはとてもむずかしくなりそうだ。

「おかえり、ジェニファー」ソファから声がした。「ぼくの見たヴィジョンは正解だったかい？」

「大当たりだったよ。ありがとう、ケヴィン」

ケヴィン・ジップはげっそりとやつれていた。将来の出来事を示すもやもやした霧のような像を必死に理解しようとするとたいていこうなる。

「十点満点行くかな？」

「うん、両方とも十点だね」

ケヴィンのヴィジョンの強さを書きこめるように、タイガーが手回しよく〈ヴィジョン台帳〉を持ってきてくれた。ケヴィンのヴィジョンのページをあけると、わたしがザンビーニを見つけたときのヴィジョンにはRAD105という番号が振ってあった。それに十点をつけて副署し、つぎにザンビーニが出現するという最初のヴィジョンRAD095にも十点をつけた。これでケヴィンのヴィジョン的中率は平均七割六分にまであがり、ぎりぎりで〝めざましき〟を越えて〝まれに見る〟の領域に入った。けれど九割を越えないと予知能力者最高の称号〝猛烈な〟には到達できない。

「ねえ、ジェニー」さっきからヴィジョン台帳をまじまじと見つめていたタイガーがいった。

「この番号、どういうふうに見える？」

「RAD105でしょ？」

「ううん、そうじゃなくて、〝5〟が〝S〟だとしたらどう見える？」

「RADIOS《レイディオズ》？」

タイガーの顔をじっと見つめた。タイガーも見つめかえしてくる。この子、天才だ。

「ケヴィン」わたしは勢いこんでいった。「今もまだ〝VISION BOSS〟のヴィジョン見る？」

「ああ、たった今見えたところだ。なんで？」

「それって〝VISION BO55〟のことかもしれない。ケヴィンが見たのは、だれか別の人の過去のヴィジョンに関するヴィジョンなのかも」

「へえ、そういう解釈は初めてだな」ケヴィンがいつものように落ちつきはらっていった。タイガーが図書室へ走る。『予知能力者のヴィジョンガイドブック』の該当巻をさがしに行ったのだ。

「かなり若い番号だから七〇年代中盤あたりの予知じゃないかな」パーキンスがいう。

「すぐにわかるよ」

タイガーがもどってきて、ほこりをかぶった本をわたしの前に置いた。その項目はすぐに見つかった。

「〝VISION BO55〟一九七四年十月十日」わたしは読みあげた。「見たのはキルペックのシスター・ヨランダ」

「ヨランダ？」タイガーが声をあげる。「すごいや。なんのヴィジョン？」

「書いてない。個人的な相談につき内容は秘匿だって」

「シスター・ヨランダならその予言は実現するか、またはすでに実現したはずだ」ケヴィンがいった。「彼女が見たヴィジョンは、数は多くなかったけど的中率はいつも高かった。相談者はだれだったんだい？」

その名前を見て、急に全身が冷たくなった。

「ミスター・コンラッド・ブリックス。ヘレフォード市ブリックス通りブリックス邸……」

わたしたちはたがいに顔を見あわせた。ブリックスがシスター・ヨランダから何か強力な予言をさずかっていた。そしてケヴィンは一週間のあいだずっと、知らぬままそのことをヴィジョンで見ていた。こんな手がかりをほったらかしたら、ただのばかだ。

「このヴィジョンのことをもっと調べなくちゃ。今すぐに」タイガーがいった。

「言うは易《やす》し」とわたし。「個人的な相談だったんだもの。くわしい記録を持っているのは、ブリックスしかいないはず」

「iマジックに人がいればな」タイガーが考える。「内部通報者が」

「だれがいる？」パーキンスが横からいった。「コービー、マトニー、サマンサ。みんなブリックスに対して忠実すぎるくらい忠実だよ」

「ねえ、パーキンス」わたしはいった。「あなた、たった今わたしたちを裏切ったの」

「ぼくが？」

「沈みかけた船から逃げだすネズミみたいに。ブリックスからの二百万ムーラーのオファーを受けて、ブリックス邸にもぐりこんで。ブリックスが記録を保管しているところをさがして、〝VISION BO55〟が何についての予言だったかつきとめてほしい」

「そんなのどうすればできるの？」

「わからない。狡猾《こうかつ》と巧妙？」

それでもパーキンスは逃げ腰だ。「ブリックスが信じるわけないよ。何かたくらんでるって思われる」

「それもそうね。まちがいないと思わせる証拠が必要」

わたしはパーキンスをなぐった。げんこつで思いきり目をパンチした。こんなふうに人をなぐったのは、孤児院でタマラ・グリックスタインが小さい子たちをいじめているのを見つけたとき以来だ。

「うげっ！」パーキンスが悲鳴をあげた。「なんなんだよ？」

「これでブリックスも信じるよ。裏切ったらジェニファーが激怒したっていって。頭のネジがはずれちゃったみたいだって」

「それならうそをつく必要もないってか」パーキンスがぶすっとしていった。もう目が紫色に腫《は》れあがりはじめている。

「さあ、行って」わたしは壁の時計に目をやっていい、パーキンスを思いきりやさしくハグした。なぐったおわびに頬にキスまでした。タイガーもハグとキスをしてあげるといったけどパーキンスは「いや、いらない」と断り、電話をかけに行った。それが夜中の十二時三分前。十二時五分過ぎにはもう会館を出ていた。

カザムがブリックスと取引するチャンスもまた十二時で消えた。賽《さい》は投げられた。あすは魔術合戦だ。

そしてわたしたちはたぶん負ける。

# 21　対決を前に

わたしはザンビーニ会館三階の自室でベッドに横たわり、天井についた水もれのしみを見つめていた。部屋は東向きなので、毎朝日が差すと同時に目が覚める。でも今朝は例外だった。一睡もしていないからだ。魔術合戦というものがなごやかに終了することはほとんどない。自尊心を傷つけられ、絶望する魔術師もあれば、非難の応酬や生涯にわたる対立を引きおこすこともある。勝負事に勝者と敗者はつきものだ。でも一方のチームに魔術師と呼べる人がひとりもいないのは、まちがいなく魔術合戦史上初めてのことだろう。

「何考えてるの?」タイガーがきいた。タイガーはよくわたしの部屋の床で寝る。まだひとりで眠るのになれていなくて、仲間のいる寮生活がなつかしくなってしまうのだ。八十人の捨て子が咳をしたりうめいたり泣いたりしている生活が。

「きっと何もかもうまくいくだろうって考えてた」

「へえ、ぼくも」

「ほんとはそんなこと思ってもなかった」

「だよね。ぼくもだよ」


シャワーを浴びると下におりて、事務所へ行った。お茶をいれて腰をおろし、考えに沈む。

「悲しそうだねえ」スカンジナビア語の歌うようなアクセントがまじった低い声がひびいた。

振りかえると〝はかなきヘラジカ〟がこちらを見つめていた。

「しゃべれるの？」

「三つの言語を」ヘラジカが答えた。「スウェーデン語、英語。ペルシア語はかじった程度」

「じゃあなぜ今までしゃべらなかったの？」

ヘラジカは角をゆらした。ヘラジカ流の肩をすくめる動作なんだろう。「ここの人たちとは興味の対象がちがうんで、あまり話題がない」

「あなたの興味の対象って？」

「雪……メスのヘラジカ……草を食べること……食事でナトリウムとカリウムをしっかり取ること……雪……車にひかれないこと……雪……メスのヘラジカ……雪」

「ここにいれば車にひかれないよ。雪はふらないしメスのヘラジカもいないけど。それにあなたは魔法でできてるんだからナトリウムはいらないでしょ」

「だからさっきもいったとおり、あまり話題がない。無限扁平術は気に入ったかい？」

「あれ、あなただったの？」わたしはびっくりしてたずねた。

「あいつらがつぎつぎに魔術師を連れていっちまうのが気に食わなかった」ヘラジカがあっさりと答えた。「だからあの見つかりたがらなかったやつを使って、おれの魔力を増やした」

ヘラジカは素焼きの壺と指輪がしまってある引き出しのほうにうなずいてみせた。わたしは引き出しから壺を取りだしてまじまじと見つめた。いまだにわけがわからない。

「これって、どういう仕組みなの？」

「まったくわからん。強い感情があふれかえっている。喪失、憎しみ、裏切り……なんでもかんでも。悲鳴まできこえるような気がする」

「負の感情エネルギーが詰まってるっていうこと？　呪い？」

ヘラジカはまた角をゆらした。「そんなところかな。だが良きにつけ悪《あ》しきにつけ、この力は好きなだけ利用できる。まるでその壺のなかに魔術師がひとりすわっているみたいだ」

そのとき、ふと考えが浮かんだ。無理があるのはわかっていたけれどきいてみた。「ねえ、橋をかけることってできる？」

「ふうむ」ヘラジカはしばらく考えてから答えた。「シベリアのエルクとは、しばらく口をきかない時期があった。連中がオオカミに賄賂《わいろ》を渡したというスキャンダルが発覚したものでね。そこでおれは責任者としてエルクとヘラジカの両者を交渉のテーブルにつかせた。あのころはもちろん生きていて、実体があった」

「『仲立ちになって両者に話をさせる』みたいな意味じゃなくて、ほんとうに橋をかけるっていう意味なんだけど」

「ああ。比喩的《ひゆてき》な意味ではなく文字どおりということか」

わたしはうなずいた。ヘラジカは「ヒン」というような短い音を立てた。笑ったのかもしれない。

「どういう依頼だよ、ヘラジカに橋を作れとは？」ヘラジカは少しだまってから、なぜ橋を作ってほしいのかとたずねた。そこでわたしは魔術合戦のことをくわしく説明した。するとヘラジカは、どうも最近何かおかしなことが進行中だと思ったが確信はなかったといい、わたしはこれで確信を持てるでしょうといった。それから手伝ってもらえないかときいた。

「あの素焼きの壺からものすごい魔力がわきだしている」ヘラジカが思案顔でいった。「橋を作れるだけの力はあるんじゃないか」

わたしは立ちあがった。何もかも終わりというわけではないのかもしれない。「いっしょに来て橋の残骸を見て。魔術合戦はあと一時間ではじまるの」

「外に出るっていうのか？」ヘラジカはおびえきった声でいった。「ぜったいにいやだ。この建物が〈マジェスティック・ホテル〉としてオープンした一八一五年から一歩も外へ出ていないんだ」

「出ようとしたことはあるの？」

「ある」

「ほんとに？」

「いや。でもそんなことは問題じゃない」ヘラジカはそれが問題だと気づいたのをかくすかのようにいいはった。「ホテルからは一歩も出ない。話はこれでおしまいだ」

「ひょっとしてアゴラフォビック（広場恐怖症）？」

「いや、食事はすませた。ありがとう」

「そういえば」わたしはゆっくりといった。「外には少し雪が積もってるらしいよ——あと、メスのヘラジカもいるかも。もちろんナトリウムもあるし。それに町の中心部は歩行者専用区域だから車にひかれる心配はない」

「おれは魔法が作りだした幻なんだ」ヘラジカは悲しそうにいった。「マンドレーク知覚模倣プロトコルでね。自分に実体がないことは知っているが、それでも実在していると思っている。いずれにしても外へは行かない」

「それで決まり？」

「決まりだ」

ヘラジカは姿を消した。

わたしはため息をついた。ためしてみるだけの価値はあったけど、これでまた振りだしにもどってしまった。カザムは魔術師抜きで魔術合戦にのぞまなくてはならない。ただのひとりもなしで。

「ところで話は変わるが」突然消えたヘラジカがまた突然現れて話をつづけた。「あんた、あの髪がふさふさした若い魔術師とつきあってるのかい？」

「なんでわたしとパーキンスのこと知ってるの？」

「だってみんなその話ばっかりしているよ」たぶん上の階に住む隠居した魔術師たちのことをいっているのだろう。そんなことになっているとは知らなかった。退屈した元魔術師のうわさ話の種なんかになりたくはない。

「複雑なのよ」

「愛ってやつはいつでも複雑だ」ヘラジカはさみしそうにため息をついた。「今のおれは、昔生きていたヘラジカのうっすらとしたコピーにすぎないが、それでも元の気持ちを少しはとどめている。ああ、リーズルと子ジカたちがなつかしいな」

「だれとしゃべってるの？」もどってきたタイガーが、事務所に入るなりきいた。

「ヘラジカ」わたしがヘラジカを指さすと、向こうはだまってわたしを見つめ、それからタイガーに目をやった。「ね、しゃべってたよね？」ヘラジカにいったけれど、相手はただぼんやりとわたしのほうを見て、じわじわと消えていった。

「大丈夫？」タイガーがきいた。

「大丈夫、元気だよ。さ、行こう。つぶされるにしても、その前に意地を見せなきゃ。どう、様になってる？」

わたしはこの日のためにいちばんいいワンピースを着ていた。タイガーはネクタイをつけ、髪をとかしている。せめて敵にうしろを見せることなく、合戦開始時には堂々としていたい。

会館を出る前にマーガレット〝うそっぱち〟オリアリーに、玄関の番をしてわたしたちがもどったらまた入れてほしいとよくよくたのんでおいた。マーガレットはうちの〝ほぼ正気〟の魔術師のひとりで、また魔力がいちばん弱いうちのひとりでもある。それでも身のまわりの事実と見た目をゆがめてとんでもないうそをつき、相手に心から信じこませてしまうという術を持っている。パーティーでの得意な術は、客に床が天井だと信じこませること。そして人々が「天井に落ちる」と騒ぎだすと大笑いするのだ。

たくさんの人が魔術合戦を見るために休みを取っていて、橋があったところへ通じる道路は祭りの会場のようになっていた。バーベキューの屋台では車にひかれて死んだ動物の肉をのせたピザやラクダの耳入りの丸パンを売っている。別の屋台では帽子やスノッド国王のアクションフィギュア――紐《ひも》を引くと「死刑だ！」とどなるもの――や、「パパは魔術合戦に行ったのにあたしはあばら屋で気管支炎」などという笑えないフレーズをプリントしたTシャツを売っている。膝の人工関節出張手術のテントもあれば、「驚異の二頭少年ティモシー」といった「自然の気まぐれ」をうたう見世物小屋もある。半ムーラーでトロールの体の一部を酢漬けにしたものを見られるテントまである。

「ねえ、半ムーラー硬貨持ってない？」タイガーがきいた。

「ないない。やめときなさい」

　橋に近づくと大道芸の芸人たちが早くも旗を振るパフォーマンスや、ジャグリング、バック転、腹話術などで観客を楽しませていた。通りがかりにハーフタイムショーの〝クマのディベート〟はキャンセルされたと小耳にはさんだ。連れてこられたクマがすっかりいい気分になっていて、ディベートをする気がないらしい。

「代わりにジミー・ナットジョブがハーフタイムショーをやるらしいよ」別のだれかがいった。「自分の体に火をつけて大砲で屋根より高く打ちあげられながら『国王陛下万歳！』って叫ぶんだって」

「騎士の叙任ねらいじゃないの」その友だちがいう。

「まちがいない。でももっと簡単なやり方があるんじゃないかな」最初の男が答えた。

　タイガーとわたしは人ごみをかきわけて最前列まで進んだ。そこには呪文の流れ弾から観客を守るべく柵が設置されていた。警備中の警察官にＩＤを見せてなかへ入る。北岸の橋台の端、ロイヤルボックスのそばに人が集まって小さなかたまりになっていたのでそちらへ向かった。このあとどうするかは何も考えていなかった。

「おお、これはこれは」ブリックスがいった。「防衛側のお出ましだ」

　まわりにはｉマジックの社員が立っていた。こすからい人格を似合わない服に包んだ男チャンゴ・マトニー。おしゃれなデイム・コービーは、必要以上にじゃらじゃらとアクセサリーをつけている。そして輝くばかりに美しいけれど頭脳はそれほどでもないサマンサ・フリント。すてきな花柄のドレスを後ろ前に着ているところからもそれがうかがえる。パーキンスはいないけれどブロック＝ドレイン大佐が来ていて、ぶっきらぼうにあいさつしてよこした。

「魔術師はいないのかね？」ブリックスがいやみたらしくいった。

「これじゃあ勝負になりませんよね？」わたしは応酬した。

「そんなことはない」テンベリー卿が近くまで寄ってきた。最高の勝負に必要なものは勝者だけです。相手は必要ない」

「観客はどう反応するでしょうね、勝負なのに相手がいないとわかったら？」

「暴動にはなりませんよ」テンベリー卿が自信満々で答えた。「何しろ一方的な勝利というものは、スノッド国王のもとで選挙権を行使したことのある国民にはおなじみのものですからな」

話はそこでとぎれた。華やかな行列が近づいてきたからだ。ぴかぴかの楽器をかかえたブラスバンド、馬に乗った人たち、おつきの人々。そのあとからロイヤルファミリーが金ぴかの輿《こし》に乗って到着した。わたしも含め、だれもが国王の前にひざまずいた。やがて輿が止まり、そばにいた公爵が自分の体を踏み段として差しだした。王と王妃が輿をおり、つづいて〝王家のわがままっ子〟たちがおりてきた。〝ただっ子帝王〟スティーブ皇太子はは十二歳、

〝憎まれっ子女帝〟シャッザ王女は十五歳だ。ふたりの称号を見てもわかるように、王家の子どもたちは足を踏みならし、あれがほしいこれがほしいといって一日のほとんどを過ごしている。これまでの家庭教師で二十六分十五秒以上つづいた人はいないらしい。

古式にのっとってアナグマの扮装をした三十人のらっぱ手がいっせいにらっぱを吹きならし、耳をつんざくような音を立てた。つづいてロイヤルファミリーが人々に手を振りながらゆっくりと歩いてくる。そのかたわらでは従僕たちが群衆に向かってコイン型クーポンをばらまいていた。以前は硬貨を投げいれていたのだけど、国王は、恩知らずな国民どもがスノッド系以外の店でその金を使ってしまうということに気がついた。だから今の〝慈善クーポン〟は、まごうかたなき二流の有名スーパー〈スノッドコ〉でしか使えないようになっている。

「おお」国王が声をあげた。「テンベリー卿に顧問魔術師。よく来てくれた。今朝はおもしろいものを見せてくれるだろうな？　ミス・ストレンジ、大胆にも登場したか」

話しかけられたので、作法上、立ちあがることができる。見るとミモザ王妃があたりを見まわして何かをさがしている。わたしは大きく息を吸い、思いきっていった。

「責務として申しあげますが、この魔術合戦の公平性に関して正式な苦情を申したてないわけにはまいりません」

「おまえの不満は了承した、ミス・ストレンジ」国王が返事をする。「苦情については来年あたりに審議しよう。ではほじめようか？」

「まだはじめてはなりません」ミモザ王妃がわたしを見つめながらいった。「あなたはジェニファー・ストレンジ？」

「こいつは捨て子だよ、おまえ」国王は耳打ちをよそおいながら大声でいった。「王妃との会話にはふさわしくない」

「おだまりなさい、フランク。ミス・ストレンジ、カザムチームはどこにいるのです？」

あたりが死んだように静まりかえった。

「なあ、席に着こうではないか」国王がうながす。「どうやら——」

「おたくのチームはどこなの、ミス・ストレンジ？」

「牢屋でございます、陛下」わたしは腰をかがめて礼をしながらいった。「事情聴取は月曜日におこなわれます」

「なるほど」ミモザ王妃が国王をじろっとにらむと、王はしおれて小さくなった。「つまりあなたは、勝利を確実なものにするためにカザムチームをまとめて投獄なさったということ？」

「そ、そんなことはない」国王がいいのがれする。「まったくの偶然だったのだ。やつらはそろいもそろって山賊や詐欺師や極悪人や無法者ばかりなのだよ。そうだろう、顧問魔術師？」

「はい、そんなところでございます、陛下。それについては意見が一致しておるかと存じます」ブリックスが答える。

「連中のひとりがきのう攻撃をしかけてきて、城に多大なる被害をもたらしました」テンベリー卿がつけたした。

「ばかをおっしゃい」ミモザ王妃が一刀両断した。「わたくしは一部始終を見ておりました。武器を持たないじゅうたん乗りがひとりでやってきて、だれかを〈北の高塔〉から助けだしただけではありませんか。被害をもたらしたのはあなた方の砲撃手でしょう」

「そうだ。だから砲撃手たちも拘留中の魔術師たちとともに迅速《じんそく》に処罰する」国王がいった。「それにわしはずいぶんと自制心を働かせているのだ。本来なら死刑にすべきところ、おまえにいわれたとおり情けをかけているのだから、なあパンプキン」

「王妃さま、魔術師どもの罪はきわめて重く――」テンベリー卿がいいかけたけれど、ミモザ王妃が人さし指を立ててだまらせた。取りまきや廷臣たちも一歩さがって、何か別の用事を見つけたような顔をしている。

ミモザ王妃は夫に顔を寄せ、声を低めた。「いいこと、せまい世界でちやほやされた、えらぶったろくでなし。わたくしがマザー・ゼノビアと相談して橋の再建を発注したのはトロール戦争寡婦基金の援助のためだったのです。あなたがそれを乗っとって金もうけの道具にするのは許さない。今すぐカザムの魔術師たちを釈放しなさい。さもないとあなたの人生を徹底的にみじめなものにして、いっそ捨て子として生まれたほうがよかったと思わせてやりますよ」

「ああ、それについてはあとで話し合おうじゃないか」

「今、話し合います」王妃のすさまじい形相を見たら、レディ・モーゴンでさえも感銘を受けそうだ。「わたくしの言葉がただのおどしだなどと、ほんの一秒でもお思いになる?」

国王は思いきり息を吸ってほっぺたをふくらませた。そしてわくわくしながら魔術合戦のはじまりを待つ一万人ほどの国民を見やった。どうやら国王は、ミモザ王妃がほんとうに自分の人生を破壊しかねないとわかっているようだ。

「テンベリー卿」王はいった。「わが国民によいものを見せてやらねばならん。魔術合戦を見にきたのだから、そうしよう。魔術師を釈放することを命じる」

ブリックスとテンベリーはぎょっとした様子で、追いつめられたように視線を交わした。このふたりがカザムの戦力を削ごうとしたのにはもっともな理由があるのだ。少しこちらに運が向いてきたようだけれど、まだ喜ぶのは早いと自分をおさえた。向こうに追いつくにはまだ長い道のりがある。テンベリー卿はあせったのか、急にうつろな目であちこちのポケットをパタパタとたたきはじめた。

「首席顧問、拘置所の鍵をなくしたなどというつもりなら……」国王が低い声ですごみをきかせながら観客に向かってにこやかに手を振った。「おまえの頭を串刺しにして、犬に食わせるぞ」

「あっ、ございました」テンベリー卿が急に鍵を発見した。「すぐにご命令のとおりにいたします、陛下。ミス・ストレンジ、車が来たらご同行願います」

「これでいいかい、パンプキン？」国王がミモザ王妃の顔色をうかがう。「あなたが正しいおこないをするると、とてもうれしいわ、バニーちゃん」王妃はいって、王の耳をやさしくひねった。そしてきょうだいげんかをはじめた〝王家のわがままっ子〟たちを引きつれてひと足先にロイヤルボックスへ向かい、王はその場に残った。「万が一カザムが勝ったら」王がブリックスとテンベリーにささやくのがきこえる。「おまえらをおがくず詰めにして銃剣の演習に使ってやるからな。わかったか？」

王は返事を待たずに歩きだし、こちらにとてつもなく憎々しげな視線を投げてきたので、わたしは思わず一歩あとずさりした。

けれど王は何もいわずにロイヤルボックスへ向かって歩みさった。そこには王妃と子どもたちに加えて無能な弟と取りまきの親戚たち、そしてアヒル顔の皇太后ディンモア公爵夫人が陣どっていた。

国王はマイクの前に立つと、長いとりとめのないスピーチで、国民が一も二もなく自分を信頼しきびしい労働に耐えてくれるおかげで、巷《ちまた》で戦争未亡人が物乞いをするような時勢でも自分と家族が裕福に暮らせることを誇りに思うと述べ、また腐敗した独裁者に対して不可解なまでの忍耐力がある国民を支配できてまことに幸運だと語った。このスピーチは受けがよく、なかには涙ぐむ人たちもいた。それから王は魔術合戦の開始を宣言した。

「どうなろうと、おまえたちなどたたきのめしてやる」ブリックスがいった。「それからおまえはいとしい恋人のことを心配しているかもしれんが、今のところは無事だ」

がっくりした。パーキンスはつかまってしまったのだ。

「なんのことだかぜんぜんわかりません」

「そうかな？　これでどうだ」ブリックスはわたしたちがパーキンスに渡した左巻きのほら貝を差しだした。

「彼を傷つけたりしたら」わたしは歯がみしながらいった。「あんたをめちゃくちゃにしてやる。それからいっておくけど、彼は恋人じゃないから」

ブリックスは笑って橋の最初のふたつの石を持ちあげ、あるべきところに置いた。そのあとようやくテンベリー卿が車をまわしてきて、タイガーとわたしは魔術師たちを取りもどすために乗りこんだ。

# 22　橋をかける

「ふたり釈放できますがだれを選びますか？」市の拘置所の前に着くとテンベリー卿がきいた。拘置所は市の北部にある大きな石造りの建物で、皮肉にも〈ヘレフォード・ヒルトン〉の名で知られている。偶然にもとなりのとなりにある本物の〈ヘレフォード・ヒルトン〉はとても迷惑がっているけれど、囚人たちはたまにピザがまちがってとどけられたりするので恩恵をこうむっていた。

「国王陛下は全員を釈放せよとおっしゃったように思いますが」わたしは指摘した。

「でしたらあなたは首席顧問の役割を理解しておられない。わたしの責務は国王陛下にお仕えし、陛下のご命令を現状にふさわしい形で解釈することです。釈放するのはふたり。お選びください」

今のところこれ以上のオファーはもらえそうにないし、これ以上いいあらそって時間をむだにしたくない。プライス兄弟にはあとからあやまればいい。

「ウィザード・ムービン」ためらわずにいう。「それから……ラドローのパトリック」

テンベリー卿は看守に命令を伝えると、ふたりが出てきたら自力で橋までもどりなさいといって立ちさった。三十分後、ムービンとパトリックが姿を現した。日ざしがまぶしいらしく、目をしばたたいている。人さし指にはめられていた鉛の指錠をはずしてもらうと、わたしたちはすぐにタクシーを拾って橋を目ざした。

「よくやった」ムービンがいいながら、ほこりやハサミムシなど牢屋でついたよごれを上着から払いおとした。

「わたしじゃないよ」自分が何もできなかったことを情けなく思いながらいった。「お礼はミモザ王妃にいって」

「王妃は自分も昔は魔術師だったから、何かとひいきしてくれるよな。うちのチームはほかにだれがいる？」

「ふたりだけ」

ふたりを釈放してもらっても、カザムチームは相手よりかなりパワーがおとる。わたしはふたりが逮捕されたあとのことをざっと話してきかせた。モーゴンはあいかわらず石でパス思考は突きとめられていないこと、パーキンスが秘密のビジョンの謎をさぐろうとしてつかまったこと、〝はかなきヘラジカ〟に自意識らしきものがあって無限扁平術をかけていたこと、ザンビーニに会えたのはうれしかったけれどあまり助けにはならなかったこと。

「ヘラジカが指輪から魔力を引きだしているって？」ムービンが信じられないという口調で

いった。「金の指輪なんて、地球上でもっとも魔力に反応しない、つまらない金属だっていうのに」

「ザンビーニも指輪に魔力があるっていうことに驚いてた」

「まあ、そのことは今はどうでもいい」ムービンはいった。わたしたちは南岸の橋台の近くでタクシーをおりた。「それよりちょっとぶっつけ本番で作戦を実行するぞ。魔法の法律も少々破ることになる。カザムの将来がかかってるんだから、生きのこるためには力を合わせるしかない。いいか、よくきいてくれ……」


タイガーは自分の役割を果たすため、タクシーでザンビーニ会館へ向かった。ムービンとパトリックとわたしは橋の残骸を調べにいった。元の石橋は、両岸の橋台と川のなかの四本の橋脚が五つのアーチを支えるというものだった。iマジックは一時間早くはじめていて、彼らの側の橋脚はまわりからがれきが取りのぞかれている。水中から引きあげられた石は、iマジックの陣地のなかに順序よくならべられていて、観客から「わあ」「おお」という感嘆の声があがっている。カザムチームの到着はなかなか気づいてもらえなかったけれど、しばらくすると客席が突然静まり、つづいてわっと歓声がわきあがった。ブリックスは魔術建築の分野で長らく〝早かろう悪かろう〟の仕事をつづけてきたので、市内ではとても評判が悪いのだ。歓声に包まれるなか、パトリックは川底から十個の石のブロックを同時に引きあげ、長い行列のように動かして川岸に積みあげた。あとから橋のアーチに挿入するためだ。

観客は熱狂し、カザム対iマジックの賭けの配当率をライブで表示するスコアボードは、さっきまで一〇〇〇対一だったのが五〇〇対一になった。それでもまだカザムの勝てる見こみは少ないという見積もりだけど、さっきよりだいぶました。パトリックはさっきの力仕事のせいで、観客席の柵にもたれて体を支えている。あんな無茶をしたのは、ムービンにたのまれたからだ。目的は、iマジックチームにプレッシャーをかけること。作戦は的中した。iマジックチームは橋にのせようとしていた石をふたつ川に落としてしまい、盛大な水しぶきがあがった。集中力が乱れたのだろう。

「パトリックが主に重いものを持ちあげることになるから、絶えず何か食わせてやらないと身がもたない」ムービンが両方の人さし指を曲げのばしして準備運動をしながらいった。「タイガーがどうしてるか、様子を見てきてくれないか」

わたしはすぐに動いた。人垣のなかから路上生活をしている子どもを見つけだして声をかけ、パトリックとムービンに水と食べ物をとどけるお使い役に任命した。ついでに魔術合戦の現場で魔術師たちの服をつくろってくれる裁縫師も見つけてくるようたのんだ。負荷の大きい魔術を連続でおこなうと服の縫い目がほつれてしまうのだ。

「さあ、戦いだ」ムービンは再建する橋に沿って築かれた歩行用の足場を進んでいった。そしてゆったりとした仕草で手を動かし、がれきのなかからいくつもの石を引きあげて、化粧ブロック、がれき、装飾つきに分類した。これも相手に見せつけるための行為だ。パトリックと同様ムービンも、いかにも楽々とやっているけどじつはものすごく力を使っている。このペースで魔法を使いつづけたら、橋を半分も作りおえないうちにふたりとも疲労困憊《ひろうこんぱい》してしまうだろう。

「おれの顔を見てびっくりだろう、ブリックス」ムービンが足場の真ん中で顔を合わせたブリックスにいった。

「どうということはない」ブリックスが冷笑を浮かべた。「iマジックチームは絶好調だ」

たしかにそう見えた。iマジック側の橋脚は、もともと水面から一メートル顔を出していたのが三メートルまで伸び、ひとつめのアーチも順調に組みあがっている。

「はたして好調を維持できるかな」

ふたりは分かれて作業にもどり、わたしはタイガーの様子を見に会館へ急いだ。

ザンビーニ会館は大聖堂にほど近く、まわりには路地が網目のように張りめぐらされている。橋までは小走りで三分だ。会館に着いてみると、タイガーは引退した魔術師たちの配置に取りかかっていた。彼らの力を使って、会館から出られない〝はかなきヘラジカ〟の魔力を橋まで中継するのだ。

ザンビーニ会館から橋まで曲がり角ごとに魔術師をふたり配置する。片方の人さし指で魔力を受け、もう片方でそれを伝達チェーンのつぎの魔術師へ送る。ふたりひと組ならひとりが疲れてもカバーしあえるし、何をすればいいか忘れてしまった人がいたら相棒が教えればいい。

「どんな具合?」わたしはきいた。

「まもなく完了だよ」タイガーがいう。「でもヘラジカにはジェニファーが話してよ。ぼくが話そうとしても、ただぼんやりとこっちを見るだけなんだ」

ヘラジカはロビーで枝を広げるオークの木を見つめていた。

「この木、きのうもあったかい?」ヘラジカがきいた。

「二十年ぐらい前からあるよ」わたしは答えた。

「うっそだろう。ところでなんの用?」

魔術合戦がはじまったから、もう扁平術は必要ない。ヘラジカはすぐに計画を了承してくれた。小さな素焼きの壺の魔力を橋へ送る――というか、まずは玄関で待つエドガー・ズノープに送る。ズノープは外の通りにいるディアドラ・カラマゾフへ、そこからつぎに待ちかまえるミステリアスXへ送る。風で飛ばされないよう、きょうはピクルスの空き瓶に入っている。

「都合のいいときに合図を出しておくれ」ヘラジカはのんきそうに角をゆらしながらいった。

「そうすればムービンとパトリックは、おれがあの壺から引きだした分だけ魔力を使えるようになる」

「あなたは大丈夫？」わたしはきいた。

「絶好調さ。きいてくれてありがとう」


タイガーに合図するまで待つよういってから、橋までの途中に待機する引退した魔術師たちのところを順番に訪ねた。みんな準備万端のようだ。でもだれかひとりがちょっと集中力を切らすだけで中継網はとぎれてしまう。どうか作業が終わるまでは気まぐれな一面を出さないでほしいと祈るような思いだった。しんがりにはマーガレット・オリアリーを選んだ。頭がいちばんはっきりしているし、いちばんうそをつくのがうまくて、ここで何をしているのかときかれたとき、うまくごまかせそうだからだ。

「iマジックチームにうっかり魔力を流さないでね」わたしがいうと、大丈夫安心してといういう答えが返ってきた。わたしはこちらを見つめているムービンとパトリックに合図し、それからほら貝でタイガーに連絡して、ヘラジカに魔力を流しはじめるよう指示してといった。

変化はたちまち表れた。魔力が流れはじめるとマーガレットはかすかに体をこわばらせた。三つ編みがほどけ、両方のイヤリングが耳からはずれて落ちた。でも本人は気づかない。

「うわあ」マーガレットはにっこりした。「質のいい魔力だわ。ねえ、少しいただいて白髪ぞめに使ってもいいかしら？」

「仕事が首尾よく終わったらね」

ムービンとパトリックに目をやると、魔力がとどいた瞬間に効果が見えはじめた。ムービンはふたつのブロックをそろえて持ちあげ、まるでレゴを扱うようにらくらくと橋のいちばん遠い側に取りつけた。観客はあっと息をのみ、盛大に拍手喝采した。スコアボードの賭け率表示が五〇〇対一から五〇対一にまで改善した。

わたしはほっと小さく息をついた。やっと勝負になってきた。ただ、まだだいぶ遅れている。iマジックチームはそれから五分で最初のアーチを完成させ、つぎに取りかかった。

つぎの一時間、わたしは伝達チェーンを行ったり来たりして、支障がないことをたしかめてまわった。魔術師同士のあいだにあまり障害物がないことが大切だし、流れをせき止める形で人が立ちどまらないよう気をつけることも肝心だ――受動的魔術は危険が大きいし、魔力そのものも減衰してしまう。一度、チェーンの途中にバンが駐車するというアクシデントが発生し、いったん流れを止めて魔術師たちを道路の反対側へ移動させなくてはならなかった。でも移動後は無事に伝達を再開することができ、それから一時間のうちにカザムはぐんぐん差を詰めて、iマジックまでアーチひとつ分にせまった。

「なかなかやるな」ブリックスが声をかけてきた。わたしはパトリックにチョコをとどけようと走っているところだった。「だがそんなペースでずっとつづけるのは無理だぞ」

「やってみなきゃわからないでしょ」

タイガーとわたしは魔術師たちが体を冷やせるよう氷水をたくさん――というか大量に――飲ませた。魔力を伝達して自分では使わずにいると、体がとても熱くなる。電力を通す電線と同じだ。交代をスムーズにおこなうことにも気を配らなくてはならない。というのも水を大量に飲めば当然のことながらトイレに行きたくなるから。しかもブリックスがこちらの動向に疑念を持たないよう、こっそりやることが肝心だ。

つぎの二十分でわたしたちはiマジックに追いつき、つづく三十分で追いぬいた。カザムのリードはスコアボードの賭け率にも反映され、観客も大喜びだ。けれどロイヤルボックスの国王は見るからに不満げで、二番めにいい玉座のひじかけを指でいらいらとたたいている。

ブリックスが作業を中断させてムービンとわたしのところへやってきた。わたしたちを順番に見て、めずらしいことにほほえみを浮かべた。「おまえたちはいったいどこからこれだけのパワーを得ているんだ？」

「技と努力と資源の有効活用ですよ」ムービンが答える。「いつか試してみたらどうです？」

「はん、おもしろいことをいうね」ブリックスはいったが、少し考えて突然態度を変えた。「まあいい。ここはわたしが甘んじて認めよう。おめでとう。きみたちの勝ちだ」

ムービンとわたしは顔を見あわせた。

「何かの罠なのか、ブリックス？」ムービンはそうたずねながらも少しも手を休めず、彫刻の入った煉瓦をあるべき位置にぴたりとはめた。「うちはまだアーチ半分リードしたかどうかだ」

「うちの連中はもうくたくただ」ブリックスがいった。「コービーとマトニーが……期待はずれだった。今のうちに取引をしてわたしが完全に面目を失わないようにできないものか？」

驚くべき申し出だった。でもムービンの回答はきっぱりしていてぶれなかった。「こっちは、あんたがくれたのと同等の礼儀とやさしさをお見舞いするだけだよ、ブリックス」

「なんて心がせまいんだ。〝魔術師はみな兄弟〟という精神はどこへ行った？」

「そんなもん、あんたがおれらみんなを牢屋にぶちこんだとき消えたよ」

「そうなのか？」ブリックスは、わたしたちが気を悪くしているかもしれないと初めて気づいたかのような口調でいった。「ああ、そうかもしれんな。まあいい。わたしはこれから敗北宣言の文書を起草する。だが橋は完成させたほうがいいだろう？　国王と国民にはよいものを見せないとな」

「それは賛成だ」ウィザード・ムービンが疑わしげにいった。

ブリックスはもう一度ほほえむと、近くをうろうろしていた大佐と話をしに行った。

「一瞬も気を抜かないほうがいいと思う」ブリックスと大佐がそそくさと立ちさるのを見て、わたしはいった。「ものすごく大きなブリックス印のドブネズミが何かたくらんでるみたいだから」

「ああ、そうだな」ムービンもいう。「でもなんだろう？」

わからなかったので、とにかく魔術師たちには今のまま作業をつづけてもらった。一方リーダーを失ったiマジックチームはますます遅れていった。カザムがふたつめのアーチをほぼ完成させるころ、スコアボードの賭け率はわたしたちが明らかに優勢であると認定し、iマジックは疲れはてた元一番手になりさがっていた。

ところがカザムが最後のアーチに取りかかろうとしたとき、事件が起こった。

# 23　サージ

サージだった。それも経験したことがないくらいはげしい。おかしなことにパトリックとムービンだけが見舞われてiマジックの魔術師は影響を受けていない。パトリックとムービンが持ちあげていた重たい石のブロックがいきなり空高く飛びあがる。ひとつは二百メートル先の高架に落ちて車の急ブレーキの音や衝突音がきこえてきた。もうひとつは川に落ち、あとのふたつ――それぞれ一トンある大きなもの――は、とてつもなく高くあがって視界から消えた。

ムービンはののしり言葉を吐きながら必死にサージを制御しようとした。のちにムービンは、まるでアクセル全開のまま固定されたブレーキなしの車で、だれもはねないように聖ナイジェルの縁日を突っぱしるようなものだったと述懐している。体にどっと流れこんでくる手つかずのエネルギーを吸収させるため、彼は川に両手の人さし指を向けた。一瞬にして川の水は安いドイツの白ワインに変わり、両側にぐんぐん引いて川底の泥とたくさんのショッピングカートが顔をのぞかせた。この世にあれほどたくさんのショッピングカートがあるとは思わなかった。

パトリックもサージのとてつもないエネルギーをどうにかしようと、慣れた仕事――市の交通課の依頼で違法駐車の車を持ちあげて移動させること――に注意を向けた。半径二百五十メートル以内の車をすべて地上一メートルまで勢いよく持ちあげ、それでもまだエネルギーを吸収しきれないので三キロ離れた放置車の保管場所まで移動させはじめた。

わたしは思わず唇をかんだ。これだけ強烈なサージの結末はだいたい決まっている。魔術師は完全にエネルギーに圧倒されると、破裂してしまうのだ。苦痛に満ちた破滅的な結末になるだろう。パニックがふくらむのを感じながらも、見つめるしかなかった。パトリックとムービンは魔法エネルギーに思考が乗っとられはじめたようで、無意識下から行き当たりばったりの魔法を繰りだしている。ヒキガエルの雨がふったかと思えば犬がいっせいに吠えはじめ、観客の巻き毛がすべてストレートになった。川の水は安ワインからシャトー・ラトゥールの一九二八年ものの高級赤ワインに変わり、腕時計の針はすべて十二時をさし、町の上空の雲は農場の動物の形になった。

もうこれ以上は耐えられないだろうと思ったとき、突然サージがやんだ。両側に引いていたワインの川がどっと元にもどり、動物の雲とヒキガエルは消えた。遠くでパトリックの持ちあげた車がガシャンガシャンと莫大な修理費用がかかりそうな音を立てて落ちている。ムービンとパトリックはがっくりとひざをついた。人さし指から両手、そして前腕にかけて紫色に腫れあがっている。向こう数週間は魔法をかけるときに痛むだろう。

客席から興奮のどよめきがあがるなか、わたしはムービンに駆けよった。ブリックスの姿はどこにもないが、主《あるじ》のいないブリックスチームも口をぽかんとあけてこちらを見ている。彼らもこんなものは見たことがないのだ。

「伝達チェーンを見てきてくれ」ムービンがささやいた。「みんなが無事かどうか」

タイガーとわたしはすぐに駆けだして、伝達チェーンで破裂してしまった人がいないかどうかたしかめてまわった。マーガレット・オリアリーは見世物テントのそばの曲がり角に立っていた。驚異の二頭少年が天幕から両方の頭を突きだしてことの成りゆきを見まもっている。

「シャンダーの名において一体全体なんだったの？」マーガレットはきいた。「この三十秒で一生使った分以上のパワーを体に通したわ」

「ブリックスが来なかった？」

「ううん、来てない」

つぎは〝ハゲの〟バートルビーで、やはりショックを受けていたけれど無事だった。タイガーとわたしはそうやってザンビーニ会館までチェーンをたどり、魔術師たちがみな体をほてらせ、汗だくで、あちこち痛みを感じてはいたものの、だれもチェーンをとぎれさせなかったことを知ってほっと胸をなでおろした。流れを中断させたら、その人がサージのエネルギーをすべてかぶってしまう。だから最後の人が余分のエネルギーを無事に放出してくれると信じて流しつづけるしかなかったのだ。

「ヘラジカの様子を見てきて」タイガーにいった。「わたしはレディ・モーゴンとモンティ・ヴァンガードを見てくる」パームコートをのぞくと、モーゴンとモンティの石像は変わらずそこにあった。どこからエネルギーがわいてきたにせよ、ディブル蓄魔器のものでなかったことは確かだ。いまもフル充電で侵入の形跡はない。

「ジェニー！」タイガーの叫び声だ。「こっちこっち！」

ロビーに走っていくとタイガーがひざまずいていた。カーペットにヘラジカ型の焦げ跡がある。四方の壁にも同じような焦げ跡がついていた。ヘラジカの前、うしろ、横から見た姿がくっきりと焼きつき、天井には完璧なヘラジカ型の穴が三階まで貫通していた。複雑な角の形まで正確に再現されている。

「サージを止めるにはこうするしかないといっておった」その昔、気象操作士だったティラー・ウッドラフ四世がいつのまにか近くに立っていた。「すべての力を自分の体で受けとめたのだ。このせいで橋の再建がおじゃんになったとしたら申しわけないといっていたよ」

タイガーとわたしは〝はかなきヘラジカ〟の最期に思いをはせながら、無言で事務所へ向かった。ヘラジカは自分の存在を構成する呪文の一行一行を燃やしつくし、最後にエネルギーを爆発させて消えたのだ。わたしはデスクの前に立って指輪の入った素焼きの壺を手に取った。この指輪の莫大なエネルギーはまったく説明がつかない。わたしにも、ほかのだれにも、そしてタイガーにもわけがわからない。タイガーは謎を謎のままにするのがだれよりもきらいなのに。

「見て」タイガーがシャンダーグラフの軌跡を見せてくれた。今起こったサージのせいでいくつか山になっているところがあるけれど、それ以外に三十七秒間にわたって魔力が消費されているところがある。ピークは一・二ギガシャンダー。区域と方角はカザムチームがサージしたあたりと一致している。橋の近くのどこかだ。

「ブリックスかな？」タイガーがきく。

「だとしたら、橋の建設には使ってないということだね」腕時計を見た。サージのとき十二時にリセットされて、今は八分過ぎだ。

「一・二ギガシャンダー？　それだけのエネルギーを使うのって、まさか――」

「それだ。九九九に電話しておあわてで『クォークビースト！』って叫んで。今すぐ〝華麗なりし〟ブーを橋に呼ばないと」

「やっぱりそう？」

「うん。うろついていたクォークビーストが分裂した」

# 24　融合の危機

橋へ駆けもどると、ムービンとパトリックが氷をしゃぶって呼吸をととのえようとしていた。iマジックチームはまだ再建作業をつづけていたけれど、ブリックスを失った今、予定より四時間分ぐらい遅れていて、作業を完了できるかどうかも怪しかった。

「へラジカが消滅しちゃったの。あとは自力でやるしかない」ムービンにいった。「さっきサージしたのは、何者かが環境魔力から必要なエネルギーを取りだしたせいだよ。あなたとパトリックを通じて。ブリックスのプランBだ。大佐と相談して練ったんだと思う。もう魔術合戦の域を超えて暗殺計画になってる！」

「暗殺って……目的は？」

「ブリックス自身が王座につくため。宮廷顧問魔術師は、王位継承順位八位でしょ。七位までの人たちはきょう、うまいぐあいにここに集まってる。クォークビーストの力を使ってそれを一気に亡き者にしようとしてる」

「それはかなり見こみ薄な計画なんじゃないか？」ムービンが首をかしげた。「人間が最後にクォークビーストに食われたのは十年以上前だし、その男は園芸用フォークでクォークビーストを怒らせたんだ。国王が園芸用フォークを振りまわすところは想像できないな」

「おつきの者にやらせるんじゃないかしら」マーガレット・オリアリーが輪に加わった。「でもクォークビーストは、攻撃を命じた人じゃなく実際に攻撃してきた人に襲いかかっちゃうかもね」

「ああ、そういう意味じゃなくて」わたしは、走ってきてまだ息を切らしながらいった。「融合だよ。クォークビーストをつかまえて強力な魔術がおこなわれているそばにおくと、分裂に必要な膨大な魔力を吸いあげようとする。このあいだパトリックが大佐邸で植木のならべかえをしていたときもクォークビーストは分裂しようとしたけど、そのときは魔力が足りなかった。でもきょうはヘラジカからじゅうぶんなエネルギーを吸いあげて、それでもまだ余った魔力がサージを起こした」

「分裂したクォークビーストはすぐに引きはなさないといけないんだよな」ムービンはクォークビーストのことを少し知っている。「さもないと……」

「そういうこと」わたしはいった。「分裂した二頭は千秒以内に引きはなさないといけない。でないと再融合してヘレフォード市の三分の一を壊滅させるほどの大爆発を起こす」

だれもがぎょっとしてわたしを見た。

「千秒って何分？」マーガレット・オリアリーがきいた。

「十六分四十五秒」腕時計に目をやる。十一分だ。クォークビーストが分裂したのがサージがおさまったときだとすると、残り五分もない。みんな、あたりを見まわした。爆発が起きたら市の南側の大半が破壊され、スノッド国王とその家族、警察官の半分、ほとんどの近衛兵、すべての観客――それにわたしたちが吹きとばされるだろう。ブリックスは爆風のおよばないところに避難しているにちがいない。

「そうなれば目撃者もいない」ムービンがいう。「ブリックス国王の語る事件の顛末《てんまつ》に反論できる者はだれもいないわけだ。爆発の原因はなんとでもいえる」

「ロイヤルボックスから半径五十メートル以内にある鍵のかかった部屋をさがさなきゃ。ここにいて」

わたしはみんなにそういってテンベリー卿に駆けよった。テンベリー卿はたぶん、iマジックが負けたら国王は本気で自分とブリックスにおがくずを詰めこむ気かと思案中だっただろう。わたしはできるだけ手短に事の次第を伝えた。テンベリー卿は国王の信頼を取りもどしたいところだったし、ブリックスが信頼できないこともじゅうぶんわかっていたのですぐさま国王一家を避難させるよう命令を出し、わたしのところへもどってきて何をすればいいかときいてくれた。この人は、私腹を肥やすことに熱心ではあるものの腰抜けではない。

「どこからさがす？」ムービンがきいた。「左右の反転したクォークビーストを二頭閉じこめておける部屋なんて何百もあるぞ」

様子がおかしいことに人々が気づきはじめた。国王一家が緊急避難したのがいちばんの理由だろう。近衛兵もとっとと逃げだした。近衛連隊は危険からの逃げ足が速いことで有名だ。これを見て観客も動揺し、まずは高額な席の客たちがアクセサリーをじゃらじゃら鳴らしながらあわてて立ちさった。つづいて安い席の観客も立ちあがり、退却のかまえに入る。

クォークビーストの監禁先はどこかとあちこち見まわしていると、突然、頭にぽっかりとある考えが浮かんだ。「ムービン！　パーキンスがクォークビーストといっしょに閉じこめられてる！」

「たしかか？　それともきみの推測なのか？　まちがえたら終わりだぞ」

すばやく判断しなくてはならない。ヘレフォードの半分と何千人もの命がかかっている。

「たしかよ」大きく息を吸ってからいった。「考えていなかったのにいきなり頭にわいてきたから。パーキンスのいちばんの得意技は遠隔暗示だから、わたしに伝えようとしてるんだと思う」

わたしは目をとじて、頭を空っぽにしようとした。でも観客の大移動という喧噪《けんそう》のなかではなかなか集中できない。

「ムービン、わたしの感覚を消して」

ムービンは青く腫れた指をわたしに向けた。一度は失敗したけれど、二度めに頭のなかからすべてのものが消えた。まるで自分のなかにある空っぽの空間に飛びこんだみたいだ。そこには時間と思考とにおいと明け方の真っ赤な空しかない。とてつもなく平和で、刺激に圧倒されることがないからいつになく頭がさえわたっている。突然、意識の端で小さな声がきこえた。とりとめのない思考が泡のように浮かびあがって自由意志とぶつかる辺縁あたりだ。パーキンスが思考を送ろうとしている。でもあまりうまくないから電報みたいにとぎれとぎれだし、しかもつづりがおかしい。

すのーどおおぢ近しつ……くわくびすと
文れつした……もすぐはくはつ……
さんだんおりーたとこ……やっぱでーとしよ?
くりかえすすのーどおーぢ
近しつ……くわっくびすと

あとはくりかえしだ。これを三回きいた。三回ともつづりがちがってる。ききおえたころムービンが熱と光と音の世界へわたしを連れもどした。

〝華麗なりし〟ブーとタイガーがクォークビースト保護用の車で駆けつけてくれた。わたしはみんなに今きいたことを伝えた。腕時計の針が指すのは十三分。あと三分だ。

「逃げたい人は今逃げて」わたしはいった。「悪く思ったりしないから」

だれも動かない。テンベリー卿もとどまった。

「わかった。じゃ、ついてきて」


スノッド大路は大聖堂から橋の北岸までつづいている。大急ぎでさがして一軒の家を見つけた。階段を三段おりたところに緑色のドアがあって地下室へ通じている。パトリックが腫れあがった手を力強く動かして、ドアをちょうつがいからはぎとった。なかに飛びこむと長い廊下がのびていて、両側にたくさんのドアがありすべてに鍵がかかっている。

「どれだろう？」タイガーが声をあげる。時計は最後の一分に差しかかった。

「ドアノブだ」ブーがうなり声でいった。「暖かいのをさがせ」

ムービンが見つけ、またパトリックがドアをちょうつがいからはぎとる。そこは小さな納戸で丸天井になっており、奥の壁の高いところにひとつだけ窓がついていた。パーキンスが手錠をはめられた上でしばられ、さるぐつわをされて入り口近くにころがされている。

そして部屋の奥にまったく同一ながら何もかもが反転した、二頭のクォークビーストがいた。

一頭はわたしが町で見かけたもの。そしてもう一頭はわたしのクォークビースト——ドラゴンランドで亡くしたクォークビーストだ。何もかもが昔のままだった。胸の六番めのうろこがかすかに曲がっているところも、右前足の狼爪《ろうそう》が欠けているところも、足先がひとつだけ白いところも。どういう仕組みなのかわからないけれど、わたしのクォークビーストが帰ってきた。

これらすべてを一瞬で見てとると同時に、ブーンというハム音があたりにひびいていることにも気づいた。でももうひとつの事実でほかのすべてがかすんでしまった。二頭は今にも触れあうところまで近づいている。千秒の猶予が尽きようとしている。

「動くな！」ブーがいい、みんなその場に凍りついた。低いハム音はクォークビーストが近づくにつれてどんどん高くなる。悲しげに訴えるような音になったかと思うと、クォークビーストが数センチ離れてまた低くなる。これこそが〈クォークビーストの歌〉なのだ。

過去にクォークビーストの歌をきいた人たちは、今ではみんな塵《ちり》になっている。でも今ここで死ぬとしても、この歌をきけたのはうれしかった。さびしい歌だ――嘆きの歌。そして解けざる謎の歌。あきらめの歌であり、詩を贈り贈られる歌でもある。二頭のクォークビーストがたがいのまわりをまわる小さな動きにつれて、ハム音がかすかにゆれる。まるでアルトファゴットが鳴らしつづけるただひとつの音符が、絶え間なく変化しゆらめいているようだ。

けれどこれは愛や平和や幸せの歌ではない。わたしたちみんなの鎮魂歌《レクイエム》だ。みんなはぴくりとも動かずに立ちつくしていた。動いてクォークビーストを驚かせてはいけない。クォークたちが恐怖や、復讐心や、退屈のせいで再融合してしまったらおしまいだ。

それでもわたしは何かをせずにいられなかった。だから最初に頭に浮かんだことをいった。

「久しぶりね」

分裂したばかりのクォークビーストは振りかえってわたしを見た。藤色の目に「あっ」という表情が浮かぶ。クォークは相棒を見やり、それからまたわたしを見た。

「ねえ、まだやりたいことがたくさんあるんだ」やさしく話しかけた。「冒険。すばらしい冒険が待ってる。あなたがいなくちゃ、そんな冒険はできないかもしれない」

クォークビーストは、わかったというようにしっぽを振ったけれど、その場を動かない。相棒がそのまわりを歩くと、ハム音がまた高まった。

「散歩に行こうよ」タイガーが廊下から声をかけた。クォークビーストはタイガーの声にも反応した。またタイガーを引きずりまわしてこのあたりの道を歩きたいと思ったらしい。最後にもう一度相棒をじっと見つめると、タイガーが待っているところへ、とことこ歩きだした。

低いハム音がやんだ。〝華麗なりし〟ブーは用心深く進みでて、アルミのメッキをほどこした亜鉛をおやつに、もう一頭をおびきよせようとしている。

「おかえり」わたしはいった。

「クォーク」クォークビーストがいった。

まもなくブーは元のクォークビーストを部屋から追いたてて鋲を打ったチタンの箱に入れ、

車で鉄道駅まで連れていった。そしてオーストラリア行きの貨物として送り出した。危険は去った。

パーキンスの縄をとくと彼はわたしをぎこちなくハグし、思考をききとってくれてありがとうといった。

わたしはにっこりした。「思ってもらってうれしくない女の子なんていないよ」そこまでいって、急に思い出した。「そういえば、思考を送信してる最中に、わたしをデートにさそおうとか考えてなかった？」

「考えずにいられなかったんだ」パーキンスがばつの悪そうな顔でいった。「でも中世暗黒時代風の〈ダンジョンルーム〉でひと皿のジョジョリースープを分けっこして食べようなんて考えていたおかげで、まもなく吹っとばされるってことを忘れていられたのかも」

「だったら、予約を取ってよ」わたしはいった。

わたしたちは日ざしのなかへ出て北岸の橋台までの短い距離を歩いた。橋が未完成のまま放置されている。iマジックチームは逃げだし、テンベリー卿は腹をくくった様子でどこかへ向かっていった。観客は怖い物知らずか、愚か者か、眠りこけている人だけが残っている。スコアボードにはまだ最後の賭け率「一〇〇対一でカザム優勢」がそのまま残されている。

うしろで爆発音がしてみんなびくっとした。何かが炎をあげながら空を飛んでいる。ジミー・〝命知らず〟・ナットジョブのハーフタイムショーだ。煙の尾を引きながらわたしたちの頭上高くを飛んでいたけれど、残念ながら「ばんざい、われらが……」といったところで川に飛びこんでしまい、じゅっという音を立てながら盛大な水しぶきがあがった。ナットジョブが水面に顔を出すと、みんなおざなりの拍手をした。ナットジョブはせきこんだり水を吐きだしたりしている。

「クォーク」クォークビーストがおもしろそうにいった。

わたしたちはその場にすわりこんでしばし息をついた。十分後、宮廷首席顧問がもどってきた。

「最近の出来事によって国王陛下のお気持ちに変化がありました」テンベリーがいった。「前宮廷顧問魔術師のブリックスは大逆罪により指名手配。共犯のブロック＝ドレイン大佐も同様です。そしてわたくしは陛下の代理としてあなた方が魔術合戦の勝者となったことをお伝えします。橋はまだ建設途中ですがこの結果は変わりません」

わたしたちは顔を見あわせた。みんな疲れ切って体のあちこちが痛い。飛びあがったりこぶしを突きあげたりして喜ぶのはふさわしくないように思えた。だって、あと十秒で永遠の暗黒に突きおとされるところだったのだから。

「ほかのみんなはどうなるんです？」ムービンがきいた。

テンベリー卿は大きく息を吸って答えた。「プライス兄弟はただちに釈放させ、あなた方へのすべての告発は取りさげます。あなた方の偉業を陛下にあますところなく誠実にご説明申しあげ、宮廷顧問魔術師の職をミスター・ブリックスからカザムの指名した方へ移管するようおすすめする所存です。さらに、わたくしは陛下を長年存じあげておりますので、おそらく勲章が授与されると思います。大きくてピカピカの勲章がたくさん」

「ああ、おれにもっといい考えがあります」ウィザード・ムービンがいった。「カザムの魔術師はだれも宮廷顧問魔術師になりたがらないだろうし、勲章もいりません。おれたちはだれにもじゃまされずに、グレート・ザンビーニが目標としていた人類の幸福のための魔術を追求したいんです。特別なひいきはいりません。正義がほしいだけです」

「みなさんがそれを手にされるよう心をつくします」

「たのみます。それからおぼえておいてほしい。おれたちは裏切りが好きじゃないってことを」

「あと、免責もお願いします」手続きのことはいつも頭を離れないので、すかさずいった。

「きょうおこなった魔術については、だれのどんな魔術についても告発しないというお墨付きをください」

今のテンベリー卿に交渉する余裕などない。その気になれば何でもたのめただろうし、何でも手に入れられただろう。

「おまかせください」テンベリー卿は深くおじぎをして立ちさった。

わたしたちはしばらくそこにたたずみ、これからどうしようかと考えた。ブリックスはどこへ逃げたのかもわからない。全国に手配書が出ているから、つかまってスノッド国王の前に引きだされ、裁判を受けることになるかもしれないけれど、見つかるようなへまはしないだろう。ブリックスぐらい力のある魔術師なら身をひそめるのはむずかしくないはずだ。

「ねえ、お昼ごはんにしようか？」わたしは明るい声でいった。ちょうど〝華麗なりし〟ブーも駅からもどってきたところだ。ブーはぶつぶついったけれど、わたしたちのおかげでクォークビーストが一頭増えて、人類が少しだけ悟りに近づいたことを指摘すると、肩をすくめていっしょに行くといってくれた。ただし自分の前で「ま」のつく言葉を使わないと約束させることも忘れなかった。

# 25　昼食会

ザンビーニ会館が興奮にわきたつなか、食堂へ向かった。わたしたちは拍手喝采にむかえられ、パトリックとムービンが足を踏みいれるとみんなが立ちあがって拍手した。サージの過剰な魔力をうまく処理したおかげで被害は最小限ですみ、取りかえしのつかない損害は生じなかった。

とはいっても、引退した魔術師たちもそれなりに痛手をこうむった。ほとんど全員が指をひどく腫らしていたし、全身にイボが出た人も多かった。受動的魔術の被害を受けた人も六人いた。軽い人は耳がへんなところへ移動してしまっただけですんだけれど、いちばんひどかったフランチェスカ・ダーウェントはタラになって二週間過ごした。その後すっかり回復したものの、やたらと口をパクパクさせるくせと、ほんの少し目が離れすぎているところはそのまま残った。

すべてのご隠居たちにとって、会館の外で実際に魔術をおこなうのは数十年ぶりのことだった。それでも〝華麗なりし〟ブーのことはほとんど全員が知っていた。ブーも、はじめはむっつりとおしだまっていたけれど、まもなくひとことふたこと返事をするようになった。ザンビーニ会館で暮らすようさそっても、うんといわないのはわかっていたけれど、彼女の魔法生物学の専門知識はこれからすごく役に立つはずだ。

ちょうどデザートが出るころプライス兄弟が帰ってきた。拘置所からそのままもどってきたので、魔術合戦はどうなったのかとみんなにきいてまわっていたけれど、すぐブーにつかまり、八〇年代にカンブリア帝国で進められていた熱魔力爆弾実験で犠牲になったクォークビーストはいなかったかと問いつめられた。兄弟は当然のことながら実験の詳細は明かそうとしなかったものの、クォークビーストに害がおよぶことはなかったといいきった。

「それならよろしい」ブーがいった。

「クォーク」クォークビーストもほっとしたようにいった。

そのやりとりがすむと、ウィザード・ムービンがスピーチをしてわたしの行為について語ってくれたので、わたしは顔を赤らめてスプーンやフォークをじっと見つめることになった。タイガーとパーキンスの名前も出てきた。そのあとみんなで〝はかなくなりし〟へラジカに黙《もく》祷《とう》をささげ、クォークビーストがもどってきたことを喜んだ。

そのときiマジックのサマンサ・フリントが食堂の入り口から顔をのぞかせた。みんな静まりかえって彼女を見つめた。目を泣きはらしていたが、近くで見ても遠目に見たのと同じく、いやになるほど美しくてケチのつけようがない。

「美人だから見とれてるの？」わたしはパーキンスに突っこんだ。

「そんなんじゃないよ」パーキンスはあやふやな口調で答えた。「ほら、こんなところに来るとは思わなかったからさ」

みんなはサマンサをむかえいれて食べ物をすすめた。粗末な食事だけどいつもこんなものだと説明すると、彼女は感謝して受けとった。

「ごめんなさい」サマンサは鼻をぐすぐすいわせた。「でも行くところがなくて」

「いいから、いいから」ムービンがハンカチを差しだす。

彼女の説明によると、ブリックスはオーストラリアからやってきたクォークビーストを生けどりにするのを手伝ったらしい。でも権力をにぎろうとする試みのことも、今の居場所についても知らないという。どうやらブロック＝ドレイン大佐は、ブリックスが首尾よく王位につけば宮廷最高顧問に就任する予定だったようだ。

「あたし、ここにいてもいいですか？」サマンサが涙をふきながらいった。

「もちろんだよ」ムービンがいう。

「サマンサ・フリントって、すごい美人だねえ」サマンサ・フリントがトイレに行くといって席を立つとケヴィン・ジップがうっとりとため息をついた。

「あ、うん、ぼくもはじめはそう思ったけど、今はそうでもないや」パーキンスがわたしのほうをちらちら見ながらいう。

ムービンが、突然危険なほどの魔力が流れてきたときのことをきかれて、説明をはじめた。「パトリックがいてくれてよかった。あれだけの魔力をひとりで処理するはめになったら、おれは今ここにいないと思う」

みんな、もっともだという顔でうなずいている。わたしはパーキンスにいった。「危機一髪だったよね」

「うん。でもクォークビーストの歌をきけたのはよかったよ」

「クォーク」クォークビーストが声をあげた。テーブルの下でシチュー鍋をかじっている。

「もう二度ときかないようにしないと」わたしはいった。「つぎは無事ではすまないよ。ねえ、ブリックスのところへ送りこんだこと、ごめんなさい。あんなに簡単にばれるとは思わなかった」

「あれはぼくのせいなんだ」パーキンスが明るくいった。「うまくいってたんだけど、ファイルキャビネットをあさってるところを見つかった。ドアに鍵をかけておくべきだったよ。あいうスパイ工作みたいなこと初めてだったから。あれでiマジックに乗りかえたわけじゃないってことがばれて、ブリックスに記録をぜんぶライスプディングに変えられちゃった」

がっかりだった。「じゃあ〝VISION BO55〟がなんだったかは、わからずじまいだね」

「ああ、それなら突きとめたよ」パーキンスがいった。「つかまったのは、そのファイルを読んだあとだったんだ」

タイガーもわたしもパーキンスを凝視した。クォークビーストまでもが興味津々の顔をしている。

「別に特定の人や事柄が出てくるものじゃなかった。ブリックスの妻が夫より偉大で魔力も強くなり、最後にはブリックスの終焉《しゅうえん》を招くことになるって書いてあった」

「あいつ結婚してないだろ」フル・プライスがいった。「魔術師はめったに結婚しない。何を意味してるんだろう？」

みんなが説明を求めてケヴィン・ジップの顔を見た。「知らないよ」ジップはいった。「そもそもこれはぼくじゃなくてシスター・ヨランダのビジョンだ。彼女が『ブリックスの妻』というからには、これから結婚するか、かつてしてたか、今してるかのどれかじゃないのかな」

みんな、考えこんだ。シスター・ヨランダの予言はたいてい当たる。でもブリックスを詰問できない以上、謎のままになりそうだ。

「あれ」わたしは声をあげた。「デイム・コービーだ」

デイム・コービーが、自分のパーティーに遅刻してきた人みたいにきまり悪そうに立っていた。となりにチャンゴ・マトニーがいて、ふたりのうしろにサマンサがいる。

「デイム・コービーは〝アリを手なずける者〟っていう称号だけど、そんな力もなさそう」タイガーがいった。デイムはぱっとしない小柄な女性で、だれとも目を合わせようとしない。

「iマジックはおしまいです。反逆者のブリックスは逃げだしました」デイム・コービーがあきらめきった口ぶりでいった。「どうかお願いします。どんな形でもかまいませんから、おたくの会社に入れてください」デイムがとなりに目をやると、チャンゴも肩身がせまそうな様子でうなずいた。

免許を持った魔術師がこんなふうに職を求めてくるなんて、わたしたちにとってもばつの悪いことだった。もうひとつはっきりしたことがある。少し前からささやかれていたように、デイム・コービーの家業であるズボンプレスは、本人が自慢していたほどもうかってはいないらしい。

「どうぞいらっしゃい」ムービンが進みでて、しきたりどおりデイムたちをむかえいれた。「でも職務や仕事の内容は、うちの社長代理がひきいる委員会で決めることになります」

ムービンがわたしを紹介すると、デイムたちは値踏みするような様子でわたしと握手を交わした。ブリックスはいつもわたしのことを「あの成りあがりの捨て子」と呼んでいたから、社員もそう思っているのだろう。

「おうわさはかねがねうかがっていました」デイム・コービーは、いかにも礼節をよそおった口調でいった。

「わたしもです」チャンゴもつづく。

「あたしはスマンサ・フリント」サマンサがお気楽な口調でいい、握手の手を差しだした。

「最初の〝a〟は発音しないでね」

「スマンサ……？」

「免許はまだだけど、お勉強はがんばってる。でも大変なのよね。だって」そういって、こめかみをとんとんたたく。「あんまりここがよくないんだもの。ねえ、なんでそんなにじろじろ見るの？」

わたしは一歩下がって、ムービンをひじでつついた。

「なんだよ？」

「へんしんじゅつ」わたしは口の端でひそひそいった。

「え？　はっきりいってくれないときこえないよ」

「変身術を使ってる！」わたしは大声でいい、目の前のかわいらしい少女の姿をした人物をずばりと指さした。ムービンもやっと気づいて、すぐに標準的な逆行魔術をほどこした。なかにひそんでいるブリックスをあぶりだすためだ。

でも驚いたことに、逆行魔術でサマンサの正体があばかれることはなかった。ただ巻き毛がストレートになって、鼻が少し不格好になって、目がひとまわり小さくなって青みがうすれ、ウエストが少し太くなっただけ。サマンサは自分の見た目を盛っていたのだ。

「えっ、やだ」サマンサは鼻に手をやった。「これって、かなり恥ずかしいっていうか」でも今は、サマンサの見た目より大事なことがあった。

ない。

「ねえ、サマンサ、十分前からこの会館にいた？」わたしはきいた。

「最初の〝a〟は発音しないんだってば」

「スマンサ、さっきからここにいた？」

彼女は、さほど大きくなくなった目を見ひらいた。「ううん、今来たばっかりよ！」

サマンサはサマンサだった。だってサマンサだから。つまり最初のサマンサがにせものだということだ。その正体はあいつしかあり得ない――そして彼はトイレからもどってきていない。

「ブリックスが会館内にいる！」わたしはどなった。「〈封じこめ作戦D〉発動！」

カザムには緊急事態にそなえた作戦がいくつかある。〈作戦D〉は、外に逃すわけにいかない悪質なものに対して発動される。数週間前、ガラスドームから抜け出してしまった幻影を封じこめるために使い、さんざん苦労してどうにか元にもどした。〈作戦D〉は建物全体を密閉するので特に危険が大きい。建物のなかには四日分の空気しかないからだ。

いち早く反応したのはデイム・コービーとチャンゴ・マトニーで、ふたりとも「きゃっ」と悲鳴をあげてテーブルの下にもぐりこんだ。ブリックスの部下のほうが、わたしたちよりも彼を恐れている。プライス兄弟とムービンは落ちついて行動した。窓や戸口に突然スチール製のシャッターがおり、古い建物全体にガシャンガシャンという音がひびきわたる。パーキンスは食堂の入り口へ走っていって外をのぞいた。

「こっちはだれもいないよ」

「ザンビーニ会館にもぐりこむのはとても危険だ」フル・プライスがいった。「よっぽどほしいものがあるにちがいない」

「あいつはルニックスを知ってるし、復讐を求めてる」そういったとたん胃がぎゅっとちぢんだ。「パームコートには四ギガシャンダーの魔力が眠ってるんだよ」

みんなで食堂から飛びだし、階段を駆けおりてパームコートへ向かった。入り口の外に目をぎらつかせた七つ頭の犬がいて、番をしている。やっぱり。

犬は物騒なうなり声をあげ、七つの首の毛をさかだてた。十四本の前足で寄せ木の床を引っかき、七つの舌と二百九十四本の歯の合間からよだれをしたたらせる。七つ頭の犬を見たことがない者は恐怖で息を飲んだけど、ムービンは「たいしたことないな!」とつぶやくと、つかつかと歩いて幻影の怪物を通りぬけた。怪物は煙みたいに消えさった。

パームコートのなかではサマンサ・フリントに生き写しの人物が宙にできた裂けめをいじりまわしていた。最後にこの裂けめを見たのはモンティ・ヴァンガードがパス思考を破ろうとして完全に失敗したときだ。にせサマンサの横にはレディ・モーゴンとモンティが石のまま立っている。

「トイレに行こうと思って道に迷っちゃったの」にせサマンサが、心をとろかすような笑みをうかべた。

「ばれてるよ、ブリックス」ムービンがいった。

「ディブルから離れろ」フル・プライスが人さし指を向けながら命じる。わたしの知るかぎりフル・プライスはだれもイモリに変えたことがないけれど、今はその技を使いたくてうずうずしているだろう。

「あの犬みたいなやつにびっくりしたみたいに見えたかもしれないけど、驚いてなんかないから」タイガーがいう。

「あの人どこかで見たような」ほんもののサマンサがつぶやく。

「クォーク」クォークビーストが声をあげた。

「降伏するなら交渉に応じる」わたしは前に進みでた——ブリックスがイモリにされるのをふせぐ意図もあった。今、ブリックスには八本の人さし指が向けられている。パーキンスの腕前はまだ怪しいけれど、プライスとムービンがブリックスを一瞬で倒せるのはたしかだ。ブリックスもそれがわかっているのか、サマンサの姿からじわじわと元にもどった。そしてゆっくり拍手をしようとした。

「動かないで!」わたしは叫んだ。「そしてゆっくりと、指を下に向けなさい」

ブリックスはにやりとしたけれど、従わない。「相談しようじゃないか。全魔術師を集めて」

「やつに先に攻撃させろよ、ジェニー。やっつけたくてうずうずしてるんだ」

「だめだよ、ムービン。ブリックス、指をおろして。ゆっくりと」

ブリックスはわたしたちの顔を順ぐりに見てからじりじりと両手をおろし、人さし指をまっすぐ下に向けた。

「『魔法法典』にこんな一節がある」ブリックスはゆったりした口調でいった。「『困難な状況にある魔術師は、その困難がどのようなものであれ、ほかの魔術師からあらゆる助力と援助を受けられるものとする』」

「そうね。そして別の一節にはこうある。任意の魔術師が六人集まれば、別の任意の魔術師をさばき、罰することができる。タイガー、事務所に行って、左のいちばん下の引き出しから鉛の指錠を取ってきて」

「わかった」タイガーは駆けだしていった。

ブリックスが、そわそわした様子できいた。「魔術師六人？　おまえらのところには四人しかいないだろう」

「マトニーとコービーが十分前に加わった」

「ばかをいうな。あいつらはわたしに忠誠を誓ったのだ」

「誓ってなんかいません」入り口から声がした。

「裏切り者！」ブリックスが吐きすてる。「目に物見せてやる」

「そうはさせない」わたしはいった。「国王に突きだすこともできるけど、王はきっと恩赦を出したり、国外追放にしたりっていうばかなことをするでしょう。だから今、ここであんたをさばく」

「さばいてどうする？」ブリックスは鼻で笑った。「階段のない塔にでも閉じこめるか？　バレンツ海の、肉食獣しかいない孤島に建てられた塔に」

「いいえ」

「では地下の洞窟か？　供は醜いゴブリンのしもべがただひとり」

「おあいにくさま。あんたにふさわしい罰はそんなのじゃない。罰を通して仲よくなれるようにしてあげる。あんたがきょう殺しかけた人たちとね」

「魔術師のことか？」

「スノッド国王の一般国民よ」

「なんだと」わたしの考えに気づいてブリックスはいった。「たのむ。そんな屈辱を味わわせないでくれ……」

「いいえ、味わってもらう」わたしはめいっぱいすごみのある声を出した。「ふつうの刑務所に一般の犯罪者といっしょにほうりこんでやる。孤立した塔も魔力のバリアも七つ頭の犬もない。ただ石壁とおかゆと一日一時間の運動があるだけ。お仲間はこそ泥やほかの悪者たち」

「いい考えだ」ムービンがにっこりした。「気に入った」

ブリックスがこちらをにらみつけたとき、タイガーが指錠を持ってもどってきた。

「チャンスがあるうちにおまえを殺しておくんだった。チャンスはいくらでもあったのに。なぜ殺さずに北の高塔に閉じこめたか知っているか？　なぜおまえの拘束を解いて自由にさせておいたか？」

「さあね。ばかだから？　でなきゃ邪悪な闇の王の意味不明なしきたりとか」

「ちがう。ジェニファー――わたしはおまえの父親《アイ・アム・ユア・ファーザー》なのだ！」

死のような沈黙が広がり、わたしは口をあけてブリックスを見つめた。両親がどんな人かは前々から知りたいと思っていたけれど、あえて調べようとしなかったのは万が一……いや、ちょっと待って。こんなのばかげてる。そもそもあいつはぜんぜんわたしと似てないし、わたしだってあいつに似てるところなんてひとつもない。

「うそつき。あんたはわたしの父親なんかじゃない」

「ああ、もちろんちがう」ブリックスはいやらしく笑った。「おまえのように胸くそ悪い独善的な人間がブリックス家から出るはずがない――だがおまえの希望に満ちたまぬけ面を見られただけでも上等だ」

「捨て子を相手にそういう冗談をいうわけ？」わたしは冷ややかにいった。

「わたしをどこぞの善人と取りちがえてるんじゃないのか、ジェニファー」

「取りちがえてなんかない。フル、この人に指錠をかけて。ムービン、こいつがぴくりとでも動いたらイモリにしてやって」

「喜んで」フル・プライスが指先をブリックスに向けながら近づいた。緊張が高まる。指錠をかけるまで、ブリックスはまだ危険だ。ブリックスが憎しみをこめてわたしをにらみつける。フル・プライスがまず片方の指に錠をカチンとはめると、ブリックスは首を振ってつぶやいた。「くそったれの捨て子め！」

その瞬間、カチッという音がしてハム音がきこえ、ザンビーニ会館の奥底からウィーンという音がひびいてきた。床が波打ち、部屋が突然明るくなって三度ぐらい室温があがった。何が起こったか最初に気づいたのは、経験年数のいちばん長い魔術師、ブリックスだった。四ギガシャンダーの魔力をめいっぱいためこんだディブル蓄魔器が、オンラインにつながったのだ。

レディ・モーゴンが考えだしたパス思考は思ったより単純で、わたしとタイガーへの気持ちを反映したものだった——「くそったれの捨て子め！」。ブリックスもそれと同じ根深い侮蔑の気持ちを持ちあわせていた。レディ・モーゴンははからずも、莫大な魔力をいちばん持たせてはいけない人間に渡してしまった。

コンラッド・ブリックスは〝驚異の〟ブリックスから、文字どおり〝最強の〟ブリックスになったのだ。

# 26 〝最強の〟ブリックス

いくつかのことが同時に起こった。プライス兄弟とムービンがいっせいに魔力を解きはなち、パームコートには魔術、対抗魔術、呪文が飛びかい、人が避難し、物が焼けこげ、逆行魔法が使われた。その威力はすさまじく、床のほこりは静電気で舞いあがり、天井のガラスは曇りはじめた。魔力を持たない者は物陰に飛びこんだ。

物音が静まったとき、恐るおそる中央の噴水の陰からのぞいてみた。タイガーとパーキンスもとなりにいる。クォークビーストはすぐそばにいるけれど、飛びあがりかけたところで固まっていた。口を大きくひらいてアラバスターの美しい歯並びを披露している。

「ほおお」ブリックスの声だ。「四ギガも使い放題だと、ずいぶんおもしろいことができるものだな。ジェニファー、そこにいるのか？」

「いるかもね」わたしは陰にかくれたままいった。左右を見ると、精巧な石像がさらに六体増えていた。プライス兄弟、パトリック、ムービン、コービー。チャンゴ・マトニーまでもが、出口にたどり着いたところで花崗岩になっている。

「ジェニファー、逃げろ。ぼくが援護する」パーキンスがいった。

「で、そのあとは？」

パーキンスはちょっと考えた。「えっと、わからない」

「あとほんの少しだったのに」わたしはつぶやいた。「ちっくしょうめ」

「口が悪いよ！」タイガーがたしなめる。

「ごめん」

どうしようかと考えあぐねていると若い女の声がした。「〝最強の〟ブリックスさん。いつもあなたが大好きで、あこがれてたの。いっしょに連れていって」

サマンサだ。噴水の陰からのぞくと、サマンサはもう一度非の打ちどころなく自分を盛りなおして、ブリックスに近づいていく。ブリックスも自分を盛っていた。髪はもう白髪まじりではないし、十歳若返って、背が十センチ高くなった。肉体的にも強くなっていそうで、現時点ではまさしく史上最強の魔術師だ。もちろんディブルにたくわえられた魔力を使いはたしてしまえば元にもどるだろう。でも目端のきく魔術師なら四ギガシャンダーでかなりのことができる。城を建てるとか、猛スピードの車を作るとか、ネズミの毛皮の服で洋服だんすを満たすとか、なんでも好きなことが。

ブリックスはほほえんでサマンサの手を取った。

「サマンサ、わたしの命令に逐一従う覚悟はあるかね？」

「ええ、もちろん従うわ」サマンサは勢いこんでいった。「邪悪な天才にはかならずおつむの空っぽな美女がつきそって、何もしないでとなりにいるものでしょ？」

「ああ、おまえとは言葉が通じるようだな」

「だといいけど」サマンサはおとなしくいってから反撃した。「でも、もう三年になるんだから、もう少しがんばってほしいの」

ブリックスが片方の眉を上げる。「がんばるって、何をだね？」

「あたしの名前をおぼえてよ。最初の〝a〟は発音しないでっていったでしょ！」

サマンサはブリックスの人さし指をつかもうとした。勇敢な行動だったけれどむだだった。サマンサは一瞬で、小さくてとてもかわいらしいモルモットになってしまい、キュイキュイキュイと鳴きながら床を走りまわっていた。

「やれやれなんてことだ」ブリックスがだれにともなくいった。「邪悪な天才が、すがりついてくる美女すらも信用できない世の中になるとは」

わたしたちはまた噴水の陰にかくれた。

「勇敢だったね」パーキンスがいった。

「ジェニファー」ブリックスがまたいった。「そろそろ出てきたらどうだ。楽しいやりとりだったが、わたしもいそがしい。素人と遊んでいる暇はないのだ」

「もうすぐ出ていくけど、その前にやることがある」わたしはどなった。

「あいつぼくらのことどうするつもりだろう？」パーキンスがひそひそいった。「あれだけの魔力があればなんでもできるでしょ。こうなってしまっては、あいつをおさえる望みはないよ」

そのときタイガーがパチンと指を鳴らした。「そうだ、だれかと結婚させればいいんじゃない？　ほら、〝VISION BO55〟だよ。ブリックスの妻が夫より偉大で強力な魔術師になって、最後にはブリックスの終焉を招くっていうやつ」

「そりゃあ名案だね」パーキンスがいう。「どうやって実現させるつもり？　十ギガの魔力を持つ頭のいかれた魔術師でも連れてこようか？」

「ちょっと思いついただけだってば」

「すでに結婚しているとしたら？」声がひびいた。「だまされやすい若い娘が、愚かにももうひとりの善良な求婚者をそでにして、秘密裏にこの男と結婚していたとしたら？」

ぱっと振りむくと声の主は〝華麗なりし〟ブーだった。ひっくりかえったテーブルを盾《たて》に身をかくしている。少し考えてあれこれ納得がいった。ザンビーニとブリックスは元は親しかった。でもブーがザンビーニを捨ててブリックスを選んだのだとしたら、いろいろと説明がつく。ふたりの対立の原因は魔法の将来なんかじゃなかったのかもしれない。

「あなたはミセス・ブリックスなんですか？」わたしはブーにきいた。

「その〝VISION BO55〟っていうのはいつのことだ？」ブーがききかえす。

ブーがオリンピックで七つの金メダルを獲得した直後におこなわれた予言だと話すと、ブーはあごをこわばらせ、手袋をはずして人さし指のない両手をむき出しにした。その手を自分で見つめ、つぎにわたしたちの顔を見た。それから立ちあがった。

「お久しぶり、コンラッド」ブーがいい、わたしたちは噴水の端からおそるおそるのぞいて成りゆきを見つめた。

「ああ、ブーか。帰りたまえ。きみと争う気はない」

「でもこっちにはある。あんた、シスター・ヨランダに見てもらって予言をさずかったんだって？　妻、つまりわたしがあんたより強力になり、最後にはあんたの終焉を招くっていう予言を」

ブリックスはそわそわした様子でつばを飲みこんだ。「いや、ほら、結婚もしたし、若かったし、ばかだったんだ。ちょっと調べてみようと思っただけだ」

「わたしがあんたより偉大な魔術師になりはしないかと調べたんだね？」

「そうじゃない」ブリックスは静かにいった。「わたしたちが幸せになれるかどうか調べたんだ」

パーキンスとタイガーとわたしは、視線を交わした。ふたりの将来を予知能力者にたずねたりするのは、愚か者か恋してる人ぐらいのものだ。

「で、わたしのほうが偉大になっては、おもしろくないと思ったのか？」ブーが問いつめる。

ブリックスはどぎまぎした顔になった。

「それでわたしを誘拐させたんだね」ブーは自分で謎を解きながらゆっくりといった。「そしてこんな目にあわせた」

ブーが両手をかかげるとブリックスの顔が一瞬青ざめた。ブリックスですらも、自分がどれだけ残忍なことをしたかをさとったのだ。

「信頼していたのに」ブーがいった。声がわずかに大きくなったけれど、懸命に感情をおさえこんでいる。「わたしは偉大な魔術師になれるところだった。三人ともだ。あんたとわたしとザンビーニが協力すれば、世界で善を実現する力になれたはず。あんたはわたしの人生を踏みにじっただけじゃない。生涯にわたる魔術の研究と発見、それに高貴な技術としての魔術の発展。そのこと自体をぶちこわしにした。それがどういうことかわかってるの？」

わたしたちはブリックスを見て返事を待ったけれど、もちろん誠実な返事など返ってこなかった。

「ああ、そりゃあまあ」ブリックスは肩をすくめた。「もうわかっているだろう。わたしは不愉快で、信頼に足りなくて、それから……ええと……」

「道をはずれた？」わたしは噴水の陰から助け船を出した。

「それだ。道をはずれた男だ。何をしようというんだ、ブー？　きみには何もない。にらみ合いにすらならんぞ？」

「指を見つけるさ」ブーが低い声でいった。「今でもおまえが切りとらせたときと同じくらいの魔力を秘めているはずだ。取りもどしたら思いしらせてやる」

「見つかるはずがない」ブリックスはせせら笑った。「見つからぬよう魔法をかけた。だれもさがしあてられるはずがない。わたしにさえ見つけられないだろうよ」

それをきいてわたしはぱっと立ちあがり、ブリックスの前に姿をさらした。いつ石にされてもおかしくない。

「レディ・モーゴンがさがしあてた」恐怖で声がかすれる。「ウィザード・ムービンとフル・プライスの力を借りて。パーキンスも補欠でそなえてた」

「ばかをいうな！」ブリックスがどなる。

「マイティ・シャンダーのエージェントに、なくした指輪をさがすよう依頼された。見つかりたがっていない指輪を。でもそれが目的じゃなかったんだね」少し間を置いて、みんなが理解するのを待った。「わたし、指輪ばっかり見てた。指輪の入っている素焼きの壺をちゃんと調べるべきだった」

バッグから素焼きの壺を取りだした。ヘラジカが大サージを吸収したときからかばんにしまってあったのだ。わたしは壺を逆さまにして手のひらに中身をあけた。最初に指輪がころがりでた。大きな指輪。人さし指にぴったりだろう。そのあとかわいた土くれと何かのかけらがバラバラと出てきて、やっと最後に人間の指の骨がいくつかころげでた。

ムービンのいったとおりだった。指輪自体には力がない。ヘラジカが引きだした魔力は指輪ではなく、ブーの切りとられた指の骨から流れでたものだったのだ。ブーが生来持っていた魔力は、何十年にもわたる喪失と憎しみ、裏切り、苦難といった思いが加わってさらに大きくふくれあがっていた。

ブリックスは、もうおしまいだとさとったのではないだろうか。暗闇に閉ざされた彼の心にかすかな愛の痕跡があったのだと思いたい。そのせいでブリックスは一瞬惑《まど》って先手を取れず、結局は戦いに負けることになった。

心の奥底では、つぐなわなくてはならないとわかっていたのかもしれない。

ブーがわたしの肘をぎゅっとつかみ、切りとられた指の魔力と再接続した。その瞬間、わたしの前腕をものすごいエネルギーの脈動が駆けぬけた。わたしの指がブーの骨を固くにぎりしめ、爪が手のひらに食いこんで皮膚に穴をあける。でも痛みは感じない。ブーとブリックスの魔術がぶつかりあい、ふたりのあいだに青い光の壁ができてふくらんでいく。たがいに相手の守りを破ろうとして真正面からぶつかりあい、戦った。熱と光が強まり、はげしい風が巻きおこる。つぎの瞬間、目もくらむような閃光が走った。

# 27　戦いのあと

わたしはちょっとのあいだ気を失っていたのかもしれない――よくわからない。でも気づいたときには、ブーが体のほこりを払って、失った指の骨を素焼きの壺にしまっているところだった。ブリックスはみごとな黒花崗岩の石像になっていた。顔にきざまれた断末魔の叫びは永久に残るだろう。シスター・ヨランダの予言は実現した。彼女の予言はいつだって当たる。

「どうよ」〝華麗なる〟ブーがうれしそうにいった。「なかなかうまくいったんじゃない？」

「はい、うまくいきましたね」わたしは賛成した。

「マイティ・シャンダーはなぜわたしの指をほしがったのだろう？」

「わかりません。運命を切りひらくため？　力を増強するため？　ひょっとしたらシャンダーは、自分がもどってきたとき刃向かいそうな相手を取りのぞこうとしているのかもしれません。これからわかるんじゃないでしょうか。魔法は不思議な形で作用しますから」

「そうだね」ブーはじぶんの指が入った素焼きの壺をハンドバッグにおさめると、手袋を拾って歩きだした。

「また来てくれますよね？」わたしは声をかけた。

「クォークビーストにエサをやらなきゃならない。それにあの子たちは散歩が好きだ」そしてわたしに向かってにっこりした。「元気でいなさいよ。ミス・ジェニファー・ストレンジ」

「はい。ありがとうございます」

ブーはうなずいて去っていった。少しのあいだ石になっていたカザムの魔術師たちが手足を伸ばしている。石になると千年でも八秒でも同じように感じるものらしい。だからみんな、わたしとタイガーが変わっていないのを見てとてもうれしかったと思うし、もちろんブリックスが石になっていることもすごくうれしかっただろう。

「すごくすごく勇敢だったよ、サマンサ」タイガーから事の顚末をきいて、ムービンがサマンサにいった。

「ありがとう。でもひとつだけいいかしら。最初の〝a〟は……」

「ちょいと、あんた！」レディ・モーゴンだ。しばらく石になっていても、わたしにお説教する意欲は少しも減退していないらしい。「あたしゃ腹ぺこだよ。コックにチーズサンドイッチを作ってお茶もいれるよう伝えなさい。あたしは部屋にいるから。入るときはちゃんとノックするんだよ。もしもサンドイッチがまずかったら突っかえすからね」

レディ・モーゴンはスーッとすべってパームコートをあとにした。

「元どおりだね」タイガーがいった。

「うん、元どおりだね」


カザムのみんなに何もかも説明するのはなかなか大変だった。そうこうするうちにテンベリー卿から国王が魔術の赦免状に署名したという知らせがとどいた。きょう一日におこなわれた魔術にかんしては、書類はいっさい必要ない。ありがたい。カザムの魔術師たちは、免許のあるなしにかかわらずみんなこの赦免状を活用し、総出で橋の再建を終わらせた。橋は二十三分で完成し、お茶の時間までには車が通れるようになった。

パス思考が判明したので蓄魔器にたくわえられた魔力を使って、ずっとやりたかったザンビーニ会館の改修がおこなわれた。魔力を使いきるころには古ぼけた会館はぴかぴかになっていた。ペンキを塗りなおし、木肌にニスをかけ、真鍮《しんちゅう》もみがきあげた。さらにパームコートはふたたび青々とした熱帯植物でいっぱいになり、六十年以上も干からびていた中央の噴水もゴボゴボと息を吹きかえした。ワインセラーはワインの瓶で満たされ、エレベーターにもちゃんと箱を取りつけた。ただし業務用エレベーターだけは元のまま箱なしで、目的の階に向かって落ちていく形を残した。そのほうが楽しいから。

長い長いアフタヌーンティーの席上、わたしはトロールバニアへの遠征の話を六回ぐらい繰りかえし語った。ザンビーニの情報がほとんどなくてだれもが消息に飢えていたのだ。そのあと五時には記者会見に出席し、それが終わると新規の顧客から何本か電話を受けた。みんな午後にカザムが橋を完成させたときの手並みを見た人たちだった。新しい仕事をうまくこなせば、iマジックから引きついだ人たちも含め、魔術師全員にじゅうぶん行きわたるくらいの仕事が来るだろう。

「どたばたの一日だったね」あれこれがようやく落ちついてきたころ、パーキンスが事務所にやってきた。

わたしはにっこりした。「うん、すごいどたばただった」

「〈ダンジョンルーム〉のデートは無理そう？」

「ぜんぜん無理じゃない。行こうよ」わたしは即答した。

「じゃあ七時にロビーで。タイガー抜きでね」

「タイガー抜きね。了解」

わたしは部屋にもどってシャワーを浴び、二番めにいいワンピースに着がえた。ロビーではたいして待たされなかった。パーキンスはスーツを着て現れ、ロビーにはカザムの住人の大半が集まって、わたしとパーキンスがいっしょに出かけるのを見まもろうと目をかがやかせていた。

「すごくきれいだよ」パーキンスがいった。

「ありがとう」

パーキンスがドアをあけてくれた。

「待って！」タイガーが事務所のほうから走ってきた。紙を一枚持っている。

「わたしは非番だよ」タイガーにいった。「四年めで初めてなんだから」

「でも――」

「でももだってもなし。非番ったら非番なの」

パーキンスに向かってほほえむと、彼は腕を取ってわたしのフォルクスワーゲンまでエスコートしてくれた。クォークビーストはもう後部座席に乗っている。赤いリボンを首に巻いてあるのは、少しでも恐ろしさをやわらげようというむだな努力の表れだ。パーキンスが運転席側のドアをあけてくれたところでわたしは立ちどまった。

「パーキンス、ちょっとだけ待っててもらえる？」

「いいよ」

わたしは会館へ駆けこみ、事務所へもどろうとしているタイガーに呼びかけた。「何があったの、タイガー？」

「トラルファモサウルスが脱走したらしい」タイガーは見るからにほっとした様子でいった。

「ヘレフォード－ロス線の線路の近くをうろついてるって」

「被害者は？」

「線路工事の人がふたりと漁師さんがひとり食われた」

「たいへん。この件は免許のある魔術師全員でかからないと。十分間で全員を外に集めて。それから緊急対応パックアルファを取ってくること。なかに〝当てこすりランプ〟がいくつかと魔法の紐がひと玉入ってる。わたしは着がえてくる」

パーキンスがロビーで待っていた。わたしはエレベーターに向かって走りながら叫んだ。

「ごめん。トラルファモサウルスが脱走したの。悪いけど――」

パーキンスはにっこりした。「いいよ。でも、またこんど行くよね?」

「うん。時間はたっぷりあるもん」わたしはいった。

# 28　エピローグ

あわてる必要はなかった。トラルファモサウルスは、すったもんだはあったものの、無事につかまえることができた。

テンベリー卿は約束どおり、うちの魔術師たちへの告発を取りさげてくれた。伝達チェーンの魔術師たちは事情聴取すら受けずにすんだ。国王もさすがに教訓を得て、カザムのことにはあまり口を出さなくなった。もちろん、のちに「わがままな王女の物語」で一戦交えることにはなったけれど。

ヘレフォードの橋は今もしっかりと役に立っている。その様子を見ると、一度崩壊して再建されたとは思えないほどで、魔術を用いた土木工事の可能性を示してくれている。〝華麗なる〟ブーはザンビーニ会館で暮らすことはなかったけれど、よくわたしたちと交流するようになった。あいかわらずクォークビーストの研究に打ちこんでいて、驚くべき成果をいくつもあげている。チャンゴ・マトニーとデイム・コービーは完全にカザムの一員になり、ふたりともつぎの三月には称号が〝驚異の〟に格上げされた。同時にレディ・モーゴンは〝驚天動地の〟に、ムービンは〝めざましき〟に昇格した。カザムは結局、携帯電話ネットワークも復活させたけれど、それより前にまずは医療用スキャンとレーダーと電魔レンジを再稼働させたのだった。

ナシル王子とレイダーのオーウェンは何か月も飛ぶことができなかったが、じゅうたんの材料である天使の羽根の出どころを見つけることができて復帰した――これはこれで、ちょっとした冒険だったのだけど、その話はまたいずれ。マザー・ゼノビアは石から元にもどされたときちょうど「昼寝の時間」だったので、またすぐ石にもどった。でもマザーとはちょくちょく会って、貴重な助言をもらっている。

パーキンスはまだ実務をこなしながら学んでいる最中だけれど、研修はうまくいっているように見える。ブリックスとの対決で性急ながら一歩も引かない勇敢さを見せたサマンサ・フリントは、カザムの練習生としてむかえいれられた。「どれだけ長くかかってもがんばる」つもりらしい。魔術免許は、王の無能な弟が「ものすごくかわいいから合格でいいよ」といいはったにもかかわらずまだ取っていない。ちなみにサマンサは無能な弟の求婚を六十七回断っている。どうやらみんなが思っているほど頭が空っぽなわけじゃなさそうだ。

タイガーは、カザムを切りまわすすべを日々学んでいる。わたしが十八になるまでにグレート・ザンビーニがもどってこなければ、タイガーがカザムを引きつぐことになる。きっとうまくやるだろうし、たぶんわたしより有能だろう。

〝一瞬最強だった〟コンラッド・ブリックスの石像はヘレフォード博物館に寄贈したので、今でもそこに立っている。悪行のあらましを記したパネルはだれもが読めるようになっていて、花崗岩の石像は博物館にやってきた子どもたちから、さんざんばかにされたりなじられたりしている。ブリックスがヘレフォード市民の半数を吹きとばしてみずから王位につこうとしたという話はたびたび人々の話題にのぼるし、彼の冷酷さ、過激な権力欲、人殺しをなんとも思わない心性は、悪の天才だった祖父〝いまわしく残忍なる〟ブリックスにたとえられることも多い。

それこそコンラッド・ブリックスが望んだことなのではないだろうか。

# 訳者あとがき

前作、ドラゴンの死をめぐる騒動から二か月後のヘレフォード王国。「ビッグマジック」の時代は到来したものの、魔力は一気にあふれかえるわけではなく、じれったいほどじりじりと上昇中だ。カザム魔法マネジメントは、崩落した橋の再建という大がかりな土木工事をうけおっていた。無事にやりとげれば魔法界全体のイメージアップにつながるし、貧乏なカザムにとってもよい収入になる。

そんななか、魔法を金もうけに利用することしか考えていないスノッド国王が、邪悪な魔術師コンラッド・ブリックスと組んで、カザムに「魔術合戦」をいどんできた。カザムのうけおった橋の再建を合戦の材料にして、勝利したほうが相手の会社を吸収合併するという提案だ。「電魔力」を利用した携帯電話ネットワークの再稼働をもくろむ国王たちは、公益性の高い医療用スキャナの稼働を優先させようとするカザムがじゃまなのだろう。しかもカザムの戦力を削ぐため、言いがかりをつけて魔術師たちをつぎつぎに投獄しはじめる。果たしてジェニファーは、権力の横暴にあらがい、カザムと魔法の将来を救うことができるのか？

……と、ここまで読んで「クォークビーストはどこに出てくるの？」と思った方は、どうぞご心配なく。ジェニファーのペットだった、恐ろしくも愛らしいクォークビースト。第一巻があんな形で終わったあと、本書の冒頭にきざまれた「すべてのクォークビーストについて、同一だが左右が反転した〝反クォークビースト〟が存在する」という文言を見るだけでも胸が熱くなる。まるで読者をじらすかのようになかなか本筋にからんでこないクォークビーストだが、その影はあちこちにちらつき、物語が進展するにつれて次第に存在感を増してくる。最後にはまさしく鍵《かぎ》をにぎる存在になるので、これから読むかたはどうぞお楽しみに。

そしてこのクォークビーストに「アップ、ダウン、チャーム、ストレンジ、トップ、ボトムという六種類のフレーバーがある」というあたりが、人をにやりとさせるのが大好きなフォードワールド。かと思えば『スターウォーズ』の有名なせりふがいきなり投入されたりもする。ジャスパー・フォードは十六歳のとき『スター・ウォーズ』を見て以来の大ファンだそうで、趣味全開なあたりもこの作者らしい。

第二巻にはほかにも、正体不明の依頼主がさがしもとめる呪いの（？）指輪や、予知能力者ケヴィン・ジップが繰りかえし見る謎のヴィジョン、最強魔術師マイティ・シャンダー以上の才能を持つといわれながら不幸な事件に巻きこまれて魔法を捨てた魔獣保護官など、いくつものサイドストーリーが投入されている。それらがみごとにからみあってフィナーレへなだれこみ、つぎつぎと伏線が回収されていくあたりは、読みごたえもカタルシスもたっぷりだ。どうか、フォードワールドにどっぷりひたってお楽しみください。

ないとう ふみこ

# クォークビーストの歌

2023年4月7日　初版第一刷発行

著者……………………ジャスパー・フォード
訳者……………………ないとうふみこ
イラスト………………タカヤマトシアキ
デザイン………………坂野《さかの》公一《こういち》（welle design）

発行人…………………後藤明信
発行所…………………株式会社竹書房
〒102-0075
東京都千代田区三番町8-1
三番町東急ビル6F
email：info@takeshobo.co.jp
http://www.takeshobo.co.jp
印刷所…………………凸版印刷株式会社

定価はカバーに表示してあります。
■落丁・乱丁があった場合は furyo@takeshobo.co.jp まで
メールにてお問い合わせください。
Printed in Japan